Ausführliche Informationen über
unsere Autoren und Bücher
www.dtv.de

Rita Falk

Kaiserschmarrn-
drama

Ein Provinzkrimi

Von Rita Falk
sind bei dtv außerdem erschienen:

Winterkartoffelknödel (21330, 21902)
Dampfnudelblues (21373)
Schweinskopf al dente (24892, 21425)
Grießnockerlaffäre (21498, 8655)
Sauerkrautkoma (24987, 21561)
Zwetschgendatschikomplott (26044, 21635)
Leberkäsjunkie (26085, 21662)
Weißwurstconnection (26127, 21702)

Hannes (28001, 21463, 71612, 25375)
Funkenflieger (26019, 21613)

*Mit Glossar, den Originalrezepten
von der Oma – und einer ganz besonderen
Geschichte vom Ludwig …*

Originalausgabe 2018
4. Auflage 2018
© 2018 dtv Verlagsgesellschaft mbH & Co. KG, München
Umschlaggestaltung nach einer Idee von Lisa Höfner
unter Verwendung eines Fotos von Constantin Film/Bernd Schuller
Satz: Greiner & Reichel, Köln
Gesetzt aus der Garamond 10,25/13,7
Druck und Bindung: CPI – Ebner & Spiegel, Ulm
Gedruckt auf säurefreiem, chlorfrei gebleichtem Papier
Printed in Germany · ISBN 978-3-423-26192-0

Kapitel 1

»Da, schau her, Eberhofer«, knurrt mich unsere dorfeigene Metzgersgattin gleich an, kaum dass sie bei mir zur Bürotür reinkommt, schmeißt eine Tablettenbox auf meinen Schreibtisch und somit exakt vor meine Füße. »Vi-a-gra!«, fügt sie betont langsam und bedrohlich hintendran. Ich schau mir die Schachtel an und: Ja, sie hat recht. Viagra.

»Aha. Und womit kann ich dir jetzt behilflich sein, liebe Gisela?«, frag ich, weil ich's wirklich nicht weiß.

»Jetzt red nicht so geschwollen daher, Dorfsheriff«, antwortet sie, zieht sich den Stuhl visavis hervor und nimmt schnaufend Platz. »Die hab ich bei meinem Alten im Schreibtisch gefunden.«

»Und was genau hast du bei deinem Alten im Schreibtisch zu suchen?«

»Einen Locher, 'zefix! Ich hab einen geschissenen Locher gesucht«, keift sie über die Ahornplatte hinweg.

»Du hast einen Locher gesucht und Viagra gefunden. Irgendwie witzig«, sag ich, während ich die Schachtel in alle Richtungen wende, und muss grinsen. Der Simmerl, der alte Lustmolch, der wird doch nicht …

»Witzig findest du das?! Ja, das war irgendwie klar, Eberhofer. Ich dagegen kann daran aber gar nix Witziges finden, verstehst. Ganz besonders nicht, weil bereits zwei Tabletten fehlen und ich ganz genau weiß, dass sie nicht meinetwegen fehlen.«

»Ja, aber meinetwegen fehlen sie auch nicht, Gisela. Garantiert nicht.«

»Haha, wirklich sehr lustig, Franz. Aber da, mein Freund, da hat bei mir der Spaß ein Loch, verstehst mich? Und du sagst mir jetzt gefälligst prontissimo, was du drüber weißt!«

Was ich drüber weiß. Gar nix weiß ich drüber. Und wie sollte ich auch? Schließlich und endlich ist der Simmerl nur der Metzger meines Vertrauens und so was wie ein alter Spezl halt. Und mit alten Spezln, da redet man nicht über Viagra. Nicht ums Verrecken. Weil man sich nämlich nicht zum Deppen macht. Wie sollte das auch gehen? Du, Franz, schau mal, ich hab mir da mal so ein Viagra besorgt, und jetzt schauen wir mal, was da so läuft … Nein, sicherlich nicht. Und das sag ich ihr auch. »Gisela«, sag ich. »Ich red mit deinem Gatten über Autos oder Bier, Fußball und gelegentlich auch über Weiber. Manchmal sogar über die Fleischpreise, etwas Politisches oder höchstens noch was Zwischenmenschliches. Aber wir reden nicht über Viagra. Definitiv nicht. Ob du das nun glaubst oder nicht.«

»Aber du bist doch sein Freund, Franz«, hakt sie weiter nach, und ihre Stimme ist nun nicht mehr so schrill. »Ich mein, da würd er dir doch vielleicht erzählen, wenn er … also, wenn da eine andere wär.«

»Vielleicht ja, vielleicht nein. Hat er aber nicht.«

»Wirklich nicht?«

»Nein.«

»Und so rein als Polizist gesehen, wie würdest du da die Sache mit dem Viagra einschätzen?«, bohrt sie weiter nach.

»Ja, keine Ahnung«, sag ich und zuck mit den Schultern.

Aus dem Augenwinkel heraus kann ich sehen, wie jetzt ein Wagen vorm Rathaus anrollt. Gas-Wasser-Heizung Flötzinger steht da drauf. Der hat mir grad noch gefehlt!

»Der Flötzinger«, sagt die Gisela, nachdem nun auch ihr

Blick rüber zum Fenster wandert. »Der hat mir grad noch gefehlt.«

Ich heb meine Haxen vom Schreibtisch runter und nehm einen Schluck Kaffee. Der ist zwar mittlerweile nicht mehr warm, von heiß gar nicht zu reden, eher so lau, aber um einen neuen zu kriegen, da müsst ich nach vorn zu den Verwaltungsschnepfen, weil da die einzige Kaffeemaschine rumsteht. Doch erst mal sehen, was den Flötzinger so hertreibt.

In dem Moment klopft es kurz an der Tür, und er erscheint in all seiner ganzen Herrlichkeit. Also praktisch in seinem schmierigen Blaumann, mit einem äußerst ungepflegten Bart und total beschlagenen Brillengläsern. Irgendwie grindig halt.

Nach einem kollektiven Servus setzt er sich nieder und beginnt seine Brille zu putzen. »Du, Gisela, die schöne Maid, die da momentan ständig mit irgendwelchen Kartons bei euch ein und aus geht, zieht die womöglich bei euch ein, oder was? In die leere Wohnung von eurem Max vielleicht?«, fragt er dann erst mal polierenderweise.

»Ja, ja«, erwidert die Gisela. »Dem Maxl, dem haben wir doch so eine von diesen todschicken Wohnungen drüben im Neubaugebiet gekauft, weißt. Und irgendwie versteh ich's ja auch nicht: Obwohl ihn erst vor kurzem seine Ex, also praktisch diese elendige Schlampe, von heut auf morgen einfach hat sitzen lassen, will er ums Verrecken nicht mehr heimkommen zu uns. Er muss sein eigenes Ding durchziehen, sagt er.«

»Verstehe«, sagt der Flötzinger und wirft einen kontrollierenden Blick durch seine Gläser.

Ja, mei, erzählt die Gisela unbeirrt weiter. Und so hätte das verlassene Metzgerpaar halt jetzt einfach beschlossen, die leerstehende Wohnung oben im zweiten Stock zu vermieten, statt sie leerstehen zu lassen. Spült ja immerhin ein paar Euro in die Kasse, und die Räume werden bewohnt und geheizt.

Macht auch Sinn. Obendrein wär diese junge Frau, also eben die brandneue Mieterin, auch noch die Schwester von dem doch so sehr netten Pfarrer aus der Nachbargemeinde. Es ist zwar ein evangelischer, aber da gibt es ja Schlimmeres, gell. Wie man heutzutage weiß.

»Schau, schau«, sagt unser Gas-Wasser-Heizungspfuscher, und zwar völlig versonnen. »Gar kein schlechter Tausch, wenn du mich fragst. Also ehrlich, Gisela, euren nervenden Balg, der ständig nur Kohle, was zum Essen und frische Wäsche haben will, einzutauschen gegen so ein Engelchen, das nenn ich mal einen Deal.«

»Flötzinger, ich warne dich«, knurrt die Gisela jetzt. »Lass bloß deine dreckigen Griffel weg von dem Mädl, verstanden. Das ist nämlich ein anständiges Ding, und ein so schwanzgesteuerter Kerl wie du ist sicherlich das Letzte, was die haben will. Einen, der von Frau und Kindern getrennt lebt und es noch nicht einmal auf die Reihe bringt, wenigstens regelmäßig und pünktlich seinen verdammten Unterhalt zu zahlen.«

»Ist ja schon gut, jetzt entspann dich wieder, liebe Gisela. Ich hab doch auch gar kein persönliches Interesse, verstehst. Man will halt einfach nur wissen, wer so alles herzieht zu uns. Was macht die Kleine denn eigentlich so beruflich?«, versucht er nun mit einem heiteren Tonfall an weitere Infos zu kommen.

»Mei, keinen blassen Schimmer. Irgendwas mit Internet oder so, ich kenn mich da ja nicht so aus. Und es ist mir auch egal, jedenfalls ist die Miete für drei Monate im Voraus bezahlt, und das ist schon was wert«, antwortet die Gisela, während sie ihren umfangreichen Leib in die Vertikale wuchtet. »Aber wie gesagt, Flötzinger, dich hat das eh nicht zu interessieren. Das Mädel könnt ja deine Tochter sein. Schau lieber zu, dass du deine Mary wieder zurückkriegst. Also Herrschaften, Servus miteinander.«

»Gisela, stopp!«, muss ich ihr jetzt noch kurz hinterherrufen, und schon hält sie inne. »Da, deine Viagra.«

Mit einer raschen Handbewegung entreißt sie mir die Packung, dreht sich wieder ab und verschwindet durch die Tür.

»Wegen was braucht jetzt ausgerechnet die Simmerl Gisela so ein Viagra? Wo sie mir doch grad mit ihrem moralischen Zeigefinger vor der Nase rumgefuchtelt hat«, murmelt mein verbliebener Zimmergenosse nun so vor sich hin.

Wo bin ich hier eigentlich gelandet: Niederpornokirchen, oder was?

Der eine, der braucht plötzlich Viagra, für was oder wen auch immer. Und der andere platzt hier ungebeten herein und erkundigt sich nach schönen Maiden. Und ich hock mittendrin und komm deshalb zu keiner einzigen anständigen Arbeit nicht. Ein Blick auf die Uhr verrät, es ist drei viertel zwölf. Wenn man mal vom Zeitunglesen und den diversen Besuchern hier absieht, hab ich heut rein dienstlich gesehen noch keinen einzigen Finger gerührt. Aber gut, es ist auch wenig los im Moment, das muss man schon sagen. Einen Zechpreller im Heimatwinkel drüben hab ich gehabt. Drei Falschparker, ein Suff-Fahrer mit dem Radl war dabei und zwei mit dem Auto. Einer davon war der Simmerl Max. Und da drückt man freilich schon mal ein Auge zu. Oder zwei. Ach ja, und ein Wandbeschmierer war auch noch darunter. Graffitikünstler, hat er sich selber genannt. Auch recht. Berappen hat er die Malerarbeiten hinterher aber trotzdem müssen, und eine Anzeige hat er sich auch eingefangen. Ansonsten war das aber auch schon alles. Und zwar im ganzen letzten Quartal, um genau zu sein. Da kann man nicht grad von Überarbeitung reden, gell. Was aber andererseits schon wieder ziemlich gut ist. Weil wir momentan nämlich dieses Haus bauen. Die Susi und ich. Und das ist eine Mörderaktion, das kann man kaum glauben. In jedem verdammten

Winkel von unserm Hof stehen diverse Baumaschinen herum, ein Dixi-Klo und obendrauf ein Riesentrumm Bagger. Immerzu ist es dreckig, staubig und laut. Und zu allem Überfluss sind zwei der sechs Bauarbeiter aus Polen von Montag bis Freitag drüben im Wohnhaus untergebracht. Wenigstens aber nicht in meinem heiligen Saustall. Der ja, sobald dieser Neubau dann irgendwann steht, seine treuen Dienste als meine langjährige und heißgeliebte Unterkunft quittieren soll. So jedenfalls will es die Susi. Und auch der Papa. Und ich glaub, sogar die Oma, die möchte das ebenfalls.

»Wegen was braucht jetzt ausgerechnet die Simmerl Gisela ein Viagra?«, reißt mich der Flötzinger nun aus meinen Gedanken heraus.

»Ja, keine Ahnung«, sag ich, schnapp mir mein Kaffeehaferl und geh Richtung Tür. »Du, Flötz, ich muss jetzt wirklich was tun, gell. Also wenn's keine Umstände macht ...«

»Ja, ja, ich geh schon«, entgegnet er, steht auf und drückt sich kurz seinen Buckel durch, dass alles kracht. »Aber du, noch was anderes, Franz. Also wegen dem Kostenvoranschlag, weißt. Also, der Leopold nämlich, ich mein: quasi dein Bruder ...«

»Flötzinger, ich weiß, wer der Leopold ist«, muss ich hier unterbrechen, während wir den Flur entlangschreiten.

»Eh, klar. Aber der Leopold, der hat gemeint, ob du dir das mit der Sauna vielleicht noch mal überlegen willst. Du weißt schon, die Sache mit der Gemeinschaftssauna, da in eurem neuen Keller unten.«

Gut, das hätt ich vielleicht noch erwähnen sollen. Wir bauen nämlich kein Haus. Nein, wir bauen ein Doppelhaus. Also mit dem Leopold zusammen und seiner Familie gewissermaßen. Auf meinem Mist ist das natürlich nicht gewachsen, das ist ja wohl logisch. Doch im Grunde hab ich gar keine andere Wahl gehabt. Ehrlich. Nicht die geringste.

Bin quasi kaum gefragt worden. Einfach, weil sich die ganze restliche Sippschaft so dermaßen einig war, das war wirklich zum Kotzen.

»Mahlzeit miteinander«, ruft plötzlich der Bürgermeister, grad wie er durch seine Bürotüre schreitet. Mahlzeit? Wie spät ist es denn eigentlich? Gleich zwölf, 'zefix! Ich muss heim zum Essen, da lohnt sich ein frischer Kaffee gar nicht mehr recht, oder doch? Ich schau auf das Haferl dort in meiner Hand und muss kurz überlegen.

»Also los, Franz. Was ist jetzt mit dieser Sauna? Ich muss das wirklich bald wissen«, nervt nun der Flötzinger wieder.

»Sauna? Um welche Sauna geht es genau?«, will unser Ortsvorsteher daraufhin wissen, und sein Blick hüpft wie ein Pingpongball zwischen uns beiden hin und her.

»Ja, mei, um die Gemeinschaftssauna von den Gebrüdern Eberhofer halt, Bürgermeister«, sagt der Heizungspfuscher.

»Dann geh ich also wohl recht in der Annahme, dass Sie eher nicht aus beruflichen Gründen hier sind, Flötzinger?«

»Also ich eigentlich schon«, antwortet er wahrheitsgemäß. Der Blick vom Bürgermeister hat jetzt zu hüpfen aufgehört und klebt nun gänzlich an meiner Person.

»Verstehe. Und, sagens mal, Eberhofer, dieser Besuch von der Frau Simmerl soeben, hatte der wenigstens einen dienstlichen Anlass? Ich mein, hat sie etwa beispielsweise eine Anzeige aufgegeben oder so was in der Art? Oder war das ebenfalls rein privater Natur?«, will er nun wissen und hat dabei einen eher süffisanten Tonfall drauf. Und noch bevor ich überhaupt eine angehend plausible Rechtfertigung abgeben könnte, die mir eh grad nicht einfallen will, da geht vorne die Verwaltungsschnepfentür auf, und die Susi schaut raus.

»Du, Franz«, ruft sie in unsere Richtung. »Wann fährst du denn heut zum Rudi ins Krankenhaus?«

»Mei, nachmittags, wie immer halt«, antworte ich und

merk sofort, wie sich die Ohren vom Bürgermeister zu spitzen beginnen.

»Dann könntest du doch das Paulchen hinterher noch schnell von der Kita abholen, oder? Nur noch dieses eine Mal. Weißt, ich hab hier noch einen ganzen Schwung fürs Amtsblatt zu schreiben.«

Ich nicke so unauffällig wie möglich.

»Ach ja, und wenn du dann noch Grießbrei und ein paar Bananen besorgen könntest, das wär echt prima, Schatz«, trällert sie noch kurz, und schon ist sie wieder verschwunden.

»Sagens einmal, Eberhofer«, der Bürgermeister verschränkt seine Arme im Rücken und kommt ganz dicht an mich ran. »Habens einen rechten Stress, so rein privat gesehen, gell. Da könnens ja direkt von Glück reden, dass beruflich gesehen grad eher tote Hose ist, oder?«

»In Ihrem Büro, Bürgermeister«, entgegne ich jetzt und geh schon mal Richtung Ausgang. »Da befindet sich eine Dartscheibe, eine Golf-Puttingmatte, und sogar ein Trampolin ist mittlerweile drin. Und manchmal, da hör ich Sie Blockflöte spielen. Da frag ich mich ehrlich gesagt schon, wer von uns beiden so rein beruflich gesehen schwer unterfordert ist.«

»Das ist alles nur ein körperlicher Ausgleich zu meinen umfangreichen geistigen Betätigungen, Eberhofer. Doch davon haben Sie freilich keinerlei Ahnung!«

»Verstehe«, sag ich noch so, und dann fällt die Tür hinter mir zu. Ich begeb mich zum Wagen, den Flötzinger dicht auf den Fersen, und steig schließlich ein. Schon ein paar Wochen lang ist es nun ein Opel Admiral aus der Mitte des vorigen Jahrhunderts, der mich von A nach B rollt. Und eigentlich gehört er meinem Papa. Er ist das einzige Fahrzeug, das er jemals gehabt hat, und sein ganzer Stolz obendrein. Dass er mir diese Kiste überhaupt ausleiht, das grenzt schier an ein Wunder. Solange ich mich aber weiterhin erfolgreich weigern kann, einen dieser neuen Streifenwagen anzunehmen, da bin ich auf das alte Vehikel hier schlicht und ergreifend angewiesen.

»Du, Franz«, reißt mich der Heizungspfuscher aus meinen Gedanken. »Wegen eurem Bad nochmal.«

»Flötz, du siehst es doch selber. Ich hab jetzt Mittagspause, muss mich um das Paulchen kümmern und hab obendrein noch den Birkenberger Rudi an meiner Backe kleben. Also sei so gut und lass mich mit deiner depperten Nasszelle zufrieden.«

»Nasszelle, tzz. Aber sag noch schnell, wie geht's denn dem Rudi eigentlich so?«

»Wie's einem halt so geht, wenn man mit einem Auto über zahllose Baumwipfel hinweg hundert Meter tief in den Abgrund donnert.«

»Ja, gut. Aber immerhin warst du ja auch mit im Wagen, und dir fehlt nix.«

»Ja, aber mein Schutzengel, der war da halt noch nicht im Winterschlaf, verstehst. Und jetzt servus«, sag ich noch so, knall die Autotür zu und grad wie ich den Motor starte, schiebt der Bürgermeister sein Radl durch die Rathauspforte. Er trägt einen Rennanzug samt Helm und schwingt sich geübt in den Sattel, ehe er an uns vorbeidüst.

Unser Ortsvorsteher, das alte Arbeitstier. Dass ich nicht lache. Eine Gemeinderatssitzung hat er, und zwar pro Monat. Zwei Goldene Hochzeiten. Eine Hand voll runder Geburtstage über siebzig. Einen Seniorenfasching, einen Martinsumzug. Die beiden Letzteren freilich pro anno. Recht viel mehr ist da nicht zu tun, muss man hier wissen. Aber sagen wir mal so, selbst wenn er jedem Niederkaltenkirchner täglich persönlich die Hand schütteln würde, selbst dann käm er über eine Zehnstundenwoche wohl kaum hinaus, gell. Das nur zum besseren Verständnis, damit man halt weiß, dass bei einem Kaff von unserer Größe der Bürgermeister höchst selten einem Burnout zum Opfer fällt.

Wie ich in den Hof reinfahr, da steht erwartungsgemäß schon der Papa bereit. Und es beginnt das gleiche dubiose Spektakel wie immer, seit ich seinen Wagen fahr, und es geht so: Kaum dass ich angekommen bin, da schlurft er mit einer riesigen Lupe bewaffnet auf den Admiral zu und untersucht ihn dann penibelst auf jeden möglichen Neuzugang eines Kratzers, einer Schramme oder Delle. Er überprüft das Wageninnere, den Kofferraum und auch den Motor. Und manchmal, da legt er sich sogar unter den Wagen. Abends findet selbstverständlich das gleiche Szenario statt, dann allerdings mithilfe einer Taschenlampe. Unglaublich, wirklich. Doch in einem Punkt, muss ich sagen, da sind wir uns dann doch wieder einig, der Papa und ich. Wir mögen nämlich beide keine neuen Autos nicht. Einfach weil wir Autos fahren wollen, für die man noch einen Schraubenzieher braucht. Oder eine Ratsche meinetwegen. Aber keinen Computer. Definitiv nicht.

»Schlüssel her«, ruft er nun gleich, wie ich aus dem Wagen steig.

»Wieso?«, frag ich schon fast panisch, weil mir natürlich prompt sowohl mein Besuch beim Rudi als auch die Kita in den Kopf schießen, denn immerhin muss ich für beides mobil sein. An den Grießbrei und die Bananen mag ich gar nicht erst denken.

»Weil ich dich jetzt gleich nach dem Essen nach Landshut reinfahr und du dort in der PI gefälligst deine neue Karre in Empfang nehmen wirst«, antwortet er umgehend und schnappt sich den Schlüssel dabei.

»Aber ich will keine neue!«

»Ist auch nicht neu, keine Sorge. Lass dich einfach überraschen«, sagt er noch so und geht vor mir her dem Wohnhaus entgegen. Ja, herzlichen Dank auch. Ich hasse Überraschungen dieser Sorte.

Es gibt Eintopf. Heute mit Bohnen und Speck. Neuerdings gibt's häufig Eintopf, einfach weil es sich die Oma freilich nicht nehmen lässt, die ganze Bautruppe mit durchzufüttern. Und da ist es logischerweise allemal angenehmer, alles nur Erdenkliche in einen einzigen großen Hafen zu schmeißen, anstatt meinetwegen an die dreißig Schnitzel zu panieren, ganz klar. Da das Tischgespräch vorherrschend auf Polnisch stattfindet, kann ich mir in aller Ruhe Gedanken machen, grad was mein neues Fahrzeug so betrifft, erst recht wenn es eben nicht neu ist. Wobei ich hier eh sagen muss, einen würdigen Nachfolger für mein altes werde ich ohnehin nicht bekommen. Was waren wir zwei nur für ein Team! Ein Dreamteam, könnte man da direkt sagen. Und was wir alles durchgemacht haben. Ganze Bücher könnte man schreiben darüber, echt. Bis zu diesem Unfall eben … Ja, furchtbare Sache. Und so völlig unnötig obendrein. Aber was soll's. Hauptsache, wir sind da lebendig rausgekommen, der Rudi und ich. Wobei man beim Rudi jetzt vielleicht nicht unbedingt von lebendig reden kann, das nicht. Und nicht auszudenken, wenn uns diese riesigen Baumkronen nicht aufgefangen hätten … Auweia, frag bloß nicht!

Kapitel 2

Eine knappe Stunde später rollen wir auch schon bei der PI Landshut vor, und ich bin ziemlich verwundert, wie ich den ehrenwerten Richter Moratschek dort vor dem Eingang entdecke. Er steht da wie bestellt und nicht abgeholt, steigt von einem Bein aufs andere und schaut nervös auf seine Uhr. Doch nachdem er uns erspäht hat, da entspannt er sich plötzlich, und ein fettes Grinsen huscht ihm übers Gesicht. Er begrüßt uns knapp, aber herzlich und treibt uns anschließend ein wenig hektisch zur Eile an.

»Auf geht's, meine Herrschaften, folgen Sie mir«, fordert er uns auf und saust vor uns her in die Eingangstüre hinein, quer durchs Erdgeschoss hindurch und über den Hinterausgang wieder hinaus. Dort stehen wir dann also ein bisschen dämlich auf diesem Polizeiparkplatz, mit zig Privatautos um uns herum, jedoch ist weit und breit kein Streifenwagen in Sicht. Jetzt aber zieht der Moratschek eine … ja tatsächlich, eine Trillerpfeife aus seiner Manteltasche hervor, pustet kräftig hinein, und aus den hinteren Garagen ertönt eine Polizeisirene. Und keine zwei Wimpernschläge später, da rollt ein Streifenwagen samt Blaulicht auf uns zu, hält an, und ein Kollege steigt aus. Er grüßt kurz grinsend, überreicht mir zwinkernd einen Schlüssel und löst sich anschließend in Luft auf.

»So, lieber Eberhofer«, sagt nun der Richter nach einer kleinen Schweigeminute, in der ich ein wenig verwirrt auf das Fahrzeug schaue, und Stolz schwingt in jeder einzelnen seiner Silben mit. »Was sagens jetzt dazu, ha? Ein BMW zwei-fünf, Baujahr neunzehn-neunundsiebzig, mit Viergangschaltung und Fenstern zum Kurbeln, Hosianna! Mit einem Mörderlenkrad und garantiert ohne Klimaanlage. Genau so einen habens doch haben wollen, oder etwa nicht? Ja, ja, gehns nur hin und schauens ihn an. Nur zu!«

»Wahnsinn«, sag ich und kann kaum glauben, was ich da seh. Ich umkreise dabei einmal komplett diese Kiste. Ein Traum steht da vor mir. Ein wahr gewordener Traum. Und ich muss mich ernsthaft kurz zwicken, ob ich auch wirklich sehe, was ich da sehe. Ganz langsam, ja beinah schon andächtig, öffne ich dann die Fahrertür und trau mich fast nicht, mich reinzusetzen. Tu es dann aber doch. Mein Gott, dieser Duft! Dieser gute, alte, vertraut schwere Duft. Nach Leder, Metall, Tabak und Schweiß. Sämtliche Verbrechen dieses Planeten sind hier drinnen zu riechen. Ich atme einmal ganz, ganz tief ein und wieder aus, während meine Hand ehrfürchtig über das Lenkrad streift. »Wo bitteschön habens denn den her, Moratschek?«, frag ich nun ziemlich beeindruckt, weil man an solch ein Teil echt kaum mehr rankommt.

»Ha! Ja, das ist eine mehr als berechtigte Frage«, entgegnet er und beugt sich zu mir hinunter. »Polizeimuseum, Eberhofer. Ob Sie das jetzt glauben oder nicht. Gell, da schauns?«

»Aber … aber das muss ja …«, stammle ich ziemlich fassungslos.

»Fragens lieber nicht«, unterbricht er mich prompt. »Das war eine Mörderaktion, das können Sie sich gar nicht vorstellen. Aber egal, jetzt ist es ja da, das gute alte Stück. Und zwar generalüberholt von innen und außen, versteht sich von selbst. Wobei zuerst, da wollt ich Ihnen ja so eine Isetta besorgen. Kennens die noch? Ein geniales Töff-Töff, wenn Sie mich fragen. Aber Ihr Herr Vater, ja, der hat halt dann aber gemeint, dass die vielleicht doch ein wenig arg klein ist.«

»Ja, logo«, mischt sich nun mein Erzeuger ein. »Weil wo bittesehr hätt denn die Oma sich da hinhocken sollen, wennst mit ihr zum Einkaufen fährst? Oder zur Fußpflege?«

Ja, wo er recht hat, hat er recht.

»Wie dem auch sei, meine Herrschaften«, sagt nun wieder der Richter und klopft mir aufs Autodach. »Jetzt steht ja weiteren erfolgreichen Ermittlungen nichts mehr im Weg, gell. Und, ja, noch ganz kurz, Junior, nur damit Sie Bescheid wissen, also diese ganze Aktion hier, die hab ich nur aus einem einzigen Grund heraus gemacht.« Dann legt er eine Pause ein, nimmt derweil in aller Herrgottsruhe eine Prise Schnupftabak, und ich merke genau, dass der Papa auf die Weiterführung dieses Monologs mindestens genauso gespannt ist wie ich selber.

»Ja?«, frag ich schließlich nach.

»Einfach, weil ich Ihre Arbeit mittlerweile … also … Ihre Arbeit unglaublich zu schätzen weiß, Eberhofer. Auch wenn Ihre … ja, wie soll ich sagen, also Ihre Ermittlungsmethoden, äh, sagen wir einmal: meistens eher unkonventionell und von Zeit zu Zeit doch auch lebensgefährlich sind, gell.«

»Findens nicht, dass Sie da jetzt übertreiben, Richter?«, muss ich hier loswerden.

»Nein. Aber eine Aufklärungsrate von hundert Prozent, die soll Ihnen erst einmal einer nachmachen, gell. Ja, das musste nun einfach mal gesagt werden. Und jetzt entschuldigen Sie mich bitte, ich muss weiter, hab gleich eine Gerichtsverhandlung. Also, servus miteinander.«

Spricht's, eilt von dannen und kann mein gemurmeltes Dankeschön wohl gar nicht mehr richtig hören.

Ich bin grad tatsächlich ziemlich gerührt.

Unser Richter Moratschek! Eine der … ja … der angesehensten Persönlichkeiten im ganzen Landkreis. Und ausgerechnet der weiß meine Arbeit dermaßen zu schätzen, dass er gleich so ein Fass aufmacht. Alle Achtung! Aber ganz ehrlich unter uns gesagt: Wenn ich keine Kanone bin, dann weiß ich echt nimmer.

»Ja, Burschi«, brummt nun der Papa, während er sich in aller Seelenruhe einen Joint dreht.

»Papa!«, zisch ich in Anbetracht unseres aktuellen Aufenthaltsortes.

»Ja, ja, ich pack's dann eh schon. Den Heimweg, den findest ja wohl selber.«

Und so heb ich nur kurz die Hand zum Gruße und widme mich dann erneut meinem Lenkrad. Groß ist es, fast riesig. Ganz einwandfrei.

Und da ich in weiser Voraussicht eine meiner Kassetten von daheim mitgenommen hab, leg ich die dann erst mal ein, schalt Guns n' Roses auf Höllenlautstärke, schnauf noch einmal tief durch und tret aufs Gas.

Holla, die Waldfee, das war aber knapp!

Um ein Haar wär ich jetzt gegen einen Volvo geknallt. Mein lieber Schwan, dieser Zwei-Fünfer, der hat aber richtig Speed unter der Haube. Muss man sich wohl auch erst mal dran gewöhnen. Aber dazu haben wir zwei Hübschen künftig ja auch jede Menge Zeit, gell.

Allein die Fahrt in die Klinik ist schon eine Wucht. Ich überhol praktisch alles, was Räder hat und nicht fliegen kann. Und was gar nicht so unwichtig ist: Das Geschaue der Leut, das hab ich glasklar ganz auf meiner Seite. Will heißen, es gibt kaum jemanden, der herschaut und dann so einfach wieder wegschauen kann. Das hat schon was.

Die Krankenschwestern hier arbeiten in drei Schichten. Eine früh, eine spät und die andere nachts. Die von der Nachtschicht kenn ich nicht. Logischerweise, weil ich da ja in der Heia lieg. Die von morgens, das ist eine Zimtzicke vor dem

Herrn, das kann man kaum glauben. Weshalb ich meine Besuche beim Rudi vorwiegend auf den Nachmittag lege. Dann arbeitet nämlich die Nora. Die Nora, die wird zwar nie einen Schönheitswettbewerb gewinnen, dafür aber hat sie eine erfrischend jugendliche Herzlichkeit, ist ausgesprochen aufmerksam und findet den Rudi mindestens genauso nervtötend wie ich. Und deshalb hol ich erst noch unten am Kiosk eine Tüte süßsaure Gummibärchen (ihre Lieblingssorte), und anschließend treff ich sie erwartungsgemäß im Schwesternzimmer an. Wo sie grad dabei ist, irgendwelche Pillen auf kleine Behälter zu verteilen.

»Und, wie ist das werte Befinden heute?«, begrüß ich sie und halt ihr die Bärchen entgegen.

»Meins oder das von unserem Hypochonder?«, fragt sie lachend und schnappt dabei gleich nach dem Beutel. »Danke, Franz, das ist meine Rettung! Hatte nämlich heut noch keinen einzigen Bissen.«

»Gut, dann bin ich ja schon mal über dein Befinden informiert.«

»Exakt«, entgegnet sie, während sie die Tüte aufreißt und beherzt zugreift. »Der gnädige Herr Birkenberger ...«

»Der gnädige Herr Birkenberger?«, muss ich nach einer Weile nachfragen, weil sie inzwischen die Backen randvoll hat und die Augen schließt.

»Na ja«, sagt sie und schluckt endlich runter. »Der hat heute vehement drauf bestanden, dass wir ihm den Katheter entfernen. Die Schmerzen wären unerträglich, hat er behauptet. Und das Ende vom Lied ist, dass er seitdem alle zwei Minuten klingelt, weil er pinkeln muss.«

Und just in diesem Moment ertönt ein Signal, und auf der Anzeigetafel erscheint die Nummer zweihundertsiebenundsiebzig. Also praktisch die Zimmernummer vom Rudi.

»Hab ich's nicht gesagt?«, fragt sie grinsend.

»Mei, er neigt halt gern ein bisschen zum Drama, der Herr Birkenberger.«

»Ach, wie kommst du denn da drauf? Nein, im Ernst, Franz, ich bin sowieso die einzige Schwester hier, die überhaupt noch mit ihm redet. Die Nachtschicht, die geht nur noch mit Kopfhörern zu ihm rein und versorgt dann bloß schnell das Allernötigste. Und die Kollegin aus der Frühschicht hat ihn erst gestern ganz ernsthaft gewarnt. Wenn er noch ein einziges Mal läutet und nicht im Sterben liegt, hat sie zu ihm gesagt, dann wird sie höchstpersönlich dafür sorgen, dass es dazu kommt.«

Ja, so ist er halt, unser Rudi. Beliebt bei Alt und Jung, könnte man sagen. Nun läutet es ein weiteres Mal, und wiederum ist es die Zweihundertsiebenundsiebzig.

Für ein Sekündchen verdreht sie die Augen, schiebt sich noch ein paar Bärchen in den Mund und kommt dann zu mir in den Korridor raus. Und so schlendern wir beide Seite an Seite unserem neurotischen Invaliden entgegen.

Der Rudi liegt dort in seinem Bett, wie er es seit Wochen schon tut, nämlich eingegipst von den Beinen bis rauf zum Hals, und einzig sein Kopf ist noch beweglich. Dieser aber dafür umso mehr, dass ich mich ernsthaft frag, ob er so nicht ein weiteres Schleudertrauma riskiert.

»Wo zum Teufel bleiben Sie denn, Schwester Nora«, schreit er, kaum dass wir zur Tür drinnen sind. »Meine Blase läuft über, verdammt noch mal.«

»Ja, ja, genauso wie vor zehn Minuten und vor fünfzehn. Ich weiß schon Bescheid, Herr Birkenberger«, antwortet sie ganz ruhig und holt dabei die Pinkelflasche hervor.

»Siehst du das, Franz? Es ist die reinste Gängelei hier, wirklich«, quengelt er dann, während er sich drei bis vier Tröpfchen aus dem geschundenen Körper quetscht.

»Ja, Rudi, ich weiß«, sag ich und schau derweil lieber aus

dem Fenster. »Aber bald hast du ja alles überstanden hier. Und dann geht's endlich auf Reha. Das wird lustig, Rudi, wirst schon sehen. Wann genau wirst du entlassen?«

»Am Freitag!«, antworten meine zwei Zimmergenossen wie aus einem einzigen Mund. »Und übermorgen kommt endlich der Gips ab«, hängt der Rudi noch hintendran.

»Na also. Das ist ja wirklich absehbar«, entgegne ich und versuche eine optimistische Grundtendenz in meine Stimme zu legen, während ich mich wieder zu ihm umdreh.

»Wie lange bist du noch hier, Franz?«, will die Nora nun wissen und streift das Bettlaken glatt.

»Solange ich es aushalten kann«, sag ich wahrheitsgemäß.

»Dann sorg doch bitte dafür, dass er den Klingelknopf in Ruhe lässt, okay. Ich hab nämlich tatsächlich noch andere Patienten, um die ich mich kümmern muss.«

Dann ist sie weg.

Der Rudi schnaubt nun ganz wild und beginnt wieder, mit dem Kopf zu wackeln.

»Siehst du, so geht mir das den ganzen Tag. Das alles muss ich mir hier bieten lassen. Ich kann mich nicht bewegen, bin auf Mitmenschlichkeit, Anteilnahme und Hilfe angewiesen und werde behandelt wie der letzte Dreck! Und wem hab ich das alles zu verdanken? Na, wem, Franz? Wem?«

»Nicht schon wieder, Rudi. Du hast doch mir ins Lenkrad gegriffen und nicht umgekehrt. Oder hast du das schon wieder vergessen?«

»Du hast mir ins Lenkrad gegriffen! Du hast mir ins Lenkrad gegriffen«, äfft er mich jetzt nach, und meine Sorge um seinen wackelnden Kopf wird im Sekundentakt größer. »Ich kann es echt nicht mehr hören, verdammt! Du bist doch mit deinem ganzen Gewicht auf mich draufgeknallt, verdammte Scheiße. Sieh mich doch nur an, wie ich hier lieg. Und das schon achtundsechzig Tage und warte … fünfzehn Stunden. Und was ist dir passiert? Hä, was? Eine kleine Gehirnerschütterung und eine gebrochene Nase!«

»Ja, weil ich praktisch genau mit der auf dein deppertes Knie gekracht bin.«

»Soll ich mich vielleicht noch dafür entschuldigen, dass dir mein Knie im Weg war, oder was?«, zischt er mir her.

»Nein, passt schon«, sag ich.

»Und überhaupt, hast du dir vielleicht schon einmal Gedanken über meine Verdienstausfälle gemacht, lieber Franz? Na, hast du das? Ich bin nämlich nicht wie du in der elitären Position, auch weiterhin bezahlt zu werden, wenn ich krank bin. Nein, mein Freund, wenn ich meine Privatdetektei nicht aufschließe, dann kommt auch keine Kohle rein. Will heißen, nicht nur, dass ich durch diesen von dir verschuldeten Unfall körperlich total hinüber bin. Nein, ich bin es auch finanziell und beruflich. Ich bin praktisch sowohl auf sozialer Ebene als auch auf der humanen völlig am Arsch, mein Freund!«

»Gut«, sag ich am Ende seines Monologs und klopf ihm brüderlich auf seinen Gips. »Ich werde Amnesty International einschalten, die kümmern sich drum. Doch bis dahin wirst du wohl oder übel hier ausharren müssen, mein kleiner Wackeldackel.«

Jetzt sagt er gar nichts mehr. Gibt nur noch gurrende und zischende Laute von sich, wird rot und röter, und sein einzig funktionierendes Körperteil - sieht man mal von seinem Schniedl ab - rotiert mittlerweile ganz beängstigend. Und wenn sich sein Haupt nun gleich einmal komplett um die eigene Achse drehen würde, ich wär nicht weiter verwundert. Grüße vom Exorzisten, könnte man da beinahe sagen. Ich nehm ihm mal die Schwesternklingel aus der Hand und leg sie auf seinem Nachttisch ab. Schalt ihm den Fernseher ein, mal sehen, was läuft. Na also, der Blaulicht-Report. Prima, ja, das wird ihm gefallen, dem Rudi.

»Was wird das jetzt, wenn's fertig ist, Franz?«, fragt er mich mit einem leicht hysterischen Unterton aus seinem Gipsbett heraus.

»Noch viermal schlafen, dann kommst du doch hier raus, Rudi. Und bis dahin sei so gut und tyrannisiere mir die Schwestern nicht mehr so. Die haben nämlich echt einen harten Job und können nicht den ganzen Tag so gemütlich im Bett rumliegen wie du.«

Ich schlenz ihm noch kurz die schnaubende Wange und mach mich dann auf den Weg. Und selbst wie ich in meinen Zwei-Fünfer einsteig, da kann ich die wutentbrannten »Komm sofort zurück, Franz!«-Rufe ganz deutlich vernehmen. Erst bei Guns n' Roses verstummen sie.

Ich weiß nicht genau, ob ich mir das nur einbilde oder nicht, aber mit dem Rudi, da wird es echt immer schlimmer. Obwohl er ja schon von Anfang an ein bisschen schwierig war mit seiner Tendenz zum Weibischen hin, das schon. In unserer Ausbildungszeit, als wir uns kennengelernt haben, also in der Polizeischule praktisch, da hab ich ihn ja manchmal sogar beim Weinen erwischt. Wenn's einen Anschiss gegeben hat von einem der Vorgesetzten meinetwegen. Und zunächst, da hat er es ja noch immer ganz gut vertuschen können. Oder er hat es einfach abgestritten und stattdessen behauptet, er hätt eine chronische Bindehautentzündung oder so. Lachhaft, wirklich. Irgendwann aber, da hat er den Spieß einfach umgedreht und plötzlich behauptet, weinende Männer, die wären jetzt modern. Genau. Mittlerweile befürchte ich aber, er mutiert immer mehr Richtung Weichei. Und seit diesem Unfall nun … Na ja, ihr seht es ja selber.

Kapitel 3

Ein paar Wochen später, der Rudi ist längst schon auf seiner Reha, macht gute Fortschritte und leider auch das dortige Personal verrückt, da läutet mein Telefon, und die Zentrale in Landshut ist dran. Ein Gewaltverbrechen an einer jungen Frau soll es geben, und zwar bei uns in Niederkaltenkirchen mitten im Wald. Ich soll gleich mal zum Fundort der Leiche rauskommen, möglichst eilig. Die Spusi, die sei auch längst informiert und wär bereits auf dem Weg. So geh ich eben nur noch schnell zu den Gemeindeschnepfen rüber, einfach um meine sofortige und voraussichtlich längere Abwesenheit kundzutun.

»Soll das heißen, du kannst heut nicht zur Kita fahren?«, fragt mich die Susi über ihren Bildschirm hinweg.

»Exakt, liebe Susi«, antworte ich zwischen Tür und Angel. »So leid mir das auch tut, aber ich kann heut weder zur Kita fahren noch zum OBI, um irgendein Baumaterial abzuholen. Ach ja, und denk doch bittschön an die Bananen und den Grießbrei für den Paul. Und es bricht mir wirklich das Herz, aber ich kann auch nicht zum Schreiner wegen der neuen Küche oder sonst irgendwohin. Nicht heute und vermutlich auch nicht in absehbarer Zeit. Weil ich nämlich zufällig noch einen kleinen Nebenjob hab, wenn du dich daran auch nicht mehr recht erinnern magst.«

»Hab ja nur mal gefragt«, ruft sie mir noch nach, aber da geh ich schon längst Richtung Rathaustür. Und jetzt muss ich tatsächlich sagen, dass in mir beinahe so was wie Freude aufsteigt. Also praktisch wegen diesem Mordfall. Freilich tut mir das schon irgendwie leid, grad so, was das Opfer betrifft, wer auch immer das sein mag. Weil man doch auch als abgebrühter Polizist in den meisten aller Fälle so was Ähnliches wie Mitgefühl empfindet. Ganz klar. Und reißen tu ich mich dann auch nicht unbedingt um einen Haufen Arbeit, wer tut das schon, gell. Doch andererseits muss ich sagen, seitdem es hier in der Gemeinde so dermaßen ruhig ist, da bin ich ja fast schon zum Hausmeister degradiert. Nein wirklich. Ob nun von der Susi ihrer Seite her oder der vom Bürgermeister, das sei völlig dahingestellt. Aber ständig heißt es nur: Du hast ja momentan eh nix zu tun. Oder: Jetzt, wo Sie ohnehin grad Zeit haben, da könntens doch leicht noch schnell … So was in der Art halt. Letzte Woche zum Beispiel, da hat mich unser Dorfoberhaupt ernsthaft gebeten, die Reifen von seinem Radl aufzupumpen, weil er's derzeit im Kreuz hat. Oder gestern … gestern wollte er mit mir auf die Plantage rausfahren zum Erdbeerenbrocken. Angeblich weil er die beste Marmelade macht unter der Sonne. Was eh nicht sein kann, weil die von der Oma gemacht wird. Ja. Nein. Drum eben doch lieber eine Leiche im Wald, und man ist erst mal raus aus dem Schussfeld, gell.

Und ob man das jetzt glaubt oder nicht, das Opfer liegt exakt auf meiner Runde, die ich mit dem Ludwig täglich durch den Wald lauf und wo ich immer unsere Zeit mitstoppe. Allerdings ist es dann nicht mein eigener, sondern ein völlig fremder Hund, der den Leichengeruch wittert und sein Herrchen somit ungewollt zum Auffinder der Toten macht. Was aber vielleicht auch daran liegen mag, dass der Ludwig mittlerweile eh nicht mehr der Jüngste ist, was sich nicht nur an seinem nachlassenden Schnüffelinteresse, sondern auch schon deutlich an unserem Zeitumfang ausmachen lässt. Wenn wir früher die Runde locker in eins-siebzehn gelaufen sind, so brauchen wir heute über eineinhalb Stunden dafür. Aber wurst.

Die Spusi ist schon vor Ort, erwartungsgemäß eingetütet von Kopf bis Fuß und offensichtlich fleißig am Werkeln. Auch das ganze Gebiet hier ist bereits großräumig abgesperrt worden, und dort am Rand steht ein hemdsärmeliger Mann. Er ist vielleicht im Alter vom Papa, wenn auch deutlich attraktiver für meine Begriffe, und saugt nervös an einer Zigarette. Mit kalkweißem Gesicht beobachtet er das ganze Szenario um ihn herum, und ein Hund sitzt reglos an seiner Seite. Doch kaum hab ich einige Schritte in ihre Richtung gemacht, da läuft der mir schwanzwedelnd entgegen. Sein rechtes Vorderbein scheint irgendwie verkümmert zu sein. Jedenfalls ist es kürzer als die anderen. Und ich befürchte, dass es zumindest anstrengend sein dürfte, so laufen zu müssen. Vielleicht sogar schmerzhaft.

»Was hat er denn?«, frag ich gleich, wie ich hinkomm, und deute Richtung Hund.

»Keine Ahnung, war schon immer so«, antwortet der Raucher und zuckt mit den Schultern.

»Aha. Und wie heißt er?«, frag ich weiter, geh in die Knie und kraule über das Fell. Netter Kerl, wirklich. Irgendwas Gemischtes vermutlich. Vielleicht ein Berner-Sennen- oder ein Neufundländer-Mix. Keine Ahnung. Doch für seinen Körperbau hat er immense Pfoten, was darauf schließen lässt, dass er mal groß wird.

»Hund«, antwortet mein Gesprächspartner ziemlich emotionslos, wobei der Begriff Partner nicht recht zutrifft, so wortkarg wie er ist. Ich wär aber wohl ein schlechter Ermittler, wenn ich nicht innerhalb weniger Minuten bereits alle Informationen aus ihm raushätte, die ich so brauche. Und deshalb erfahr ich neben den üblichen Personalien auch, dass der hier anwesende Hundebesitzer gar kein solcher ist. Jedenfalls nicht im klassischen Sinn. Nein, der Herr Kessler, der wird nämlich seit Jahren von starken Durchblutungsproblemen geplagt und muss deshalb auf ärztlichen Rat hin täglich mehrere Stunden spazieren gehen. Und damit er dies nicht immer so allein machen muss, legt er davor immer einen kurzen Abstecher ins nahe gelegene Tierheim ein und leiht sich dort einfach einen Hund. Ist ja auch schön und für alle Beteiligten von Vorteil, gell. Eine glasklare Win-win-Situation, könnte man sagen.

»Und Sie nehmen täglich diese Runde hier?«, frag ich nun, einfach schon, weil ich diese Strecke eben kenn wie kein Zweiter und ich ihn davor noch nie dort gesehen hab.

»Nein, ich wechsle durch.«

»Zwischen was wechseln Sie durch?«

»Meine Güte! Also, insgesamt hab ich drei verschiedene Touren, und je nach Wetterlage oder Laune geh ich eben einmal die sonnigere, einmal die schattigere und einmal die an der Isar. Und weil es heute sonnig ist und warm, drum eben die hier im Wald«, antwortet er ziemlich grimmig und zündet sich eine neue Zigarette an.

»Immer um dieselbe Uhrzeit?«, frag ich weiter, während ich mir Notizen mach.

»An die zwei Stunden vor dem Mittagessen und zwei danach. Essen tu ich mit den Mädls vom Tierheim, wenn Sie's genau wissen wollen. Die kochen nämlich gegen einen kleinen Obolus gleich für mich mit«, entgegnet er und nimmt dann einen tiefen Zug.

»Vielleicht müssten Sie ja weniger laufen, wenn Sie weniger rauchen würden.«

»Vielleicht hätten Sie ja einen brauchbaren Job, wenn Sie was Anständiges gelernt hätten.«

Gut, darüber kann man jetzt streiten. Muss man aber nicht. Irgendwie ist dieser Typ hier echt seltsam. Es passt einfach alles nicht so richtig zusammen. Er leiht sich Hunde aus, um nicht so einsam durch die Gegend zu latschen, noch dazu fußkranke. Isst mit den Mädchen vom Tierheim zu Mittag und wirkt dabei viel eher wie … ja, wie ein Dirty Harry, nur halt in Alt. Früher, da war das bestimmt mal ein Überflieger und Weiberheld allererster Klasse, das ist noch glasklar erkennbar. Und jetzt? Aber sagen wir einmal so, wenn das Profil erst mal abgefahren ist, dann kommt man auch ganz schnell auf den Felgen daher, gell.

»Ist noch was?«, reißt er mich nun aus meinen Gedanken heraus.

»Äh, ja, kannten Sie das Opfer?«, sag ich nun, um einfach wieder anzudocken.

»Keine Ahnung, hab doch nur ganz kurz hingesehen.«

»Will heißen ja, nein oder vielleicht?«

»Ja, keine Ahnung. Sie … sie war nackt … kann das sein? Es war … es war gruselig. Außerdem ist sie, glaub ich, auf dem Bauch gelegen. Jedenfalls hab ich ihr Gesicht nicht gesehen.«

»Sie sind also gar nicht näher rangegangen und haben dort auch gar nichts verändert?«

»Nein, Gott bewahre! Ich war ja zu Tode erschrocken. Dann hab ich gleich mein Telefon hervorgeholt und die Bu… also die Polizei angerufen. Das war alles. Mehr weiß ich auch gar nicht. Kann … kann ich jetzt gehen?«

»Warum hat der Hund eigentlich keinen Namen?«, will ich noch wissen, weil's mich einfach interessiert.

»Hat er doch.«

»Er heißt ›Hund‹, das ist doch kein Name, Mann.«

»Es … na ja, es lohnt sich einfach nicht. Er ist jetzt seit fünfzehn Wochen im Heim, also praktisch seitdem er ein winziger Welpe war. Wenn er ein halbes Jahr alt ist und bis dahin keinen Platz gefunden hat, dann …«, erklärt er und macht dabei eine Handbewegung, als würd er sich die Gurgel durchschneiden. Körpersprache quasi. »Und er wird definitiv keinen Platz finden, darauf können Sie wetten.«

»Hat er denn Schmerzen beim Gehen?«, muss ich noch nachfragen.

»Der Tierarzt sagt nein. Aber wenn Sie, also wenn Sie jetzt keine äh … keine polizeilichen Fragen mehr haben, dann würd ich wirklich gern …«

»Nein, nichts mehr für den Moment«, sag ich und klapp mein Notizheft zu. Wir verabschieden uns, und so machen sich diese zwei Fußkranken just in dem Moment auf den Heimweg, wo die Bestattung hier anrollt. Einen Moment lang schau ich ihnen noch hinterher und muss sagen, der Hund läuft eigentlich recht ordentlich. Trotz seines Handicaps und obwohl er ein kleines bisschen eiert. Aber er wedelt mit dem Schwanz. Das ist schön.

Meine werten Kollegen schwitzen mittlerweile ein bisschen in ihrer luftdichten Wäsche, waren aber sehr fleißig und teilen ihre bisherigen Erkenntnisse auch großzügig mit mir.

Leiche wie erwartet weiblich, sehr jung, so um die zwanzig vielleicht. Zierlich, blond und relativ durchtrainiert. Allerdings ist ihr hübsches Gesicht blutüberströmt, und es sieht aus, als wär die Schädeldecke entzwei. Und ihre Augen … die Augen sind halboffen und blutunterlaufen. Bis auf einen weinroten String ist das Mädchen splitterfasernackt. Keine Klamotten, kein Handy, kein Schlüsselbund und auch keine Papiere. Weder an ihr selber noch um sie herum. Da ist einfach nur diese zierliche Tote zwischen all den Bäumen hier, und einige wenige Sonnenstrahlen finden den Weg auf ihren leblosen Körper. Ihre Habseligkeiten müssen aufs

Gründlichste entfernt worden sein. Und schon aus diesem Grund heraus nimmt die Spusi nun jedes noch so kleine Fitzelchen, jedes einzelne Laubblatt und wortwörtlich auch jeden verdammten Strohhalm unter die Lupe und verpackt alles in kleine Tüten. Der Fundort ist nicht der Tatort, das ist schnell klar. Der liegt nämlich knapp hundert Meter weiter oberhalb, praktisch direkt auf dem Waldweg. Diverse Blut- und Schleifspuren sprechen da eine deutliche Sprache. Offenbar wurde sie nach der Tat hierher ins Dickicht gezerrt und mit Gestrüpp bedeckt, wohl in der Hoffnung, dass man sie nicht so schnell entdeckt.

»Sie ist erschlagen worden«, vermute ich mal so vor mich hin.

»Ja, das sieht ganz danach aus, Eberhofer«, sagt jetzt ein Kollege, der plötzlich neben mir steht. Und grad zieh ich mein Handy hervor, um ein paar Fotos zu schießen, wie er mich wissen lässt, dass das doch wohl sein Aufgabengebiet wär. Und er würde mir anschließend ohnehin sämtliches Material auf dem kurzen Dienstweg via E-Mail zukommen lassen.

Prima, dann gibt's hier wohl fürs Erste nix mehr zu tun für mich, und so kann ich den Leichnam für die Bestatter freigeben. Die ihn dann nach München in die Gerichtsmedizin bringen werden, wo mein alter Spezi, der Günther, die genaue Todesursache ermitteln und mich darüber erwartungsgemäß zeitnah in Kenntnis setzen wird. Und grad bin ich praktisch schon auf dem Weg zu meinem Zwei-Fünfer, wie mir plötzlich ein Gedanke durch den Kopf schießt und mich wieder kehrtmachen lässt. Dieses Gesicht, verdammt noch mal! Dieses Gesicht, das kenne ich doch! Wenn man sich bloß mal das ganze Blut wegdenkt und diese furchtbaren Augen … Irgendwo hab ich dieses Mädchen doch schon mal gesehen. Aber wo? Wo nur zum Teufel? Doch ich kann diese leblose Miene nun anstarren, solange ich mag, es will und will mir ums Verrecken nicht einfallen. Auch nicht nach fünf Minuten und nicht nach zehn.

So geh ich halt wieder zum Wagen zurück, zieh meine Lederjacke aus und werf sie auf den Beifahrersitz. Krempel meine Ärmel hoch, setz mich hinein und kurbele die Fenster nach unten. Warm ist es heute, beinah schon heiß. Und irgendwie hat man direkt den Eindruck, der Sommer, der kommt quasi auf der Überholspur daher und hat den Frühling komplett ausgelassen. Zumindest wenn man so an den kalten Dauernebel von den letzten Tagen denkt. Auch am Ludwig kann man dieses Wahnsinnswetter heute ganz klar erkennen. Weil, wie ich kurz darauf in den väterlichen Hof reinfahre, da läuft mir der schon entgegen, was er halt inzwischen nur noch an Sonnentagen macht. Sonst bleibt er lieber unter unserer Eckbank liegen, also quasi im Warmen, und lässt den Herrgott einen guten Mann sein. Ehrlich gesagt ist es mittlerweile auch viel eher ein Watscheln als ein Laufen, was er da so präsentiert. Aber gut, das steht ihm in seinem Alter auch zu. Meine Herren, wenn ich dran denk, was für ein Wildfang das einmal war ...

»Franz«, tönt es plötzlich vom Garten herüber, und es ist die Stimme von der Oma, die mich jetzt in die Gegenwart holt. Die Oma steht zwischen unseren alten Obstbäumen und ist grad dabei, die letzten Wäschestücke von der Leine zu nehmen.

»Hilfst mir?«, fragt sie scheinheilig, drückt mir aber schon den Wäschekorb in den Arm. Und grad wie wir zwei dann durch die Haustür reinwollen, da düst die Mooshammer Liesl auf ihrem Drahtesel an.

»Servus, miteinander«, schreit sie uns entgegen und saust dann prompt auf uns zu. »Sag, ist das wahr, Franz?«

»Was, Liesl?«, frag ich, ahne aber bereits, was jetzt kommt.

»Ja, das mit dieser Leich halt dort in unserm Wald«, bohrt sie weiter und streift sich ein paar Haarsträhnen aus dem erhitzten Gesicht.

»Und woher, bitteschön, willst du das jetzt schon wieder wissen?«, frag ich, doch sie winkt nur ab.

»Ja, Herrschaft, was ist denn eigentlich los?«, brüllt nun die Oma und schaut uns beide abwechselnd an. »Was ist los, wollen wir nicht reingehen?«

Manchmal weiß ich wirklich nicht, ob's eher ein Vor- oder doch ein Nachteil ist, dass ihre Ohren kaputt sind.

»ES GIBT SCHON WIEDER EINE LEICH BEI UNS IM DORF«, schreit jetzt die Liesl aus Leibeskräften, dass man's gut bis nach Landshut rein hört.

Heute ist es wohl eher ein Nachteil.

»Nein! Das ist ja ganz furchtbar. Komm rein, Liesl, und erzähl alles, was du weißt. Ich koch uns einen schönen Kaffee.«

»Wunderbar, Lenerl«, antwortet die Mooshammerin prompt und holt eine Tupperbox aus ihrem Radkorb. »Schau, ich hab uns ein paar Auszogne gebacken. Hast vielleicht einen Schlagrahm daheim?«

»Geh, Auszogne isst man doch nicht mit Schlag«, sag ich noch so, weil sich bei dem Gedanken meine Nackenhaare kräuseln.

»Ich schon!«, entgegnet die Liesl noch knapp, und schon eilen die zwei Grazien in die Küche hinein. Und ich steh mit diesem depperten Wäschekorb irgendwie blöd in unserm Hausgang herum und frag mich, woher zum Geier die Liesl wieder einmal auf dem neuesten Stand der polizeiinternen Informationen sein kann. »Also, was ist jetzt, Franz?«, hakt sie gleich nach, kaum, dass ich in die Küche komm. »Es ist also wahr, gell. Da ist ein totes Mädel im Wald. Du, und kann es vielleicht sein, dass es die Untermieterin von den Simmerls ist? Du weißt schon, dieses greisliche Flidscherl!«, raunzt die Mooshammerin, zückt ihr Handy und hält mir wie auf Kommando ein Foto vor die Nase. »Weil die Gisela, die hat nämlich gesagt, dass sie die schon seit zwei oder drei Tagen gar nicht mehr gesehen hätt.«

Bingo! Das ist unser Opfer, auch wenn sie auf dem Bild freilich noch quietschfidel ausschaut. Da sieht man's mal wieder. Die Mooshammerin! So sehr sie mir auch sonst immer auf die Eier geht, in manchen Lebenslagen, da ist sie einfach unschlagbar. Genauso wie es ihre Auszognen sind. Der Hammer, wirklich. Innen butterweich und außen leicht knusprig und rein farblich wie Honig und Ei. Mit ganz viel feinem Kristallzucker obendrauf. Manche mögen ja lieber Puderzucker. Ich nicht. Bei Auszognen Kristallzucker, ganz klare Sache. Bei Krapfen, da kann es schon auch mal Puderzucker sein, das schon. Aber wie gesagt, bei Auszognen auf gar keinen Fall. Das ist jetzt meine Meinung.

»Liesl, wenn die Frage gestattet ist, wieso hast du das Mädel überhaupt fotografiert?«, muss ich jetzt noch wissen.

»Weil ich alles und jeden fotografier«, triumphiert sie mir her.

»Du, Oma, ich muss jetzt zum Simmerl rüber. Hättest was gebraucht?«, sag ich, während ich mir die letzten Zuckerbrösel von den Fingern leck.

»Ja, freilich brauch ich was, Bub. Der hat doch die Woch das Rindfleisch im Angebot. Da bringst mir fünfmal ein Kilo. Oder mach zehn. Dann soll er aber gefälligst noch mal um ein paar Euro runter. Und tust es schön aufschreiben lassen, gell.«

Kapitel 4

Völlig vereint steht das Metzgerpaar hinter dem Tresen, wie ich durch die Eingangstür komm, und macht in etwa denselben lebensfrohen Eindruck wie ihr gesamtes Fleisch- und Wurstsortiment.

»Stimmt das, was die Liesl grad am Telefon erzählt hat?«, fragt mich die Gisela gleich ganz ohne Begrüßung. »Dass … dass halt die Simone, ja, dass die halt tot ist?«

Gut, dazu muss man vielleicht wissen, unsere Dorfältesten, besonders die Mädls, die sind wahnsinnig aktiv und aufgeschlossen, was jegliche Neuerungen betrifft. Die hocken nicht daheim auf dem Sofa und häkeln Topflappen, stricken Socken oder bespaßen die Enkel. Nein, weit gefehlt! Da hat eine jede ihr eigenes Handy, schreibt SMS wie am Fließband, fotografiert, was das Zeug hält, ist gelegentlich auf der einen oder anderen Weltreise und geht zum Aerobic. So schaut's aus bei uns in Niederkaltenkirchen. Und da ist es freilich das Selbstverständlichste, dass man bei solchen Neuigkeiten wie einer taufrischen Leiche im Dorf schleunigst in die Tasten haut und die restliche Bevölkerung drüber informiert.

»Franz?«, reißt mich nun der Simmerl aus meinen Gedanken.

»Ah, du, genau«, sag ich. »Machst mir zehnmal ein Kilo vom Rind und schön abrunden. Wie immer halt.«

»Aufschreiben?«, fragt er nach.

»Ja, aufschreiben.«

»Ja, sagts einmal, geht's noch«, keift nun die Gisela über ihren Tresen hinweg. »Wir haben hier möglicherweise einen tragischen Todesfall im Haus. Und ihr zwei, ihr unterhaltet euch ganz entspannt übers Rindfleisch, oder was? Außerdem wird nicht abgerundet. Generell nicht. Auch nicht für den Eberhofer. Gleiches Recht für alle, verstanden. Und auch die gleichen Preise!«

Der Simmerl zwinkert mir zu.

»Bist heut eher dienstlich hier?«, will er dann wissen, und ich zuck mit den Schultern.

»Ja, mei, ich befürchte eigentlich schon«, antworte ich. »Ich muss nämlich rauf in eure Mietwohnung. Ihr habts doch einen Schlüssel dafür, oder etwa nicht?«

»Ja, freilich haben wir einen Schlüssel dafür. Wo denkst denn hin. Ist ja schließlich unser Haus«, sagt die Gisela und verschwindet dann kurzfristig im Schlachthaus hinten.

Und keine Minute später wandere ich auch schon hinter ihrem drallen Gesäß die Stufen hinauf, bis wir schließlich vor der Wohnungstür stehen. Dort steckt sie den Schlüssel ins Türschloss und sperrt auf. Wie sie allerdings eintreten will, muss ich sie stoppen.

»Was soll denn das, Franz? Wie ich dir unten schon gesagt hab, es ist unser Haus und somit auch unsere Wohnung. Und ich will da jetzt sofort …«

»Momentan, Gisela, momentan ist es nicht eure Wohnung, sondern viel eher meine. Weil ich nämlich in einem Mordfall ermittle und das Opfer hier zuletzt wohnhaft war, verstehst. Also sei so gut, geh runter und such mir in der Zwischenzeit euren Mietvertrag raus. Und auch sonst sämtliche Unterlagen, die du möglicherweise noch so von ihr hast.«

»Aber …«

»Hat das Mädchen irgendeine Verwandtschaft gehabt? Mutter, Vater, Geschwister? Weißt du da was drüber?«

»Ja, mei, wie ich dir ja schon gesagt hab«, sagt sie nun zögerlich. »Ihr Bruder, der ist doch Pfarrer, drüben in Frontenhausen. Ein netter Mann, so richtig anständige Leut, weißt. Der hat ihr auch beim Einzug geholfen und war danach noch so zwei- oder dreimal da. So viel ich gehört hab, sind das ja Waisen, die beiden. Hab da mal was läuten hören. Aber nix Genaues weiß ich eigentlich nicht. Misch mich ja nicht in die Sachen von anderen Leuten ein.«

»Hat sie vielleicht sonst noch irgendwelchen Besuch gehabt?«

»Nein, nein, das nicht. Das hätt mir auch gar nicht gepasst, weißt. Dass mir da ständig irgendwelche Fremden durch mein Treppenhaus latschen und womöglich noch alles verdrecken. Außerdem weiß man ja heutzutag eh gar nimmer, wem man noch trauen kann und wem nicht, gell. Grad mit dieser ganzen seltsamen Brut, die wo da vom ganzen Globus her zu uns reinschwappt.«

»Du, Gisela, jetzt schaust einmal unten nach, was du über das Mädel finden kannst«, sag ich noch so, dreh sie im Hundertachtziggradwinkel um und schieb sie sanft, doch vehement die ersten Treppenstufen hinab. Anschließend verschaff ich mir vom Türrahmen her einen ersten Überblick. Ein typisches Mädchenzimmer, würd ich mal sagen. Mit jeder Menge Schminksachen, Schmuck und Klamotten, ein bisschen zu plüschig und rosa für meinen Geschmack, aber gut. Es ist alles sehr ordentlich hier. Auch das angrenzende Bad ist sauber und frisch. Ich schau alles mal durch, kann aber nix wirklich Relevantes finden. Das Einzige, was mir für den Moment als womöglich wichtig erscheint, ist alleine ihr Laptop. Und den nehm ich dann mit. Anschließend geb ich noch schnell in Landshut Bescheid, damit die Spusi hier anrollt. Morgen, heißt es. Morgen würden sie kommen. Für heute ist jetzt Schluss und Feierabend. War eh anstrengend genug dort im

Wald mit den unzähligen Spuren und dieser irren Hitze. Außerdem spielen die Bayern ja heut, und da wär an einen weiteren dienstlichen Einsatz ohnehin nicht zu denken.

Ende und aus. Dann wird eingehängt.

Das ist aber jetzt wirklich die Höhe! Was soll man denn dazu noch sagen? Die Bayern spielen heute! Tatsächlich! Wie hab ich das nur vergessen können? Nun aber nix wie weg hier.

So schließ ich also die Zimmertür hinter mir ab und versiegle sie. Weil, sicher ist sicher. Und ganz sicher ist, dass die Gisela einen Zweitschlüssel hat.

Wieder unten angekommen, liegt mir der Mietvertrag vor sowie die exakten Daten des Bruders, der wohl so eine Art Bürgschaft für die Miete übernommen hat.

»Wieso diese Bürgschaft?«, frag ich.

»Mei, dieses Mädl, die hatte doch nix. Kein festes Einkommen, keine Rücklagen, gar nix. Woher auch?«, erklärt die Gisela dann. »Wir haben sie doch nur aufgenommen, weil sie nett und sympathisch war.«

»Dass ich nicht lach. Du hast sie aufgenommen, weil ihr Bruder ein Pfaff ist«, mischt sich jetzt der Simmerl ein, womit er prompt einen visuellen Faustschlag erntet.

»Wie auch immer«, sag ich, schnapp mir die Dokumente und mein Fleischpaket und klopf kurz auf den Tresen. »Ich muss los. Mir pressiert's. Also, servus miteinander.«

»Wie? Das war jetzt alles?«, fragt die Gisela und stemmt ihre Hände in die Hüfte.

»Für heute schon«, lass ich sie noch erfahren.

»Gehst heut etwa gar nicht rüber zum Wolfi?«, will der Metzger noch wissen. »Die Bayern spielen doch gleich.«

»Das ist ja der Grund meiner Eile«, ruf ich noch schnell durch die Ladentür hindurch und bin dann auch schon unterwegs.

Der Wolfi und die Bayern. Das ist ja eh so eine Sache für sich, gell. Denn obwohl er ein ausgemachter Sechziger-Fan ist und somit schon von Haus aus auf der falschen Seite steht, schleppt er bei jedem einzelnen Bayernspiel seinen Flachbildfernseher vom Schlafzimmer runter und stellt ihn mitten ins Wirtshaus. Natürlich war das nicht immer so. Lange Zeit hat er sich sogar vehement dagegen gewehrt. Erst wie er allmählich mitgekriegt hat, dass man mit dem sogenannten Public Viewing richtig Kohle machen kann, erst da hat er seine Meinung gründlich überdacht und schließlich geändert. Was man aber auch verstehen kann. Somit hat er seinen Laden bumsvoll, das Bier fließt in Strömen, und er selber verpasst nicht das Geringste. Weil er nämlich in seinem dämlich provokanten Sechziger-Trikot hinterm Zapfhahn steht, Bier verteilt oder Gläser poliert und dadurch vom verhassten Match ohnehin nix mitkriegt. Am Ende trägt er den Flat einfach wieder hinauf und zählt höchst beglückt seine abendlichen Einnahmen. Und alle sind zufrieden. Apropos zufrieden. So richtig zufrieden, ja beinah schon begeistert, sind wir ja erst, seitdem dieser Flachbildschirm da ist. Weil zuvor nur so eine uralte Kiste da war. Quasi so ein Mörderteil, wo man schon Minimum zu dritt sein musste, um die überhaupt vom ersten Stock runter zu kriegen. Meistens hab ich das gemeinsam mit dem Flötzinger und dem Simmerl übernommen. Eines Tages aber ist uns, auf eine bis heute unerklärliche Weise, das schwere Teil irgendwie aus den Händen geglitten und holterdipolter die Treppe hinunter. Das war's dann. Und hinterher hat's dann für den Wolfi nur eine einzige, aber schwerwiegende Entscheidung gegeben: entweder in einen neuen Fernseher zu investieren oder in einer leeren Bude zu hocken. Im Heimatwinkel drüben, da gibt's nämlich auch einen TV. Und zwar einen vom Allerfeinsten. Und Bier gibt's da auch. Ich glaub, die Entscheidung, die ist ihm gar nicht so schwergefallen, dem Wolfi. Und hat sich längstens rentiert.

Aber jetzt bin ich direkt ein bisschen abgeschweift.

Also, bevor ich nun zum abendfüllenden Fußballevent aufbrechen kann, muss ich noch zwei kleine Zwischenstopps einlegen. Und zwar erstens bei diesem Pfarrer, einem gewissen Herrn Kitzeder. Schließlich sollte der vom Tod seiner Schwester möglichst nicht über gemeindeinterne Dorfratschn informiert werden. Und zweitens muss ich auch noch kurz heim. Ich schau auf die Uhr. In eineinhalb Stunden ist Anpfiff, dann aber würd ich die Vorberichterstattung verpassen. Was ziemlich scheiße wär, weil das einfach dazugehört. Da wird spekuliert, diskutiert und, ja, auch schon ein bisschen vorgeglüht. Verdammt noch eins! Nun heißt es also wirklich Gas zu geben.

Kurz vor Frontenhausen werd ich geblitzt. Arschlöcher! Wie ich kurz darauf die kleine Treppe zum Pfarrhaus raufeile, seh ich einen ganzen Schwung Menschen dort um den Gartentisch sitzen. Und ich vermute mal, es sind Mutter und Vater Kitzeder sowie die dazugehörigen drei, nein, vier Kinder. Ich räuspere mich und begeb mich Richtung Tisch.

»Ja, bitte«, fragt mich das Familienoberhaupt relativ freundlich und steht auch gleich auf.

»Eberhofer«, sag ich und zieh meinen Dienstausweis hervor, den er dann genau inspiziert. »Herr Kitzeder?«

»Ja«, sagt er, blinzelt einige Male und wendet sich dann wieder seiner Familie zu. »So, meine Lieben, auf geht's. Hände waschen und dann nach oben. Lernt die Sachen, die wir grad durchgesprochen haben, und in einer halben Stunde treffen wir uns wieder hier unten zum Abendgebet.«

Die Kinder gehorchen wie dressiert. Vielleicht sollte ich das mal überdenken, grad was so meine eigenen Erziehungsmaßnamen betrifft. Zum momentanen Zeitpunkt ist es nämlich eher so, dass ich das mach, was der Paul gerne hätte, statt umgekehrt.

»Wollen Sie Platz nehmen, Herr Kommissar?«, wendet er sich nun wieder an mich und deutet auf den Tisch, wo seine Gattin grad Geschirr auf ein Tablett räumt, um dann nach drinnen zu verschwinden.

»Nein«, sag ich in Anbetracht meines straffen Zeitplans. »Es handelt sich bei meinem Besuch hier nur um eine kurze … äh, eine kurze Mitteilung, verstehen Sie. Alles andere können wir morgen in Ruhe bei mir im Büro besprechen.«

»Und was bitteschön wollen Sie mir mitteilen?«, fragt er nun, und einer seiner birkenbestockten Füße fängt an zu zucken.

»Die Kitzeder Simone, das … das ist Ihre Schwester, nicht wahr?«

»Ja, wieso?«, sagt er und schaut mir dabei direkt in die Augen. »Was ist mit der Simone?«

Nun gesellt sich seine Frau in unsere Runde zurück und wir beide nicken uns kurz zu.

»Sie ist tot. Sie ist … ermordet worden«, sag ich und mach eine kleine Pause, um die Info erst einmal sacken zu lassen.

»Großer Gott«, seufzt nun die Gattin prompt auf und hält sich die Hand vor den Mund.

»Mein Beileid.«

»Aber wie …«, sucht der Pfarrer jetzt nach Worten, die ihm eh nicht einfallen werden, und lässt sich dann schwer in einem der Gartenstühle nieder.

»Also, ich schlage vor«, sag ich mit einem verstohlenen Blick auf die Uhr. Nur noch vierzig Minuten. »Sie lassen die Nachricht erst einmal auf sich wirken, und wir reden wie gesagt morgen in aller Ruhe bei mir im Büro. Ich kann aber auch gern wieder zu Ihnen herkommen, ganz wie es Ihnen lieber ist.«

Jetzt sagt keiner mehr etwas. Beide starren nur so vor sich hin, er auf die Tischplatte und sie auf den Rasen. Und meine Armbanduhr, die tickt und tickt. Ich kann es beinahe körperlich spüren.

»Prima«, sag ich noch so, hinterlass meine Karte dort auf dem Tisch und dreh mich zum Gehen ab. »Dann sagen wir vielleicht zehn, ist das recht?«

Ganz benommen nimmt er nun die Karte in die Hand und nickt kaum merklich.

»Aber … aber was um Himmels willen ist denn eigentlich geschehen?«, erwacht nun seine Gattin aus ihrer Erstarrung. »Und überhaupt: wieso ermordet? Wer sollte denn so was tun? Das ist doch ganz schrecklich! Und wo … wo ist sie denn jetzt, die Simone?«

»Ich kann zum momentanen Ermittlungsstand noch gar nicht viel sagen, tut mir leid. Die Simone ist nun erst mal in die Gerichtsmedizin gebracht worden und wird dort … ähm … also quasi untersucht. Im Grunde weiß ich auch nur so viel, dass sie heute leblos im Niederkaltenkirchner Forst aufgefunden worden ist.«

Nun atmet die arme Frau ein paar Mal tief ein und wieder aus und wendet dann den Blick von meiner Person zu der ihres Gatten.

»Wir … wir müssen beten, Christian«, sagt sie anschließend, und er nickt ein weiteres Mal. »Kommst du?«

Nun erhebt er sich schwerfällig, und sie nimmt ihn bei der Hand. Dann schlurfen beide durch die Terrassentür hindurch und verschwinden im Haus.

»Gut, dann bis morgen«, verabschiede ich mich, und schon saus ich die Treppen hinunter.

Mit Highspeed geht's zurück Richtung Heimat. Und ob man das nun glaubt oder nicht, aber ich werde tatsächlich ein zweites Mal geblitzt. An dieser geschissenen Radarfalle, da muss doch ein Weibsbild dranhocken. Anders ist das ja gar nicht möglich. Sämtliche Männer in unserem Land, die sind doch längst schon dabei, sich auf das Fußballspiel vorzubereiten.

Also nicht, dass jetzt ein falscher Eindruck entsteht und man womöglich der Meinung ist, dass ich meinen Besuch bei den Kitzeders nur wegen dem Match so dramatisch abgekürzt hätte. Das hat relativ wenig damit zu tun. Denn rein schon aus meiner Erfahrung heraus kann ich sagen, in den meisten Fällen einer Todesbenachrichtigung, da sind die Betroffenen eh erst mal sprachlos. Sprachlos, geschockt und gedankenverloren. Und da ist es ohnehin sinnvoller, sich schnell wieder vom Acker zu machen. Einfach schon, um den Hinterbliebenen die Möglichkeit zu geben, diese furchtbare Nachricht langsam, aber sicher verdauen zu können, gell.

Wie ich ein paar Minuten später in unseren Hof reinfahre, da weiß ich gleich gar nicht, wo ich einparken kann. Denn abgesehen von den diversen Baumaschinen, die eh schon jede Menge Platz beanspruchen, und dem Admiral vom Papa stehen auch noch zwei weitere Autos hier bei uns auf dem Kies. Das eine ist eindeutig dem Leopold zuzuschreiben. Das andere hab ich vorher noch niemals gesehen. So stell ich den Zwei-Fünfer wohl oder übel unter dem Zwetschgenbaum ab in der Hoffnung, dass ihn mir die depperten Vögel nicht komplett zuscheißen werden.

»Ah, Franz«, kann ich mein Bruderherz dann auch schon vernehmen, da bin ich noch gar nicht richtig ausgestiegen. »Gut, dass du da bist.«

»Kann ich jetzt nicht grad erwidern«, sag ich und geh Richtung Saustall.

»Ja, sehr witzig. Aber was anderes, Franz. Wir haben heute eine Frau da, ach, was sag ich: eine Expertin. Die Susi und die Panida, die sind mit ihr schon im Rohbau drüben.«

»Was für eine Expertin?«, frag ich, während ich durch die Saustalltür geh und meine Jacke aufs Kanapee schmeiß. Der Leopold klebt mir im Nacken.

»Eine Expertin für Feng-Shui.«

»Wer ist das?«, frag ich und zieh mein T-Shirt aus. Wo ist denn mein verdammter Deoroller?

Der Leopold kichert wie ein Schulmädchen. Der hat mir echt grad noch gefehlt. Ich schau auf die Uhr. Jetzt aber los!

»Feng-Shui, das ist doch keine Person, Franz. Feng-Shui ist eine Harmonielehre aus China, verstehst. Eine Lehre, die besagt, dass wenn du deine Lebensräume nach dieser Methode gestaltest, dass du dann praktisch eine viel größere Harmonie für dich und dein Leben finden kannst.«

»Bist du besoffen, oder was?«, frag ich und finde endlich das dämliche Deo.

»Franz, jetzt hör mir doch mal zu. Die Susi, die meint auch …«, sagt er weiter und packt mich dabei an der Schulter. So was kann ich ja gar nicht leiden.

»Leopold«, schrei ich ihn deswegen an und tret jetzt freiwillig relativ dicht an ihn ran. Postwendend lässt er von mir ab. »Ich hab keinen Bock auf so einen Mist. Das ist alles, verstanden? Ich will jetzt einfach nur zum Wolfi rüber auf ein oder zwei Bier und ganz harmonisch Fußball schauen. Da brauch ich keine Chinesen dafür, das schaff ich ganz prima alleine.«

»Das ist ja wieder mal typisch für dich, Franz. Bier und Fußball, das ist dein geistiger Horizont. Wann wirst du endlich mal erwachsen, hä? Du hast jetzt eine Familie, die ein Recht darauf hat …«

»Geh, sei so gut und blas mir meinen Schuh auf, magst?«, sag ich noch so und schau ihm dabei direkt in die Augen. Danach zieh ich mein Shirt drüber und saus nur schnell ins Wohnhaus. Dort schnapp ich mir vom Küchentisch her zwei der unzähligen Wurstsemmeln von der dreistöckigen Servierplatte, die da seit Baubeginn und zu jeder Tages- und Nachtzeit von der Oma bereitgestellt und gut frequentiert wird. Und dann mach ich mich endlich auf den Weg. Das Wirtshaus ist erwartungsgemäß voll bis zum Anschlag, und da weiß ich den Wolfi wieder mal richtig zu schätzen. Der mir nämlich einen der besten Plätze reserviert hat. Gut, aber wenn ich bedenk, was ich im Laufe der Jahre hier herinnen schon an Geld gelassen hab, da ist das im Grunde auch nur würdig und recht, gell. Beim Anpfiff bestell ich mein zweites Bier und in der Halbzeit mein viertes. In der Verlängerung hör ich das Mitzählen auf. Macht ja eh keinen Sinn. Und wer auch immer am Ende diesen entscheidenden Elfmeter versenkt hat, das krieg ich gar nicht mehr mit. Nur, dass wir gewonnen haben. Und das ist ohnehin alles, was zählt. Hochverdient gewonnen haben, muss man der Genauigkeit halber sagen. Und das, obwohl der Schiri ein Arschloch war, das kann man kaum glauben. Aber da sieht man's mal wieder, gell. Der liebe Gott, der ist halt ein Bayer. Und zwar durch und durch. Da hilft alles nix. Noch nicht einmal ein bestechlicher Schiri. Wir trinken noch ein bisschen was auf diesen herrlichen Sieg, und dann mach ich mich auf den Heimweg. Und jetzt bin ich direkt froh, nicht mit dem Zwei-Fünfer hergekommen zu sein, sondern per pedes, mein lieber Schwan! Einfach, weil die Straße heute irgendwie deutlich schmaler ist, als ich sie je in Erinnerung hatte.

Kapitel 5

Eine Kreissäge ist es, die mich am nächsten Morgen weckt, und zweifelsohne schneidet sie mir grad exakt durch meinen Schädel. Ich steh auf und schließe das Fenster. Besser.

»Du schaust ja heut aus wie gespien, Bub«, begrüßt mich die Oma, wie ich kurz darauf in der Küche eintreff. Ich zieh mir einen Stuhl hervor und setz mich nieder. Dabei fällt mir auf, dass ich die Klamotten vom Vorabend noch anhab, was mir schon ziemlich lang nicht mehr passiert ist. »Du willst doch nicht etwa so in die Arbeit?«, fragt sie nun, während sie mir Kaffee eingießt, und allein dieser Geruch, der würgt mich jetzt regelrecht her.

»Nein, keinen Kaffee heut, Oma. Kannst mir nicht lieber einen Tee kochen?«

»Wer saufen kann, der kann sich auch seinen Tee selber kochen. Außerdem hab ich eh keine Zeit nicht. Weil ich jetzt mit der Liesl nach Bad Gögging rüber fahr, zum Wellnessen, weißt. Unser Bus, der geht um halb neun, drum muss ich mich schicken. Und du, Franz, du solltest vor der Arbeit noch unbedingt zum Duschen gehen. Du stinkst ja wie ein Iltis«, lässt sie mich noch wissen, ehe sie ihre Siebensachen packt und in Windeseile den Raum verlässt.

Und so riech ich mal kurz in meine Achselhöhle rein, und puh! Ja, sie hat recht. Eine Dusche wär sicherlich nicht der schlechteste aller Gedanken. Und grad wie ich dabei bin, mir einen Tee aufzugießen, da erscheint die Susi und hat den

Paul auf dem Arm. Ihr Gesichtsausdruck ist … ja, sagen wir freundlich. Obwohl ich auch ganz genau merk, dass er aufgesetzt ist.

»Schönen guten Morgen«, sagt sie und drückt mir den Buben in den Arm.

»Morgen«, antworte ich artig, setz mich mit Tee und Paul wieder nieder und versuch dann erst einmal, ein paar fette Grimassen zu ziehen, was mir in Anbetracht meines dröhnenden Schädels gar nicht so leichtfällt.

»Babba stinkt«, sagt das Paulchen.

»War's recht nett gestern Abend beim Fußball?«, fragt die Susi mit einem leicht hämischen Unterton, während sie voll Inbrunst eine Banane zerquetscht.

»Mei, geht so«, lüg ich.

»Während du dich gestern beim Wolfi abgequält hast, lieber Franz, da hatte ich das außergewöhnliche Vergnügen, mit deinem Bruder Leopold und seiner aktuellen chinesischen Muse unsere neuen Räumlichkeiten zu gestalten. Und dabei red ich nicht nur von seinen Zimmern oder denen von seiner Familie. Sondern auch von deinen und meinen. Und auch vom Zimmer, das der Paul kriegen wird.«

»Paul Zimmer«, sagt der kleine Mann und seine Mutter lächelt selig. Aber nur kurz.

»Das war echt nervig, Franz«, nörgelt sie prompt weiter. »Weil dein lieber Bruder ständig alles besser weiß und überall reinredet, und ich schwör's dir, wenn die Panida nicht dabei gewesen wär, hätt ich ihn mit dem Meterstab erschlagen.«

»Da siehst du es wieder einmal, Susimaus, da war es direkt ein Glück, dass ich nicht dabei war.«

»Nein, jetzt mal im Ernst, Franz. Wie die Panida das nur aushält mit ihm. Diese Borniertheit und Rechthaberei. Und überhaupt, wo doch die Thailänder so was von rücksichtsvoll sind und so genügsam.«

»Wahrscheinlich genau aus diesen Gründen heraus. Außerdem versteht sie wohl noch immer nicht so recht, wovon er ständig so schwafelt, der Leopold.«

»Nein, nein, ihr Deutsch, das ist mittlerweile schon ziemlich gut«, sagt sie und schiebt den letzten Bananenbatz in das Mäulchen vom Paul, der jetzt leicht angewidert den Kopf wegdreht und sehnsüchtig auf den Brotzeitteller mit dem Speck draufschaut. Ich muss grinsen.

»Kannst du mir bitte vielleicht noch einen Tee kochen, liebe Susi?«, frag ich und quäl mir ein Lächeln ab.

»Nein«, erwidert sie prompt, nimmt dem Buben das Lätzchen ab und stellt dann die Schüssel in die Spüle. »Das kann ich nicht. Ich muss nämlich jetzt zur Kita und danach gleich ins Büro. Bin eh schon spät dran. Und soweit ich mich erinnern kann, hast du ja einen brandneuen Fall an der Backe, Franz. Solltest du da vielleicht nicht auch langsam in die Gänge kommen?«

Wie sie mir nun den Paul vom Schoß nimmt, gibt's ein Geplärre, das kann man kaum glauben. Babba, schreit der Bub aus Leibeskräften, strampelt mit Händen und Füßen und kreischt wie am Spieß. Kreissäge Dreck dagegen.

Ich lange mir an den Kopf.

»Ich glaub, ich bin krank.«

»Zu viel Bier und zu viel Fußball. Ja, das ist allerdings krank.«

»Wie du nur so hartherzig sein kannst, Susimaus. Du liebst mich doch, oder? Immerhin bauen wir ja grade ein Haus zusammen.«

»Jetzt hör mir mal gut zu, Eberhofer«, sagt sie, während sie mit der kleinen Rotznase noch einmal zum Tisch zurückkommt, und ihre Augen funkeln. »Ich baue dieses Haus, verstanden? Und zwar zusammen mit deinem Bruder, seiner Frau und irgendeiner asiatischen Spiri-Trulla. Du hast doch daran nicht das geringste Interesse. Bier und Fußball, das ist dein Leben. Und dein dämlicher Saustall vielleicht noch. Ach ja, wo wir grad schon mal dabei sind, lieber Franz, bilde dir bloß nicht ein, dass auch nur irgendeins von deinen vergammelten Möbelstücken da drüben in das neue Haus reinkommt. Dafür kannst du dir schon jetzt gleich mal einen Container bestellen, nur dass das klar ist. Und nun muss ich zur Arbeit, und das solltest du auch tun, immerhin wirst du dafür bezahlt.«

Wie ist die denn drauf? Und ehrlich gesagt geht's mir nach diesem fragwürdigen Vortrag noch deutlich schlechter als zuvor. Und ich bin richtiggehend erleichtert, dass die Susi jetzt endlich unsere Küchentür anpeilt. Dort aber dreht sie sich dann noch einmal um und schaut mich wieder so eindringlich an. In diesem Moment, da krieg ich zum Kopf- auch noch Bauchweh.

»Ich will doch nur, dass dieses verdammte Haus endlich fertig wird, Franz. Und zwar bald. Das musst doch sogar du irgendwann kapieren, Mensch. Schließlich wohne ich nun schon wochenlang mit dem Buben dort oben in diesem winzigen Kammerl und muss mir das Bad mit der Oma, dem Papa und zwei verschwitzten Polen teilen. So will ich doch nicht den Rest meines Lebens verbringen.«

»Aber du könntest vielleicht auch …«

»Nein, ich werde nicht in deinen depperten Saustall ziehen, verdammt noch mal. Ich will dieses Haus. Für dich und mich und für unser Paulchen hier. Bitte!«, unterbricht sie mich mit glänzenden Augen.

»Babba, Haus. Paul Zimmer und Bagger«, strahlt mein Sohnemann unter seinen nassen Augen hervor und beginnt auf ihrem Arm rumzuhopsen.

Ich nicke und versuche zu lächeln.

»Du solltest mal duschen gehen, Franz«, sagt sie am Ende fast tonlos, und schließlich verschwindet sie mit dem hopsenden Paul durch die Tür. Ich schick ihm noch ein Bussi durch die Luft, und ehrlich gesagt bin ich ziemlich froh, wie die Tür endlich zu ist.

Du solltest mal duschen gehen, Franz! Aha. Ich sollte duschen gehen. Ich sollte ein Haus bauen. Ich sollte einen Fall lösen. Ich sollte den Rudi in der Reha besuchen. Verdammt, der Rudi! Den hab ich ja total vergessen. Der hat mir gestern Abend noch Minimum zehn Mitteilungen aufs Handy geschickt, in denen er mir vorwirft, dass ich ihn nie besuchen komm. Was ja auch stimmt. Aber seien wir doch einmal ehrlich, was soll ich dort auch? Entweder er jammert über das miese Personal, die unerträglichen Schmerzen oder seinen finanziellen Ruin. Das langweilt einfach. Aber wurst. Jedenfalls sollte ich ihn demnächst tatsächlich einmal besuchen. Was man eigentlich alles immer so sollte, gell. Fragt denn jemals einer danach, was man selber so will? Ja, ich will Fußball schauen, und ja, ich will Bier trinken. Doch das eine schließt das andere nicht generell aus, oder? Weil ich ja auch wirklich dieses Haus bauen und zusammen mit der Susi und dem Paulchen dort leben will. Nur eben nicht mit dem Leopold gemeinsam. Nein, vielleicht sogar mit dem Leopold, nur nicht gemeinsam. Warum kann der sich nicht einfach um seine eigene Doppelhaushälfte kümmern und wir uns um die unsere? Warum, zum Teufel, will er ums Verrecken eine Gemeinschaftssauna in einem Gemeinschaftskeller? Und warum schickt er uns seine dämliche chinesische Wohnwissenschaftlerin, nur weil er an so einen Schmarrn glaubt? Ich verlang doch umgekehrt auch nicht von ihm, dass er Fußball schaut und Bier trinkt, verdammt noch mal! Jeder sollte doch seine eigenen Entscheidungen treffen dürfen, das ist doch nicht zu viel verlangt.

Wie auch immer. Nachdem ich mir noch schnell ein paar Aspirin eingeworfen hab, gehe ich duschen. Und zwar, weil ich mich zum einen nicht mehr riechen kann und ich das zum anderen selbst so entschieden hab. Nicht etwa die Oma oder die Susi. Nein, ich möchte das so. So schaut's nämlich aus. Danach schmeiß ich mich in ein paar frische Klamotten und mach mich auf den Weg. Draußen im Hof treff ich dann auf den Papa, der grad wieder mal dabei ist, seinen Admiral aufzupolieren. Er steht dort in der Sonne, liebkost diese uralte Kiste, und der Ludwig liegt vor ihm im Gras und döst ganz entspannt vor sich hin. Und das, obwohl die Kreissäge drüben im Neubau immer noch Geräusche macht, wo ein Tinnitus praktisch im Vorprogramm steht. Doch vermutlich lässt auch sein Gehör langsam nach, anders ist das nicht zu erklären. Trotzdem ist es irgendwie gut, dass ich die zwei hier grade noch antreff.

»Morgen, Papa«, schrei ich durch den Lärm hindurch und kraul dem Ludwig über den Schädel.

»Morgen, Bub«, sagt er, dreht sich zu mir um und grinst ganz fett. Er hat einen Joint zwischen den Zähnen, der wohl auch verantwortlich ist für seinen morgendlichen Frohsinn.

»Du, horch, bei mir wird's heut sicher etwas später, kannst du vielleicht mit dem Ludwig …«

»Logo«, unterbricht er mich gleich. »Ich geh später eh mit dem Kinderwagen raus, da kann der Ludwig prima mit, gell, Ludwig.«

Der Ludwig gähnt einmal tief durch.

»Sag einmal, Papa, der Joint da, ist es nicht noch ein bisschen arg früh dafür?«

»Ja, wie soll man denn diesen Krach hier sonst ertragen? Und außerdem kommt eben das Paulchen am Nachmittag. Und immerhin kann ich ja nicht vor dem Buben …«

»Nein, natürlich nicht«, schrei ich noch, öffne die Fahrertür und steig ein. Nichts wie weg hier, das ist ja wahrhaftig die reinste akustische Folter.

Mein Weg ins Büro führt wie immer an der Metzgerei Simmerl vorbei, und dort kann ich die Gisela sehen, die grad dabei ist, aktuelle Tagesangebote an die Schaufensterscheibe zu pinseln. So halt ich mal an.

»Du, Gisela«, ruf ich aus dem Wagen heraus, und schon dreht sie sich um und kommt her.

»Sag einmal, Franz, kann es sein, dass du mir die Wohnungstür da oben versiegelt hast?«, will sie zunächst einmal wissen.

»Möglich«, entgegne ich.

»Soso. Und warum, wenn ich fragen darf, bist du frisch wie das blühende Leben, während mein Alter wie verreckt im Bett flaggt und mir die halbe Nacht lang alles vollgekotzt hat?«

»Du, das war nur wegen dieser Verlängerung und dem blöden Elfmeter, Gisela. Weil, weißt, wenn die Spannung nicht mehr auszuhalten ist, dann kriegst du einen solchen Durst, das kannst dir gar nicht vorstellen. Gib ihm ein Aspirin oder zwei und stell ihn unter die Dusche. Dann ist er wieder fit wie ein Turnschuh«, versuch ich die Ehre unseres maroden Metzgers wenigstens ein bisschen zu retten.

»Fit wie ein Turnschuh, ha! Ja, das war er zuletzt vor zwanzig Jahren vielleicht, und ich kann mich kaum noch dran erinnern. Apropos, hast du jetzt eigentlich schon was wegen diesem Viagra rauskriegen können?«

»Nein, nix. Und du?«, frag ich völlig überflüssigerweise.

»Nein, würd ich dich sonst fragen?«

»Du, ich bleib dran, sobald sich die Gelegenheit dazu ergibt, gell. Aber was anderes, Gisela. Heut werden im Laufe des Tages ein paar Typen von der Spusi hier anrücken. Nur, dass dich nicht wunderst und sie bitte auch brav reinlässt. Und ich versprech dir, es sind ganz bestimmt anständige Leut.«

»Ui, sind die etwa von der Kripo?«, fragt sie und kriegt gleich ganz rote Backen.

»Exakt, von der Kripo.«

»Mei, die mögen doch bestimmt eine Leberkässemmel oder zwei«, überlegt sie nun so mehr vor sich hin.

»Bestimmt«, sag ich noch so, dann wird plötzlich oben ein Fenster aufgerissen und dem Simmerl sein Kopf erscheint, den er mit beiden Händen umklammert.

»Gisela, bitte«, ruft er nun zu uns runter. »Kannst mir einen Tee kochen?«

»Nix!«, brüllt die Gisela knapp retour, trommelt mir aufs Autodach und widmet sich dann erneut der Schaufensterscheibe mit den Empfehlungen des Tages.

Um zehn vor zehn erscheint dann auch schon das Ehepaar Kitzeder bei mir im Büro, beide recht käsig um den geistlichen Zinken herum und ganz in Schwarz. Nach einer kurzen Begrüßung nehmen sie etwas zögerlich an meinem Schreibtisch Platz, und ich hol ihnen vorne im Verwaltungsbunker zwei Haferl Kaffee.

»Wann haben Sie denn die Simone zuletzt gesehen?«, beginn ich im Anschluss, während ich mein Notizheft zücke.

»An Weihnachten«, antwortet die Frau Kitzeder, nimmt einen Schluck Kaffee, und ich merke, dass ihr die Hände leicht zittern. »Also, ich für meinen Teil zumindest.«

»Und Sie?«, frag ich nun ihren Gatten. Der aber reibt sich nur ein paarmal über die Augen, schüttelt kaum merklich den Kopf und antwortet erst einmal nicht.

»Dann kann ich also mal davon ausgehen, dass der familiäre Umgang mit Ihrer Schwester beziehungsweise Schwägerin nicht unbedingt der herzlichste war. Ist ja nichts Schlimmes, kommt in den besten Familien vor«, stell ich dann so in den Raum, was ein auffallend verächtliches Schnauben ihrerseits nach sich zieht.

»Theresa, bitte!«

»Nichts, Theresa, bitte!«, zischt sie nun. »Sie hätte bald unsere ganze Familie ruiniert, dieses schamlose Flittchen! Von deiner Karriere, da mag ich gar nicht erst reden. Hast du das alles schon vergessen?«

Gut, so kommen wir wohl nicht weiter.

»Frau Kitzeder«, muss ich mich deswegen hier einmischen. »Ich schlag vor, Sie machen jetzt mal einen entspannten Spaziergang durch unser wunderbares Dorf oder gehen auf einen feinen Kuchen zum Heimatwinkel rüber. Und in … sagen wir … in einer halben Stunde vielleicht, da kommen Sie zurück und lösen Ihren Gatten hier ab.«

Zuerst mag sie ja nicht recht. Dann aber reißt sie ihre Handtasche von der Stuhllehne runter, wirft einen warnenden Blick auf ihre bessere Hälfte und eilt mürrisch von dannen. Jetzt kehrt erst mal Ruhe ein. Danach läuft eigentlich alles wie am Schnürchen. Mein Visavis beantwortet anstandslos all meine Fragen, und ich notiere eifrig mit. Und so kann ich auch im Handumdrehen in Erfahrung bringen, dass die Gisela wohl völlig richtig gelegen hat mit ihrer Vermutung. Nämlich der, dass der hier anwesende Christian Kitzeder und seine neun Jahre jüngere Schwester Simone tatsächlich Vollwaisen sind. Ein Autounfall, tragische Sache. Ja, da ist man oft völlig machtlos dagegen. Das Mädchen war damals erst fünfzehn, während er schon im sechsten Semester Theologie studiert hat, und beide waren mit der Situation völlig überfordert. Zwischendurch stöhnt er immer mal wieder auf, der gute Herr Pfarrer, und schüttelt den Kopf. Aber dann erzählt er doch immer brav weiter. Wenigstens hatten die Eltern ihnen das Wohnhaus sowie kleinere Geld- und Sachwerte hinterlassen, so dass zumindest finanziell keine Beeinträchtigung zu erwarten war. Wochentags war die Simone dann in einem Waisenhaus untergebracht, an den Wochenenden und in den Ferien dagegen war sie bei ihrem

Bruder im elterlichen Anwesen in Frontenhausen. Also genau dort, wo er heute mit seiner Familie lebt. Und exakt wegen dieser Familie, da hatten die Probleme dann irgendwann angefangen.

»Wissen Sie, die Simone, die ist ja von Anfang an eifersüchtig gewesen«, erzählt er nach etlichen Seufzern weiter, und dabei schaut er jetzt sehr nachdenklich über mich hinweg und aus dem Fenster hinaus. »Ich mein, ich hab das schon auch irgendwie verstehen können. Immerhin bin ich doch jahrelang ihr wichtigster Mensch gewesen, und sie war der meine. Und dann, praktisch von heute auf morgen, da war eben plötzlich diese Frau an meiner Seite. Die Theresa. Erst mal nur für eine Nacht, dann für eine Woche und schließlich für immer. Und sie hat heiraten und Kinder haben wollen. Das war von Anfang an klar. Und im Grunde war es ja auch das, was ich wollte.«

»Und somit ist die Simone so holterdipolter quasi vom unangefochtenen Platz eins auf einen der hintersten Plätze gerutscht«, vermute ich mal so, und er nickt.

»Damit waren die Konflikte praktisch vorprogrammiert?«, frag ich nach einer kleinen Pause.

»Konflikte, mei, wo gibt's die nicht, Herr Kommissar? Da fragen Sie grad einen Experten. Es vergeht kaum eine Woche, in der ich nicht bei irgendeiner Familie sitze und zu schlichten versuch.«

»Das mag schon sein, aber hier haben wir einen Mordfall, Herr Kitzeder. Und da ist jede noch so kleine Information halt enorm wichtig, verstehen Sie? Also?«

»Ja, natürlich hat's Konflikte gegeben«, entgegnet er kleinlaut.

»Zwischen Ihrer Frau und der Simone? Zwischen den Kindern und der Simone? Zwischen Ihnen und der Simone? Zwischen Ihnen und Ihrer Frau? Soll ich weitermachen?«

»Nein, nein, ist ja schon gut«, antwortet er und hebt dabei beschwichtigend die Hand. »Die Kinder und Simone, die waren einfach nur toll miteinander. Die haben sie buchstäblich vergöttert, grade die zwei Mädchen. Die Simone, die war ... ja, die war wie so eine Art große Schwester, verstehen Sie. Und Sie dürfen mir glauben, es ist gestern ... also gestern Abend auch echt furchtbar gewesen, als wir ihnen diese ... diese schreckliche Nachricht ...«

»Verstehe«, kann ich hier unterbrechen.

»Im Grunde genommen waren einfach die beiden Frauen eifersüchtig aufeinander. Meinetwegen und auch wegen der Kinder. Es war wie ... ja, wie eine Art Tauziehen zwischen den beiden. Ja, und irgendwann ist die Theresa einfach als Siegerin vom Platz gegangen, und die Simone hat unbedingt ausziehen wollen. Das war's. Ich hab ihr dann geholfen, eine Unterkunft zu finden, und sie natürlich auch finanziell unterstützt, ganz klar. Immerhin wohne ich ja in einem Haus, das zur Hälfte ihr gehört.«

»Gehört hat«, sag ich, der Richtigkeit halber. »Jetzt gehört es Ihnen allein, Herr Kitzeder. Vorausgesetzt, es gibt kein Testament, wovon ich mal ausgehe. Und das ist zumindest schon mal ein Ansatz für ein eventuelles Tatmotiv, wie ich meine.«

»Lieber Herr Kommissar Eberhofer! Ich bitte Sie! Sie glauben tatsächlich, dass ich meine ... meine eigene Schwester umbringe wegen des Hauses?«

»Möglich.«

»Sie glauben tatsächlich, dass ich dazu in der Lage wäre? Meine eigene Schwester umzubringen?«

»Was ich glaube, ist eigentlich völlig egal, in jedem Fall brauch ich ein Alibi für die Tatzeit von Ihnen.«

»Ja, wann ... wann war die Tatzeit denn?«, fragt er nun, und das auch völlig zu Recht. Und leider muss ich hier sagen, ich hab keine Ahnung. Nicht die geringste. Deswegen greif ich nun kurzerhand zum Telefonhörer und ruf den Günther in der Gerichtsmedizin an. Und offenkundig freut er sich, meine Stimme zu hören, und hat auch rein zufällig just in diesem Moment unser Opfer auf seinem Sektionstisch liegen. Todeszeitpunkt war vorgestern gegen Abend, sagt er. Vermutlich so zwischen fünf und halb sieben. Ein paar Minuten hin oder her. Außerdem wär das Mädchen mit einem stumpfen Gegenstand erschlagen worden, mit größtmöglicher Wahrscheinlichkeit war es ein Stein. Es war nur ein einziger Schlag, allerdings mit einer unglaublichen Wucht. Alles Weitere würd ich eh noch bekommen, haargenau und schriftlich, sobald sein straffer Zeitplan das eben hergibt. Danke, sag ich noch so, und dann häng ich ein. Während des ganzen Telefonats ist der Kitzeder regelrecht an meinen Lippen gehangen und fragt mich jetzt: »Und?«

»Vorgestern Abend zwischen fünf und halb sieben«, sag ich und schau ihn erwartungsvoll an.

»Vorgestern Abend zwischen fünf und halb sieben«, wiederholt er jede Silbe und scheint nachzudenken. »Tja, da hab ich wohl gar kein Alibi, Herr Kommissar. Zu diesem Zeitpunkt bin ich nämlich ganz alleine zuhause gewesen und hab mich auf eine Beerdigung vorbereitet.«

Na, wenn das mal nicht weitsichtig war!

»Ihre Frau und die Kinder, wo sind die zu dem Zeitpunkt gewesen?«

»Schwimmen. Die waren schwimmen. In der Landshuter Schwimmschule, wissen Sie. Da sind sie dreimal die Woche. Leistungsschwimmer, alle miteinander.«

»Auch Ihre Gattin?«

»Nein, die natürlich nicht«, lacht er nun kurz auf. »Das Ganze dauert inklusive Duschen und Umziehen ja immerhin beinahe drei Stunden. Diese Zeit nutzt sie immer und macht dann irgendwelche Besorgungen oder Einkäufe. Oder sie geht einfach nur bummeln. Das tut ihr gut, mal ein bisschen Zeit nur für sich selber zu haben.«

Beinahe drei Stunden. Hm. Da kann man aber schon relativ entspannt mal nach Niederkaltenkirchen rausdüsen und der ungeliebten Schwägerin eine über den Scheitel ziehen, denk ich mir so. Aber wurst. Jedenfalls haben wir hier wohl zwei Angehörige mit relativ klaren Tatmotiven, dafür aber quasi keinem Alibi.

Nun klopft es kurz an der Tür, und wie auf Kommando kehrt die Frau Kitzeder wieder zurück. Das passt eh, weil mir zu ihrem Gatten grad nix mehr einfallen will.

»Frau Kitzeder«, fang ich also mal an, kaum dass wir unter vier Augen sind. »Ihr Verhältnis zur Simone, das war also nicht das beste, wenn man so will.«

»Was heißt: ›nicht das beste‹? Sie hat sich halt einfach meine Familie unter den Nagel reißen wollen. Hat sich überall eingemischt, ihren Senf zu allem und jedem abgegeben, Vier-Augen-Gespräche mit meinem Mann gefordert und die Kinder gegen mich aufgehetzt. Eingeschleimt hat sie sich, wo sie nur konnte. Die Mädchen geschminkt und ihnen die Nägel lackiert. Lauter so Zeug, wo sie haargenau wusste, dass ich das nicht leiden kann. Da wären Sie sicherlich auch nicht begeistert gewesen«, erzählt sie, ist dabei sehr sachlich, um nicht zu sagen kühl. Und irgendwie wirkt es wie auswendig gelernt oder zumindest schon hundertmal gesagt.

»Na ja, sie war halt auch noch sehr jung, wie ihre Eltern ums Leben gekommen sind. Und da ist wohl ihr Bruder der wichtigste …«

»Ja, großer Gott, ich kann es nicht mehr hören!«, unterbricht sie mich nun barsch. »Immer und immer wieder die gleiche leidige Story. Ich habe den Christian doch zu nichts gezwungen, Herrgott! Er hat sich in mich verliebt und eine Familie mit mir gegründet. So ist das, Punkt. Doch das hat sie einfach nie akzeptieren wollen. Und was glauben Sie eigentlich, wie oft ich mir diese … diese herzzerreißend sentimentale Waisengeschichte schon anhören musste und darauf Rücksicht genommen hab. Na, wie oft?«

Ja, keine Ahnung.

»Was haben Sie vorher eigentlich damit gemeint, dass sie ein Flittchen gewesen ist, die Simone?«, wechsle ich hier mal das Thema.

»Na, einfach weil es wahr ist«, kommt es wie aus der Pistole geschossen, und ihre Augen beginnen zu funkeln.

»Sie meinen damit, sie war eine Prostituierte?«

»Im Grunde ja. Schon. Gut, sie ist vielleicht nicht auf den Strich gegangen, wenn Sie das damit meinen. Aber sie hat ihren Körper verkauft. Hat sich im Internet angeboten und von völlig fremden Kerlen dabei zusehen lassen, wie sie … ja, wie sie an ihrem Körper rumfummelt. Widerlich ist so was, das können Sie mir glauben. Und ehrlich gesagt weiß ich bis heute nicht, warum sie das überhaupt getan hat. Weil Geld … ha, Geld hat ihr ja der gute Christian schon von hinten und vorne reingestopft. Ehrlich gesagt vermute ich mal, es war ihr einfach nur ein feierliches Bedürfnis, unsere Familie in den Dreck zu ziehen. Zumindest würde ihr das ähnlich sehen.«

Das ist ja echt allerhand. Jetzt nämlich fällt mir akkurat der PC wieder ein. Genau, dieser Laptop, den ich doch gestern dort bei den Simmerls entdeckt und mitgenommen habe. Der muss nun freilich sofort untersucht werden. In Anbetracht der neuesten Erkenntnisse dürfte der durchaus aufschlussreich sein.

»Hatte sie denn eigentlich keinen Beruf, die Simone?«, möchte ich jetzt noch schnell wissen.

»Nein, hat sie nicht. Sie hat die Schule geschmissen nach diesem … nach diesem Unfall. Dann hat sie zwei Ausbildungen abgebrochen und ein paar kleinere Jobs gehabt. Doch wie gesagt, richtig arbeiten musste sie ja nie zum Leben.«

»Woher haben Sie das denn eigentlich erfahren, diese Sache mit dem Internetstrip?«

»Sie hat es uns selber erzählt. Und ich könnt wetten, sie war sogar stolz drauf. Keine Ahnung, vielleicht wollte sie auch nur provozieren. Jedenfalls hat sie uns ›bigotte Hinterwäldler‹ genannt, als wir uns deswegen aufgeregt haben.«

»Aha. Und wo waren Sie vorgestern Abend zwischen fünf und halb sieben, Frau Kitzeder?«

»Vorgestern Abend zwischen fünf und halb sieben«, überlegt sie nun, und jetzt wird mir klar, dass sie ihrem Ehemann gar nicht so unähnlich ist. »Die Kinder, die waren beim Schwimmen. Leistungsschwimmen, müssen Sie wissen. Und ich … mein Gott, ich war einfach ein bisschen bummeln.«

»Wo genau?«

»Ja, keine Ahnung. Warten Sie … beim C&A, glaub ich. Und in, ja genau, in einem Buchladen. Und in zwei oder drei Schuhgeschäften.«

»Haben Sie jemanden getroffen, der das bestätigen könnte?«

»Nein, ich glaub nicht.«

Es wird kurz geklopft, dann erscheint ihr Gatte im Türrahmen.

»Kann ich … kann ich jetzt gehen?«, fragt sie nun.

»Können Sie gleich. Aber vorher brauch ich noch die Fingerabdrücke, und zwar von Ihnen beiden«, entgegne ich, und die Hand, wo sie mir grad noch reichen wollte, zieht sie eiligst zurück.

Kapitel 6

Nachdem die Kitzeders das Rathaus verlassen haben, hol ich mir bei der Susi vorne ein Glas Wasser und löse zwei weitere Aspirin darin auf. Dabei reden wir beide kein einziges Wort, doch ihr süffisantes Gegrinse spricht Bände, das hätte sie sich meinetwegen auch gerne sparen können. Zurück im Büro läutet dann prompt mein Telefon, und der Leopold ist dran. Das muss wohl mein Glückstag sein. Er ist ganz erregt und sagt, er hätt heute mit dem Flötzinger einen mordswichtigen Termin auf der Baustelle gehabt, aber der ist weder erschienen, noch konnte er ihn telefonisch irgendwie erreichen.

»Hast du vielleicht eine Ahnung, wo der sein könnte?«, fragt er mich abschließend und klingt ziemlich genervt. Natürlich hab ich die. Der Flötzinger, der flaggt daheim im Bett, genauso wie es der Simmerl tut, und kuriert seinen Kater aus. Immerhin hat er sich ja gestern noch ganz hartnäckig am Tresen eingekrallt, wie der Wolfi längst im Bett war und ich heimgehen wollte.

»Leider nein«, sag ich zum Leopold. »Nicht die geringste.«

»Na, der ist ja vielleicht lustig! Schließlich und endlich ist das doch ein Dienstleister, oder nicht? Der kann doch einen zahlenden Kunden nicht einfach so versetzen wie einen Deppen, was bildet der sich eigentlich ein, ha? Immerhin bin ich extra viel früher aus der Buchhandlung weggefahren, und die ganze Arbeit bleibt nun an meinen Angestellten hängen.«

»Vielleicht baut er ja grad irgendwo anders eine Gemeinschaftssauna ein, wer weiß.«

»Ha, ha, sehr witzig!«

»Ist sonst noch was, Leopold?«, frag ich mit einem Blick auf das Glas, wo die letzten Tablettenreste grad noch so durchs Wasser zischen.

»Nein, nix«, bellt er mir entgegen und hängt ein.

So spül ich noch schnell meine Medizin hinunter und ruf dann halt selber mal beim Flötzinger an.

»Franz, lebst du noch?«, nuschelt er mir kaum vernehmbar in den Hörer.

»Nicht wirklich. Du, der Leopold, der …«, sag ich.

»Ich weiß«, unterbricht er mich aber hier gleich. »Der hat heut schon gefühlte fünfhundertmal angerufen. Aber ich … ich kann heut einfach nicht, verstehst. Ich lieg quasi im Sterben.«

Wenn das einer verstehen kann, dann ich.

»Passt schon, Flötz. Wollte einfach nur kurz hören, ob du denn noch unter uns weilst oder tatsächlich an deiner Kotze erstickt bist.«

»Versprich mir eins, Franz«, hör ich ihn nun noch deutlich leiser, und es grenzt schon fast an ein Flehen.

»Was?«

»Wenn ich das nächste Mal wieder eine zweite Flasche Jackie bestellen will … dann, bitte, Franz, bring mich zuvor entweder heim oder um. Versprochen?«

»Versprochen«, sag ich noch, dann leg ich auf.

Wobei ich sagen muss, der Flötzinger, der war gestern seit langem einmal wieder richtig gut drauf. Ist einfach nur mit uns anderen dort an der Theke gesessen, hat Bier getrunken und den einen oder anderen höchst professionellen Kommentar zum Fußballspiel abgegeben. Genau so wie alle anderen eben auch. Kein einziges abfälliges Wort über seine

Exfrau, kein wehmütiger Satz über die Kinder oder die Unterhaltszahlungen, die ihn in den nahen Ruin treiben. Und noch nicht mal eine klitzekleine Bemerkung über das leere Haus, das – unter uns gesagt – so langsam, aber sicher vermüllt und verrottet. Nein, nix. Ausschließlich Fußball, Bier und gute Laune. Ja, auch der eine oder andere Jackie, das schon. Und freilich könnte man da sagen, jetzt hat er seinen Dreck im Schachterl. Weil er halt ums Verrecken nicht heim hat mögen heut Nacht. Dafür ist er im Moment aber umso lieber daheim. Apropos heim. Ich würd mir echt auch grad ein Loch in den Bauch freuen, wenn ich ebenfalls einfach heimfahren und meinen Hangover auskurieren könnt. Kann ich aber nicht. Denn leider bin ich kein Freiberufler nicht, gell. Mich zahlt ja der Staat. Und somit auch der Steuerzahler. Im Grunde also zahl ich mich auch irgendwie selber. Und weil es inzwischen noch nicht einmal Mittag ist, da bleibt mir ja gar nix anderes übrig, als allmählich wieder in die Gänge zu kommen, schließlich haben wir einen aktuellen Mordfall.

Gut, wo anfangen?
Vielleicht erst einmal die Kollegen in Landshut drin anrufen. Mal sehen, was die in der Simmerl'schen Wohnung so alles entdecken haben können.
»Sorry, Kollege«, kann ich nun durch die Muschel erfahren. »Du, bei uns ist heute nur die Notbesetzung im Haus, verstehst. Alle irgendwie schlecht beieinander. Aber ab morgen, da sind bestimmt sämtliche Mann an Bord, und es gibt wieder Dienst nach Plan, hähä.«
Aha. Bin ich eigentlich heut der Einzige hier, der was tut? Offensichtlich ist meine eigene Arbeitsauffassung nicht unbedingt kompatibel mit der diverser anderer Sheriffs aus unserem Freistaat. Das nenn ich mal interessant. Darüber sollte

ich vielleicht einmal nachdenken und doch eher Bankräuber in Landshut drin werden. Zumindest heute wären die Fluchtversuche gut machbar. Und so lehn ich mich im Drehstuhl ganz weit nach hinten, leg die Beine auf den Schreibtisch und schließe die Augen. Nur für einen kleinen Moment oder zwei. Plötzlich ist es mir aber, als würd ich beobachtet werden. Drum werf ich noch einen kurzen Blick durch den Raum. Aber nix. Also Augen wieder zu und weiter überlegen.

»Sie sollten Ihr Mittagsschläfchen langsam mal beenden, Eberhofer. Ich mein, bevor wir hier zusperren«, ist das Nächste, was ich vernehme. Es kommt von unserem Bürgermeister, der auf einmal in meinem Türrahmen steht.

Ich reib mir die Augen und schau auf die Uhr. Unglaublich, aber es ist schon halb vier. Irgendwie muss ich wohl doch kurz weggenickt sein. Die personifizierte Überheblichkeit schreitet nun auf mich zu und hält mir ihr dämliches Handy vor die Nase, um mir einige Fotos zu präsentieren, die eindeutig durch mein Fenster hindurch geschossen worden sind. Relativ deutlich bin ich drauf zu erkennen – zusammen mit der jeweiligen Uhrzeit. Weit zurückgelegt in meinem Sessel mit einem völlig entspannten Gesichtsausdruck, den Schuhen auf der Tischplatte und offenem Mund. Einmal das Köpfchen nach links gedreht und einmal nach rechts. 12:45 Uhr. 13:11 Uhr. 14:07 Uhr. 14:52 Uhr. Und das letzte der Fotos, das ist wohl erst vor einer guten Minute geknipst worden.

»Und, was sagen Sie dazu?«, will der Bürgermeister nun wissen, und ich steh einmal auf.

»Schönes Telefon, macht erstklassige Aufnahmen. Neu?«, frag ich, während ich mir meine Jacke von der Stuhllehne schnapp.

»Sie haben den ganzen Nachmittag über geschlafen, Eberhofer!«

Wo ist nur dieser dämliche Laptop? Der von dem Mädchen. Ach hier.

»Ich hab über den aktuellen Fall nachgedacht. Das war alles. Aber Sie, Bürgermeister, Sie haben den ganzen Nachmittag über private Fotos geschossen. Noch dazu von einer Person, die das weder gewusst noch erlaubt hat. Persönlichkeitsrechte sind ein wertvolles Gut. Haben Sie davon schon mal was gehört? Möglicherweise müssen Sie da mit Konsequenzen rechnen. Und jetzt entschuldigen Sie mich bitte, ich hab noch was zu tun.«

Zur Tür raus, den Gang entlang und in den Zwei-Fünfer.

Mann, ist das noch eine Hitze da draußen! Fenster weit auf, Musik aufdrehen und ab.

Keine halbe Stunde später treff ich dann auch schon in der Rehaklinik ein. Also praktisch dort, wo der Rudi grad wieder fit gemacht wird. Ich schnapp mir den Laptop, steig aus und wandere durch den parkähnlichen Vorgarten Richtung Eingang. Schön ist es hier. Sehr gepflegt und viele alte Bäume. Gut, alte Menschen hat es hier auch. Etliche sind mit Rollstuhl oder Rollator unterwegs, andere mit Krücken oder eben auf irgendeine Weise lädiert. Und wohl aufgrund der heutigen Temperaturen sind auch alle äußerst spärlich bekleidet, was dem Auge nicht grad schmeichelt. Körperwelten Dreck dagegen, könnte man sagen. Aber gut.

Kurz darauf kann ich aber den Rudi im Speisesaal finden, wo er einsam an einem der Tische rumhockt und in einem Salat rumstochert. An den Nachbartischen dagegen geht es deutlich geselliger zu. Und ich frag mich spontan, ob er dieses Gruselkabinett hier boykottiert oder ob es eher andersrum ist.

»Schmeckt's etwa nicht?«, frag ich ihn erstmal, und prompt

schaut er auf. Er trägt einen wirklich unsäglichen Jogginganzug, wo so seltsame Palmen drauf sind, und ein Käppi, was zumindest seinen Kahlkopf verhüllt.

»Franz!«, freut er sich im ersten Moment. Dann aber muss er sich wohl dran erinnern, dass mein letzter Besuch schon ein Weilchen zurückliegt. »Ich bin froh, dass ich das noch erleben darf«, fügt er jetzt nämlich hinzu, und es klingt durchaus genauso vorwurfsvoll, wie es wohl beabsichtigt sein dürfte.

»Ich freu mich, Rudi, wenn du dich freust«, sag ich und schau mal auf seinen Teller. »Salat. Ist das alles, was ihr hier abkriegt?«

Nun verschränkt er seine Arme vor der Brust, was mich jetzt fast ein bisschen aus der Bahn wirft. Einfach, weil die nämlich in den letzten Wochen nur so leblos neben seinem ebensolchen Körper rumgelegen sind. »Toll, du kannst ja deine Arme wieder bewegen, Rudi!«

»Ja, der Rudi, der kann seine Arme wieder bewegen, Franz. Und ob du's glaubst oder nicht, auch seine Beine. Er hat bereits jede Menge Aquatraining und Gymnastik hinter sich. Und er ist auch schon dreimal auf einem Esel geritten und einmal auf einem riesigen Pferd. Gell, da schaust. Aber das kannst du alles nicht wissen, weil du ja keinen Kontakt zu mir hast. Weder persönlich noch sonst irgendwie.«

»Stell dir vor, wir haben einen neuen Mordfall, Rudi«, sag ich, schon einfach, um das Thema zu wechseln. Leg den Laptop am Tisch ab, zieh mir einen Stuhl hervor und setz mich nieder.

»Du hast einen neuen Mordfall, ich hab, warte ...«, sagt er und zieht einen Zettel aus seiner Jackentasche. »Hier. Ich hab die nächsten Tage je zwei Anwendungen, wie du siehst. Eine vormittags, eine nachmittags. Und einmal die Woche eine psychologische Aufarbeitung. Außerdem hab ich noch ...«

»Ist das wirklich alles, was ihr zu essen kriegt?«, muss ich hier unterbrechen.

»N… nein«, antwortet er nun entgeistert. »Wir haben dort drüben ein Büfett. Warm und kalt und auch richtig lecker.«

Doch das hör ich schon gar nicht mehr, weil ich längst unterwegs bin. Schnapp mir ein Tablett und starte mit der Pfannkuchensuppe. Sehr fein, wirklich. Beim Nudelauflauf, da weiß der Rudi mittlerweile bereits über alles Bescheid, grad was so unseren aktuellen Fall angeht, und freilich merk ich deutlich, wie er allmählich aus der Reserve kommt und seine Neugierde steigt. Und beim Kaiserschmarrn hab ich ihn schließlich so weit, dass er sich um diesen dämlichen Laptop kümmern will. Na also, geht doch. Immerhin kann er das ja prima zwischen der einen oder anderen Anwendung reinschieben, oder nicht? Ganz abgesehen davon dürfte so eine geistige Beschäftigung auch seinen Gehirnzellen guttun. Nicht, dass er hinterher zwar körperlich wieder voll einwandfrei ist, dafür mental ganz verkrüppelt. Grad wo er doch auch so einsam ist hier.

»Jetzt hast du mich doch wieder um den Finger gewickelt«, sagt er anschließend beim Kaffee.

»Ich hab dich nicht gewickelt, Rudi. Wir hatten einfach ein gutes Gespräch über einen Mordfall, und da hat es sich halt so ergeben, dass …«

»Es hat sich nicht ergeben, Franz. Du bist genau mit diesem Plan hier aufgetaucht, denn immerhin hast du diesen Laptop ja schon mitgebracht«, sagt er weiter und schnauft dann theatralisch durch.

»Ich versteh jetzt dein Problem nicht ganz, Rudolf Birkenberger.«

»Ja, das glaub ich gern, dass du das nicht verstehst. Aber vielleicht erklär ich es dir einfach mal. Mein Problem ist schlicht und ergreifend, dass du mich immer nur ausnützt,

Franz. Immer wenn du Hilfe brauchst, dann fällt dir plötzlich der gute alte Rudi wieder ein. Das ist das ganze Problem. Im Grunde ... im Grunde, da bin ich doch gar kein echter Freund für dich, ich bin einfach nur praktisch. So schaut's aus. Aber eines sag ich dir, auf solche Freunde, da kann ich aber auch gleich komplett verzichten.«

»Das glaub ich nicht, lieber Rudi. Weil du nämlich gar keine anderen hast«, sag ich, weil's wahr ist.

»Ich hab was? Ich hab keine Freunde? Ha, ich hab hunderte Freunde. Tausende. Überall auf der Welt. Wo auch immer ich hinkomm, da habe ich Freunde, nur dass du das weißt.«

»Ja, ganz offensichtlich«, sag ich noch so und trinke meinen Kaffee auf ex. »War ja auch kaum mehr ein Platz zu ergattern an deinem Tisch hier.«

Und so schnapp ich mir mein Tablett und bin grad auf dem Weg zur Ablage rüber, wie mir eine Kaffeetasse in den Nacken kracht.

»Du hast mir aber jetzt nicht grad deine Tasse ins Genick geworfen?«, frag ich ziemlich perplex, während ich mich zu ihm umdreh.

»Doch, das hab ich«, entgegnet er triumphierend.

»Und warum, wenn ich fragen darf?«

»Einfach, weil ich deinen blöden Schädel verfehlt hab.«

Ich schüttle noch kurz meinen Kopf, geb das Tablett ab und geh Richtung Ausgang.

»Wann kommst du wieder, Franz?«, ruft er mir jetzt noch hinterher.

»Nächste Woche«, ruf ich zurück, ohne mich nochmals umzudrehen.

»Schwör's!«

Ich heb meine drei Finger zum Schwur, und dann verlass ich diese trostlose Gesellschaft hier. Es ist tatsächlich noch ein bisschen heißer geworden. Und wie ich kurz darauf an einer roten Ampel anhalten muss, da schwitz ich gleich wie ein gesalzener Radi.

Die Runde mit dem Ludwig fällt heute aus, weil ja der Papa schon mit ihm unterwegs war. Und da ich mich kulinarisch auch bereits bestens versorgt hab, entfällt das Abendessen ebenfalls. Was mir die Gelegenheit dazu gibt, mich einfach hinterm Haus in einen der Gartenstühle zu knallen, die Füß hochzulegen und den Sonnenuntergang zu betrachten. Wunderbar. Der Flieder blüht grad in seiner ganzen Herrlichkeit und duftet, dass es dir beinah schwindelig wird. Irgendwie schad, dass mir heut ums Verrecken kein Bier schmecken wird. Weil das wär jetzt tatsächlich die Krönung.

»Gar kein Bier heut?«, fragt mich die Susi ein kleines Weilchen später, während sie barfuß durch die Wiese streift und direkt auf mich zukommt. Sie schaut heute einfach hammermäßig aus mit ihrem Trägerkleidchen und dem Paul auf dem Arm.

»Nein, kein Bier heut«, sag ich und streck die Hände nach dem Buben aus. Der grinst auch gleich, kaum dass er auf meinem Schoß gelandet ist, und rülpst erst mal kräftig.

»Ja, ganz der Papa«, sagt die Susi.

»Apropos Papa«, sag ich. »Wo ist denn der überhaupt?«

»Der holt die Oma vom Bus ab«, antwortet die Susi und setzt sich ins Gras. »Wellness, das weißt doch. Du, übrigens hab ich heute die Fliesen fürs Bad ausgesucht. Willst du mal schauen?«

»Morgen, Susimaus. Es war heut echt ein anstrengender Tag.«

»Du Schmarrer, es war eher die Nacht zuvor, die anstrengend war. Aber passt schon, ich lass dich heut lieber in Ruh. Bloß noch ganz kurz, Franz, morgen kommen doch diese Typen, weißt schon. Die wegen dem Abbruch. Die müssen da wohl noch einiges ausmessen und berechnen, ehe sie mit der Abrissbirne kommen.«

»Was denn für ein Abbruch?«, frag ich, weil ich echt keinen blassen Schimmer hab.

»Ja, Mensch, der Abbruch von deinem Saustall, Franz. Mein Gott, ich hab dir doch gesagt, dass du dich langsam mal um einen Container kümmern sollst wegen deiner ganzen schäbigen Möbel und so. Hörst du mir eigentlich irgendwann mal zu, wenn ich mit dir rede?«

Jetzt bin ich schlagartig wach.

»Du, Susimaus«, sag ich ganz ruhig und beug mich dabei so weit wie nur möglich zu ihr nach vorne. »Sollte hier am Hof eine Abrissbirne auftauchen, dann werde ich höchstpersönlich dafür sorgen, dass sie euer dämliches Doppelhaus trifft, verstanden? Darauf kannst du Gift nehmen. Und jetzt Ende der Durchsage.«

Dann lehn ich mich wieder zurück, mach mit dem Paul Hoppe-Reiter und blick völlig entspannt in die Sonne.

»Haus Babba Bagger«, grinst er mich an.

»Ja, Bagger Haus kaputt«, grins ich zurück.

»Kaputt«, lacht er nun.

»Aber ...«, versucht es die Susi noch einmal.

»Nix aber. Schau, wir haben Abendrot. Abendrot, Schönwetterbot.«

Die Susi zuckt noch kurz mit den Schultern, und dann schweigen wir beide. Das ist schön.

Eine Abrissbirne, dass ich nicht lache. Auf welchem Mist ist das denn gediehen? Seit ich denken kann, leb ich in meinem heiligen Saustall. Na gut, seitdem der Papa seine Schweinezucht nicht mehr hat und mir das Zusammenleben mit der buckligen Sippschaft irgendwann ganz gehörig auf die Eier ging. Da hab ich dann so nach und nach angefangen, aus den alten, stinkenden Mauern so was wie mein persönliches Refugium zu machen. Und der eine oder andere Bausparer von der Oma hat da freilich auch eine tragende Rolle gespielt, ganz klar. Wir haben Feste drin gefeiert, es war mein erstes Liebesnest, und das ist es bis heute. Und immer wenn ich einfach meine Ruhe haben und alleine sein will, dann ist mir dort der Ludwig Gesellschaft genug. Meinetwegen werde ich in dieses dämliche Doppelhaus ziehen. Doch nie im Leben würde ich meinen Saustall ganz aufgeben. Da müssten die schon mit ganz anderen Geschützen auffahren als mit einer dämlichen Abrissbirne. Wo bitteschön sollte ich denn dann hin, wenn mir die ganze Familie mal tierisch auf die Eier geht?

Und wie auf Kommando erscheint nun der Leopold in unserer kleinen harmonischen Runde.

»Servus, miteinander«, sagt er, stemmt die Arme in die Hüfte und wirft mir damit prompt einen Schatten.

»Kannst du bitte aus der Sonne gehen«, sag ich, während die Susi artig zurückgrüßt.

»Ich hab heut deinen Flötzinger noch kurz getroffen, Franz. Und zwar in der Apotheke«, sagt er weiter.

»Würdest du mir bitte aus der Sonne gehen.«

»Er hat eine dermaßene Fahne gehabt, die konnte man durch die geschlossene Türe durch riechen.«

Jetzt fängt das Paulchen an zu weinen. Die Susi steht auf, nimmt ihn auf den Arm, und dann verschwinden die beiden über die Wiese zurück Richtung Wohnhaus. Nun nimmt der Leopold Platz und schaut mich ganz eindringlich an.

»Franz, so geht das nicht weiter.«

»Ja, was denn schon wieder, verdammt noch mal?«

»Wir kriegen das Haus doch nie fertig, wenn wir uns auf solche Leute verlassen.«

»Leopold, jetzt hör mir mal gut zu. Du wirst wohl am besten wissen, dass es mir vollkommen scheißegal ist, ob und wann dieses dämliche Haus fertig ist. Von mir aus auch nie! Ich fühl mich nämlich pudelwohl, so wie es grad ist. Abgesehen davon hab nicht ich den Flötzinger beauftragt, sondern du. Was also soll dieser saublöde Vortrag überhaupt?«

»Ich will dieses Haus haben, verstanden. Und die Susi, die will es auch. Und du, Franz, du grätschst uns da jetzt nicht rein!«

»Komm, verpiss dich, trink was Giftiges und versemmle mir hier nicht meinen Feierabend.«

»Was für ein mieser, mieser kleiner Egoist du doch bist, Franz! Schämen solltest du dich. Deine Frau und dein Kind, die hausen seit Wochen dort oben eingepfercht in einer winzigen Kammer. Und die Panida und ich, wir kriegen im Juli unser zweites Kind und haben noch nicht einmal ein Kinderzimmer für unser erstes.«

»Ja, entschuldige mal, bin ich jetzt dafür auch noch verantwortlich, dass ihr euch vermehrt wie die Karnickel, oder was?«

»Ach, leck mich doch am Arsch!«, sagt er, erhebt sich und eilt von dannen.

Unglaublich, wie dir ein so kurzer Besuch doch deutlich die Stimmung verhageln kann.

Kapitel 7

Am nächsten Morgen geht's mir aus diversen Gründen heraus deutlich besser. Zum einen ist heute Freitag, will heißen, das wohlverdiente Wochenende steht schon direkt vor der Tür. Zum anderen hab ich geschlafen wie ein Baby und bin dementsprechend auch topfit. Der dritte und nicht unwesentliche Punkt ist aber, dass heute Susi-Tag ist. Was bedeutet, dass sie heut Abend erst einmal mit dem Paulchen hier im Saustall anrückt und wir es uns dann ein Weilchen zu dritt ein bisschen gemütlich machen. Irgendwann aber übernimmt dann die Oma unseren Kronprinz, und so können wir beide uns der trauten Zweisamkeit erfreuen, was meistens sehr schön ist. Halt schnackseln und so. Manchmal gehen wir sogar auch irgendwohin, vorwiegend zum Wolfi. Heute aber eher nicht, weil ich den diese Woche ja schon bis zur bitteren Neige hin hatte. Und weil das Leben halt grad so geschmeidig ist, starte ich den Tag mit einer ausgiebigen Dusche. Wie ich im Anschluss mit dem Ludwig in die Küche reinkomm, ist bereits der Papa anwesend, genauso wie die Susi samt Fexer. Von der Oma jedoch weit und breit keine Spur.

»Wo ist die Oma?«, will ich nach einem kollektiven Morgengruß deswegen gleich einmal wissen.

»Blasenentzündung«, murmelt der Papa hinter seiner Zeitung hervor. »Wahrscheinlich war sie in ihrem nassen Badeanzug zu lang unterwegs. Jedenfalls liegt sie jetzt mit einer

Wärmflasche und einem Tee oben im Bett und schaut einfach furchtbar aus.«

Was den Begriff Wellness zumindest in Frage stellen dürfte. So hol ich halt mal ein Haferl hervor und schenk mir einen Kaffee ein. Damit hock ich mich dann auf die Eckbank und starr auf den leeren Tisch.

»Dann gibt's wohl kein Frühstück heut?«, frag ich nach.

»Wer sollte das machen?«, entgegnet der Papa und steht auf. Streift dem Paul kurz über den Kopf und verlässt gähnend die Küche.

»Stimmt das, Franz«, sagt nun die Susi, kommt von der Anrichte rüber zu mir an den Tisch, und ihre Augen funkeln. »Das, was mir der Leopold gestern Abend noch erzählt hat?«

»Ja, keine Ahnung. Was hat er denn erzählt?«

»Er hat gesagt, dass dir unser Haus da draußen sowieso scheißegal ist und es dir am allerliebsten wär, wenn alles so bleiben würd, wie es grad ist.«

»Mei, Susi, das ist doch wirklich kein großes Geheimnis, oder? Du weißt doch haargenau, dass ich mich persönlich in meinem Saustall drüben am wohlsten fühl. Aber freilich versteh ich auch, dass wir drei als Familie eine gemeinsame Bleibe brauchen, und darauf freu ich mich doch sogar irgendwie.«

»Irgendwie«, sagt sie und wirft ihre Haare in den Nacken.

»Ja, irgendwie«, sag ich, und jetzt muss ich unbedingt meinen Susi-Tag retten. So nehm ich sie mal bei der Hand, zieh sie auf meinen Schoß hinunter und geb ihr ein Bussi aufs Ohrläppchen.

»Das machst du aber jetzt nicht bloß, weil heut Susi-Tag ist?«, fragt sie ein bisschen argwöhnisch.

»Nein«, sag ich und knabbere dabei an ihrer Muschel herum. Und wie kurz darauf der Papa zurückkommt, da sind wir grad ziemlich heftig am Schmusen. Doch ihn scheint das nicht im Geringsten zu stören, er nimmt einfach seine Zeitung wieder zur Hand und liest seelenruhig weiter.

»Mist, ich muss los«, ruft die Susi dann plötzlich und springt auf.

»Banane kaputt«, sagt der Paul, der inzwischen den ganzen Bananenbatz mit seinem Löffel über den gesamten Hochstuhl verteilt hat, und strahlt die Susi an, wie sie ihn nun aus dem Sitz hebt. Der kann gut strahlen, war er doch auch der Einzige, der was zum Frühstück hatte. Die Susi macht noch schnell alles sauber, schnappt sich dann Tasche und Jacke, und schon huschen die beiden durch die Tür und sind fort.

»War das grade das Vorspiel für heut Abend?«, grinst mir der Papa nun über seine Zeitung hinweg zu.

»Gut möglich, aber warum fragst?«, will ich wissen und schenk mir noch einen Kaffee nach.

»Mei, ich freu mich halt einfach, wenn's bei euch läuft«, entgegnet er, faltet die Zeitung zusammen und starrt dann auf die Tischplatte runter.

»Und du, Papa? Was ist bei dir so los? Also ich mein, mit dir und deiner spanischen Flamme? Es hat dir doch so gut gefallen bei ihr, dort in der Sonne.«

»Mei, Bub«, sagt er weiter und schaut mich dabei an. »Das ist halt so eine Sache, das mit dieser depperten Liebe, weißt. Am Anfang, da hat ja immer jeder dieses Kribbeln im Bauch und schaut die ganze Welt durch eine rosarote Brille an, weiß der Geier weswegen. Aber interessant … interessant wird es erst, wenn beides allmählich verschwindet. Wenn das Gekribbel auf einmal wieder weg ist und auch die Brille. Erst da kommt nämlich die Liebe zum Vorschein. Oder eben auch nicht.«

»Und du meinst also, bei dir und deiner Frau Grimm …«

»Genau, bei uns beiden, da war alles paletti, solang wir frisch verliebt waren. Aber die echte Liebe, Franz, die wollte und wollte einfach nicht kommen. Und irgendwann muss man sich das halt auch eingestehen und einen dicken Schlussstrich ziehen.«

»Und wie … wie hat sie drauf reagiert? Ich mein, sie hat doch erst kurz davor ihre Tochter verloren und dann noch so eine dämliche Trennung?«

»Sie hat darauf gar nicht reagieren müssen. Weil sie tatsächlich eine ganz unglaubliche und kluge Frau ist und es allein deswegen einfach gespürt hat. Ich bin in der schwersten Zeit ihres Lebens an ihrer Seite gewesen, und dafür war sie froh und dankbar. Wir achten uns sehr, Franz. Und sind ganz harmonisch auseinandergegangen.«

»Schad«, sag ich noch so und trink meinen restlichen Kaffee aus. »Ich hätt mich so für dich gefreut. Immerhin bist ja nicht mehr der Jüngste und schon so lang allein.«

»Da gibt's gar nichts zu bedauern, Bub. Es war einfach eine schöne Zeit dort in Spanien, und ich hab Erinnerungen fürs ganze Leben. Und außerdem hab ich doch auch noch euch, weißt. Und bald sind wir ja alle zusammen hier am Hof. Das wird bestimmt bärig, und darauf freu ich mich schon.«

»Apropos, du, wegen meinem Saustall. Der bleibt exakt dort, wo er grad ist, nur dass das klar ist.«

»Du brauchst doch gar keinen Saustall mehr, Franz. Was willst denn damit? Du kriegst ein nigelnagelneues Haus mit allen nur erdenklichen Schikanen und wirst dich dort pudelwohl fühlen, wirst sehen. Außerdem kommen doch dort, wo der Saustall jetzt steht, eh die ganzen Garagen hin. Die von dir, vom Leopold und auch meine eigene. Sag einmal, kann das sein, dass du dir die Baupläne gar nicht angesehen hast?«

»Nein«, sag ich noch so, dann aber stößt die Oma in unsere lauschige Runde. Und ja, sie schaut tatsächlich ganz furchtbar aus heut.

»Kannst mich noch schnell beim Doktor vorbeifahren, Franz?«, will sie wissen, und freilich mach ich das gern. So verlad ich das alte Mädchen kurz darauf in meinen Zwei-Fünfer, und wir düsen los.

»Schickst mir dann eine SMS, wenn ich dich wieder abholen soll«, sag ich noch, ehe sie aussteigt, und sie nickt. Was aber ohnehin erfahrungsgemäß ewig dauern kann. Also das mit dem Abholen, mein ich. Seitdem wir nämlich bei uns in Niederkaltenkirchen sowie in vielen umliegenden Nachbardörfern keine eigene Praxis mehr haben, da muss man in den noch verbliebenen schiere Ewigkeiten lang im Wartezimmer verbringen. An Mon- und Freitagen erst recht. Aber es hilft alles nix, da muss sie nun durch, die Oma.

Kaum in meinem Büro eingetrudelt, da schaut die Susi durch meine Tür und lässt mich wissen, dass kurz zuvor ein gewisser Kitzeder hier angerufen hätte und dringend um einen Rückruf bittet. Na, wenn er darum bittet, dann machen wir das doch. Gut, zuvor schmusen wir noch ein bisschen, die Susi und ich. Und irgendwie wächst meine Vorfreude auf den heutigen Abend quasi mit jeder einzelnen Sekunde. Erst als wir die Schritte vom Bürgermeister im Gang hallen hören können, erst da lassen wir ab voneinander.

»Guten Morgen, die Herrschaften«, sagt er, kaum dass er eingetreten ist.

»Morgen«, entgegnen wir artig.

»Seit wann tragen Sie einen Lippenstift, Eberhofer?«, will er dann gleich wissen, und so wisch ich mir mit dem Handrücken über den Mund.

»Gut«, sagt nun die Susi ein bisschen betreten und zurrt dabei ihren Pferdeschwanz wieder fest. »Ich bin auch schon weg. Und wie gesagt, Franz, vergiss bitte diesen Rückruf nicht. Es ist dringend.«

Und schon ist sie draußen.

»Wen sollen Sie denn da anrufen, Eberhofer?«, will der Bürgermeister prompt wissen und umkreist mich ein paarmal komplett.

»Den Bruder unseres Mordopfers soll ich anrufen«, sag ich wahrheitsgemäß, und weil mir dieses Umkreisen nun langsam zu blöd wird, hock ich mich am Schreibtisch nieder. Nun sagt er nichts mehr. Steht nur mit im Rücken verschränkten Armen vor mir und starrt mich an. Sein Gesichtsausdruck hat dabei, wie soll ich das sagen, zynisch-süffisante Züge angenommen – oder schaut er einfach nur dämlich? Und sein rechter Mundwinkel hängt irgendwie so seltsam schief nach unten.

»Haben Sie grad einen Schlaganfall, Bürgermeister«, frag ich deswegen mal nach.

»Nein, nein, nein, Eberhofer«, sagt er und beginnt mit seinem Zeigefinger zu fuchteln. »Ich hätte grad schwören können, dass es wieder mal ein privater Anruf ist, den Sie da tätigen sollen. Bei Ihrer Kita meinetwegen oder beim Herrn Architekten. Im Elektrizitätswerk womöglich oder bei der Fußpflegerin von Ihrer werten Großmutter.«

»Nein, die Oma ist gerade beim Arzt, nicht bei der Fußpflege. Der Rückruf ist absolut dienstlich«, entgegne ich und merk, dass er mich langsam nervt.

»Absolut dienstlich, sagen Sie. Soso«, sagt er noch immer fuchtelnderweise.

»Ist noch was, Bürgermeister?«, frag ich nach einer schweigsamen Weile und muss sagen, dass ich diesen Gedanken, also den mit dem Schlaganfall, immer noch nicht restlos ausschließen kann.

»Nein, passt schon«, sagt er, erhebt kurz die Hand zum Gruße und verschwindet durch die Tür. Ich schnauf erleichtert durch, such mir dann die Nummer von den Kitzeders heraus und greife zum Hörer.

»Amalia Kitzeder«, kann ich eine Kinderstimme vernehmen.

»Kommissar Eberhofer«, sag ich. »Sag mal, Amalia, kann ich deinen Papa sprechen?«

Es entsteht eine Pause, in der ich nur ein Atmen höre.

»Hallo?«, sag ich deswegen.

»Sind Sie … sind Sie dieser Mann von neulich? Also der, wo gesagt hat, dass die Tante Simone tot ist?«

»Äh, ja, der bin ich. Warum?«

Jetzt fängt sie an zu weinen. Meine Güte! Was mach ich denn jetzt? Himmelherrgott noch mal!

»Kann … kann ich deinen Papa nun sprechen oder nicht«, versuch ich irgendwie zu ihr durchzudringen, doch ich glaub, sie nimmt mich gar nicht richtig wahr. Sie weint nur und weint und macht offenbar auch nicht die geringsten Anstalten, ihren Herrn Papa ans Telefon zu holen.

»Jetzt hör mir mal zu, Spatzilein«, sag ich nun ziemlich laut, und plötzlich wird von draußen die Tür aufgerissen und der Bürgermeister erscheint.

»Spatzilein, hab ich's doch gewusst!«, knurrt er mich jetzt an, und ich weiß gar nicht so recht, wie mir grad geschieht. Blitzschnell kommt er dann an meinen Schreibtisch geeilt und entreißt mir den Hörer, so schnell kann ich gar nicht erst schauen.

»Jetzt hörst du MIR mal zu, Spatzilein«, brüllt er dann in die Muschel. »Dieses Gespräch hier wird nun sofort unterbrochen, verstanden. Weil es nämlich in der Arbeitszeit stattfindet und das hier ausschließlich ein Polizeirevier mit einem Diensttelefon ist. Sämtliche Privatgespräche haben gefälligst nach Feierabend stattzufinden! So, und jetzt over und aus, 'zefix!«

Was anschließend mit dem Ortsvorsteher passiert, das kann man im Grunde in drei Phasen einteilen. Phase eins:

Verdrängung. Als ich unseren Bürgermeister jetzt nämlich über den tatsächlichen Gesprächsverlauf in Kenntnis setze, da zeigt er mir zunächst den Vogel und fragt, ob ich ihn eigentlich für blöd verkaufen will. Er regt sich wahnsinnig auf, rennt ziellos durchs Zimmer und macht einen auf Rumpelstilzchen. Ich aber lehn mich nur in meinem Sessel nach hinten, schau ihn dabei mitleidig an und warte ab. Dann verschränkt er plötzlich wieder seine Arme im Rücken, geht rüber zum Fenster und schaut hinaus. Aha. Phase zwei: Nachdenken. Dauert in etwa eine gute Minute und endet mit den Worten: »Also angenommen, quasi rein theoretisch, es ist wahr, was Sie da grad erzählen, Eberhofer, was tun wir dann jetzt?« Was WIR tun? Jesus Christus! Phase zwei geht dann praktisch nahtlos in Phase drei über und wird durch mein Schulterzucken ausgelöst.

»Gell, das ist Ihnen jetzt peinlich, Bürgermeister«, sag ich nun grinsenderweise und erheb mich.

»Wo wollen Sie denn um Gottes willen jetzt hin?«, will er wissen und wirkt wie aus der Bahn geworfen.

»Ja, überlegen Sie halt mal. Was werd ich jetzt schon tun? Ich fahr natürlich zu den Kitzeders rüber und regle diese Geschichte, Bürgermeister. Immerhin haben die ja schon genug mitgemacht in den letzten Tagen. Und Sie ... Sie suchen sich zukünftig gefälligst eine eigene Beschäftigung und halten sich aus den meinigen raus, haben wir uns da verstanden?«

»Ja, ja, aber, Moment, wartens noch kurz«, sagt er weiter, geht dann vor mir her in sein Büro und öffnet einen seiner Aktenschränke. Dort kommen nun unzählige Schachteln und Flaschen zum Vorschein, das meiste davon ist noch verpackt oder mit Schleifen versehen. Vermutlich handelt es sich dabei um diverse Präsente unserer werten Mitbürgerschaft, ob als Danksagung oder eher Bestechung, ist freilich nicht klar definierbar. Aber auch wurst. Jedenfalls zieht unser Ortsvorsteher ganz wahllos eine der Schachteln aus seinem Fundus und drückt sie mir in die Hand. Gute Geister in Nuss. Aha.

»Bringens die Pralinen doch diesem Dings, also dem Mädel mit, so als eine Art kleine Entschuldigung meinerseits sozusagen«, sagt er weiter.
»Da ist Alkohol drin«, versuch ich noch schnell zu erklären.
»Ja, ja. Und Schokolade und Nuss. Unglaublich fein. Aber ich muss eh grad ein bisserl aufpassen, wissens«, sagt er offenbar noch immer verwirrt und fasst sich an den Ranzen.
Jetzt geb ich auf. Geb auf und mach mich auf den Weg zur Familie Kitzeder.

Es ist wohl die Amalia selber, die mir dann die Haustür öffnet, jedenfalls ist es ein Mädchen mit rotgeweinten Augen.
»Amalia?«, frag ich deswegen, und sie nickt zögerlich. »Wir sind grad am Telefon unterbrochen worden.«
»Von wem denn?«
»Ja, tut mir leid, kleine Maus. Aber weißt, ich hab da heute Morgen so einen geistig verwirrten Mann verhaften müssen, und der hat mir dann einfach plötzlich den Telefonhörer aus der Hand gerissen.«
»Und wo ist der jetzt?«, will sie nun wissen.
»Wer?«
»Na, dieser geistig verwirrte Mann.«
»Ach so! Du, ja, der ist … warte … der ist jetzt von einem … genau, von einem Doktor abgeholt worden, der sich nun um ihn kümmern wird und so.«
Jetzt aber erscheint hinter ihr der Hausherr persönlich, was mich wirklich beruhigt, weil ich mich sonst hier um Kopf und Kragen lüge. Er legt die Hand auf die Schulter des Mäd-

chens und grüßt mich kurz. Und so frag ich erst mal nach dem Grund seines vorherigen Anrufs. Einen kurzen Moment überlegt er, lässt mich dann aber wissen, dass es um die Beerdigung geht. Weil er eben die Beerdigung seiner Schwester planen möchte und deshalb gerne wüsste, wann denn die Obduktion abgeschlossen sei. Nun fängt das Mädchen prompt wieder an zu weinen, und ihr Vater nimmt sie ganz fest in den Arm.

»Ich weiß es noch nicht, Herr Kitzeder«, sag ich wahrheitsgemäß, und dass ich ihn sofort informier, sobald ich was in Erfahrung bringe. Er nickt kurz, bedankt sich und reicht dem Mädchen ein Tempo. Sie leide am meisten darunter, erzählt er dann weiter, und dass sie seit diesem Unglückstag auch nicht mehr in der Schule war, weil sie halt ständig nur heult. So überreich ich ihr kurzerhand noch die Schachtel mit den Pralinen, streif ihr über die Wange und verabschiede mich.

»Aber da ist ja Alkohol drin«, kann ich den Kitzeder noch hören, da eil ich schon die Stufen hinunter.

»Ja, ja«, ruf ich zurück. »Und Schokolade und Nüsse. Die schmecken echt gut.«

Dann bin ich weg.

Kapitel 8

Auf dem Rückweg ins Büro ruf ich gleich mal beim Günther in München drin an, um mich zu erkundigen, wann denn die Freigabe des Leichnams zu erwarten sein wird. Ob ich vielleicht glaub, dass er wie am Fließband arbeitet, will er erst einmal wissen und klingt durchaus nicht recht freundlich dabei. Immerhin wär meine Leiche ja nicht automatisch die einzige, die er grad am Tisch hätt. Montagabend, spätestens Dienstag, würde er mich informieren, vorher geht nix. Ja, ebenfalls schönes Wochenende, sagt er noch, und zack, aufgelegt. Für einen Freitagmittag ist er ziemlich übellaunig, unser Leichenflädderer. So halt ich lieber noch schnell beim Simmerl an, weil ich erstens eh grad vorbeifahr und zweitens Fleischpflanzerlsemmeln auf seiner Schaufensterscheibe stehen. Und da ich ja quasi noch vollkommen nüchtern bin, knurrt mir mein Magen schon ziemlich laut, und das auch zu Recht. Seine metzgerliche Hoheit ist heut wieder höchstpersönlich anwesend und jagt grad eine grobe Salami durch die Wurstschneidemaschine hindurch. Er ist ganz alleine im Laden, was ich angesichts der aktuellen Uhrzeit so gar nicht verstehen kann. Bin ich denn der Einzige im Dorf, bei dem mittags der Hunger hochkommt? Was aber dann im wahrsten Sinne auch wieder wurst ist. Die warme Theke hier riecht jedenfalls unglaublich gut, ich schau mal hinein.

»Servus, Eberhofer«, sagt nun der Metzger und hört auf zu schneiden.

»Servus, Simmerl«, entgegne ich, ohne jedoch sein Sortiment aus den Augen zu verlieren. So ein Schweinshaxerl, das wär eigentlich auch nicht so schlecht, gell. Oder doch lieber ein paar Bratwurstsemmeln?

»Und, haben wir's dann langsam«, will er plötzlich wissen und öffnet schon mal die Vitrine.

»Ja, geh, machst mir eine Semmel mit Fleischpflanzerl und eine mit Bratwürst. Und du, von den Haxen, kann ich da auch nur eine halbe haben?«

»Freilich«, sagt er, während er schon mal die Semmeln aufschneidet. »Und sonst, Eberhofer? Läuft's?«

»Ja, ja, alles paletti. Und selbst?«

»Alles roger in Kambodscha«, entgegnet er.

»Wegen was brauchst jetzt ausgerechnet du ein Viagra, Simmerl?«, frag ich dann ganz ohne Vorwarnung, weil mir auf einmal die Gisela in den Sinn kommt. Und augenblicklich hört er mit Eintüten auf. Er starrt mich an, als wär ich grad vom Himmel gefallen, und nach einer schier unerträglichen Weile fragt er mich schließlich, wie ich überhaupt davon wissen kann. Da ich aber meine Informanten nur in extremen Härtefällen preisgeb, hat er da zunächst mal Pech gehabt, der Simmerl. Weil ich aber trotz routinierter Verhörmethoden ums Verrecken nix aus ihm rauskrieg, da muss ich ihm irgendwann wohl oder übel mit meiner alten Freundschaftsnummer kommen. So ganz nach dem Motto: Also unter guten Freunden, da kann man doch ganz offen über alles … und so weiter und so fort. Am Ende reicht er mir meine Brotzeit über den Tresen, wischt sich die Wurstfinger ab und wird endlich gesprächig. Mei, sagt er, im Grunde ist es nur die Neugier gewesen, und deshalb hat er das unbedingt einmal ausprobieren wollen. Das war auch schon alles. Immerhin weiß man ja nie, gell. Und außerdem wird man auch nicht jünger. Und da könnte es doch durchaus einmal vorkommen, dass man so etwas braucht, so ein Viagra. Und damit man dann hinterher nicht dasteht wie ein Depp, drum wollte er halt quasi im Vorfeld schon einmal einen Testlauf starten.

»Und, wie war's?«, will ich abschließend noch wissen. Einfach schon, weil's mich echt interessiert. Doch er schüttelt den Kopf.

»Nix«, sagt er und schmeißt seine Schneidemaschine wieder an. »Zweimal hab ich mir eine von diesen blauen Tabletten aus der Verpackung gedrückt, und jedes Mal war ich dann am Ende zu feig. Da müssen ja manche sogar schon einen Herzinfarkt gekriegt haben von diesen Dingern, hab ich gelesen.«

Ja, ich hab das auch mal irgendwo gelesen. Keine Ahnung. Und so schnapp ich mir halt jetzt meinen Beutel mit Brotzeit und verabschiede mich.

Gute zehn Minuten später, ich verzehr grad die Reste meines göttlichen Mahls, da läutet mein Telefon, und wie man sich unschwer vorstellen kann, bin ich momentan darauf nicht unbedingt scharf. Hingehen tu ich aber trotzdem, weil Dienst ist Dienst. Dran ist ein Reporter von der örtlichen Presse, genauer vom ›Landshuter Kreisboten‹. Und er will wissen, wie der aktuelle Stand unserer Ermittlungen ist, was unseren Mordfall so betrifft. Dazu kann ich ihm aber leider keinerlei Auskunft erteilen. Telefonisch generell nicht, und seien wir doch einmal ehrlich, was haben wir denn bisher schon groß. Nichts. Und das sag ich ihm auch. Tut mir leid, Herr Bierlechner, sag ich. Schon rein aus aufklärungstechnischen Gründen heraus dürfen zum momentanen Zeitpunkt keinerlei Informationen an die Öffentlichkeit raus. Ich soll mich mal gefälligst nicht so anstellen, meint er daraufhin noch. Und allein schon aus diesem Grund leg ich jetzt auf. Zeitungsfuzzi, windiger! Was glaubt der eigentlich, wer er ist?

Also die Haxn, die ist einfach der Hammer. Waren die

Würstl und die Pflanzerl zuvor schon ein echter Genuss, aber die Haxn, mit ihrer reschen Kruste und dem saftigen Fleisch, die stellt wirklich alles andere so was von in den Schatten, das kann man gar nicht erzählen. Und grad schluck ich ganz genüsslich den letzten Bissen hinunter, wie der Bürgermeister reinkommt und nachfragt, wie es denn bei den Kitzeders so gelaufen wär. Schwierig, sag ich, ausgesprochen schwierig. Und dass sowohl die Tochter wie auch ihr Vater regelrecht traumatisiert sind. Und das nur wegen diesem dummen, dummen Vorfall mit dem Telefon. Das ist ihm nun sichtlich unangenehm, und er sucht nach Worten, die ihm einfach grad nicht auf der Zunge liegen. Was aber dann ohnehin völlig egal ist. Weil jetzt mein Telefon läutet und die Sprechstundenhilfe von der Oma ihrem Doktor dran ist. Die Oma, die wär nun nämlich fertig, wird mir mitgeteilt. Und sie wünscht eine zeitnahe Abholung in der Praxis. Na, wenn sie das wünscht, die Oma, dann fahr ich da freilich gleich hin.

»Ich muss jetzt die Oma vom Doktor abholen«, lass ich unser Ortsoberhaupt noch schnell wissen, und dann bin ich eh schon unterwegs.

Das heißersehnte Wochenende ist dann leider aus verschiedenen Gründen nicht so, wie ich es mir vorgestellt hab, sondern eher so lala. Die Susi zum Beispiel, die hat ihre Tage, und wie ich zu ihr sag, dass ein guter Seemann auch im Roten Meer fährt, kann sie das weder lustig finden noch aphrodisierend. Nein, ganz im Gegenteil, sie findet es schlüpfrig, kriegt danach angeblich noch Migräne dazu. Und wenn sie sich nicht um den Paul kümmert, dann schläft sie fast durchgehend. Obendrein rückt der Leopold am Samstagmittag an, und zwar bis zum späten Abend am Sonntag. Allerdings bleibt er mir Gott sei Dank die meiste Zeit über erspart, weil er mit einem ganzen Haufen von Plänen drüben im Neubau rumgschaftelt und weiß der Geier was dort macht. Und weil die Oma völlig überflüssigerweise noch irgendwelche depperten Medikamente einnehmen muss, die wohl ihren Geschmacksinn beeinträchtigen, schmeckt ihr Essen sehr seltsam. Doch wenigstens ist das Wetter einfach nur großartig, und so bin ich viel mit dem Ludwig draußen im Wald unterwegs und auch ziemlich lang. Was aber wiederum nicht daran liegt, dass ich das möchte, sondern schlicht und ergreifend, weil er jetzt tagtäglich irgendwie langsamer wird und auch ständig ein Geschäft zu erledigen hat. Wodurch sich unsere einstige Eins-siebzehn-Runde mittlerweile schon fast zu einer Halbtagestour aufgebläht hat. Aber wie gesagt, ich hab ja eh Zeit, und die Sonne scheint prächtig.

Bevor sich der Leopold am Sonntag endgültig verabschiedet, kommt noch einmal das leidige Saustall-Thema aufs Tablett. Und weil sich offenbar alle Beteiligten so dermaßen einig sind, was diesen Abriss betrifft, denkt keiner auch nur eine Millisekunde daran, wie ich mich dabei fühl. Allein schon deshalb ist es jetzt höchste Eisenbahn für einen Plan B. Mein Plan B heißt Geiger Willy, ist mit mir zur Schule gegangen und mittlerweile im Denkmalamt drin eine ziemliche Nummer. Beim letzten Klassentreffen, da haben wir uns echt lang unterhalten und dabei allerhand Parallelen festgestellt. Am Ende waren wir zwei dann die Letzten, die irgendwann heimgewackelt sind. Heute aber ist er der Allererste, den ich aufsuchen werde. Es ist Montagmorgen, ich bin frisch geduscht und voller Tatendrang.

Amt für Bauaufsicht. Jawohl, da bin ich richtig.

Ich klopf kurz an der Tür und trete ein. Dort steht er auch schon, der Willy, und zwar direkt an der Kaffeemaschine und füllt grad sein Haferl auf. Also quasi genauso, wie ich es selber immer tu, wenn ich in der Früh meinen Dienst antrete. Sozusagen schon wieder eine Gemeinsamkeit, die wir da haben.

»Da schau einer an«, sagt er, gleich wie er sich zu mir umdreht. »Der Eberhofer Franz, das ist ja vielleicht eine Freud! Was verschafft mir die Ehre?« Und während wir zwei anschließend relativ entspannt einen feinen Kaffee trinken, informier ich ihn in aller notwendigen Ausführlichkeit über meine prekäre Lage bei uns daheim. Er hört mir aufmerksam zu, nickt dann und wann und runzelt die Stirn.

»Verstehe«, sagt er schließlich und grinst. »Da braucht wohl jemand eine Art Rückzugsort von Familie und Konsorten, wenn ich nicht irre.«

»Wenn du so willst«, antworte ich daraufhin und bin beinah kleinlaut. Weil immerhin ist der Geiger Willy ja die allerletzte Chance, irgendwie doch noch meinen heiligen Saustall zu retten.

»Nein, Franz. Nicht weil ich so will, sondern weil du so willst. Das ist ein Unterschied. Aber gut, lassen wir das. Ich hab nämlich wirklich tiefstes Verständnis für deine Situation, das darfst du mir glauben. Stell dir vor, ich hab mir sogar, aber das muss jetzt wirklich unter uns bleiben …«

»Äh, ja.«

»Ich hab mir inzwischen sogar so ein kleines Apartment angemietet, weißt. Mitten in der Stadt drinnen, in so einem kleinen Hinterhof, Seitengasse. Und niemand, wirklich niemand, weiß etwas davon. Am wenigsten meine Frau. Also meine eigene. Du verstehst?«

»Hähä«, lach ich jetzt ein bisschen dämlich, weil mir weiter nix einfällt.

»Gut«, sagt er nun und wird wieder etwas förmlicher. »Da werden wir schon an einer Lösung basteln, wir zwei, gell. Also gut, pass auf. Wie alt ist er denn eigentlich, also dieser Saustall?«

Und kurz darauf, wie ich mit einem ganz warmen Bauchgefühl in meinem Zwei-Fünfer drin sitz und auf dem Weg ins Büro bin, da klingelt mein Telefon und der Papa ist dran. Ob denn der Ludwig bei mir ist, will er wissen.

»Nein«, sag ich. »Wieso?«

»Weil ich ihn einfach ums Verrecken nirgends finden kann, Franz. Hab wirklich schon überall nach ihm gesucht, weil ich eine Runde mit ihm gehen wollte.«

»Vielleicht hat er sich einfach nur versteckt, Papa. Damit er eben keine Runde mehr gehen muss«, versuch ich ihm zu erklären. »Wahrscheinlich hab ich ihn am Wochenende ein bisschen zu stark strapaziert.«

»Aber trotzdem, Franz, er muss doch irgendwo sein, oder? Immerhin kann er sich ja nicht in Luft aufgelöst haben.«

»Papa, jetzt beruhig dich erst mal. Ich komm mittags vorbei, dann schauen wir gemeinsam nach ihm, gell. Außerdem musst du doch auch die Oma noch zum Doktor rüberfahren. Vergiss mir das nicht.«

»Nein, nein, ich denk schon dran. Aber das ist eh erst am Nachmittag.«

»Ach so. Ja, gut, dann pass auf. Ich bin in zwei Stunden daheim, und bis dahin ist er sicherlich wieder aufgetaucht, der Ludwig. Wirst sehen. Und wenn nicht, dann suchen wir ihn und werden ihn finden.«

»Gut«, sagt er noch. Dann hängen wir ein.

Bevor ich danach in mein Büro reingeh, muss ich noch schnell bei den Verwaltungsschnepfen vorbeischauen. Weil ich nämlich rein akustisch schon im Korridor mitbekomm, dass die Stimmung dort wohl grad ziemlich heiter sein muss.

»Nein, das ist nicht wahr, oder? Das hat er nicht gesagt!«, kichert die Jessy grad, wie ich eintret, und die Susi hält sich vor lauter Lachen die Hand vor den Mund.

»Doch, das hat er!«, sagt sie nickend und hat dabei Tränen in den Augen.

»Wer hat was nicht gesagt?«, möcht ich jetzt freilich gleich einmal wissen, immerhin könnte es sich ja beim Grund für all diesen Frohmut auch durchaus um meine Person handeln. Das ist zumindest nicht komplett auszuschließen.

»Nix!«, entgegnen die beiden wie aus einem Mund.

Na, also, da haben wir's schon!

»Habt ihr's recht lustig heut, ihr zwei?«

»Ist das verboten, oder was?«, fragt mich die Jessy.

»Nein, nein«, antworte ich und schau rüber zur Susi. »Freilich kann man da am Montag so quietschfidel rumalbern, wenn man das ganze Wochenende lang durchgeschlafen hat, gell, Susi.«

»Mei, ich war halt einfach nicht gut beieinander«, sagt sie und zuckt mit den Schultern.

»Und jetzt? Alles wieder heil? Auch die Migräne?«

»Ja, danke. Alles praktisch wie weggeblasen.«

Wie weggeblasen. Gut, da hätt ich auch selber draufkommen können. Und so hau ich lieber wieder ab. Kaum, dass ich durch die Tür durch bin, geht drinnen das Gegackere von vorn los, wenn auch deutlich leiser wie noch gerade eben und vermutlich mit vorgehaltenen Händen. Weibsvolk, blödes!

Allein schon um auf andere Gedanken zu kommen, ruf ich jetzt mal den Birkenberger an, der auch prompt abhebt.

»Ich hab das ganze Wochenende über versucht, dich telefonisch zu erreichen, Franz«, sagt er nach einer eher knappen Begrüßung.

»Du, Rudi, ich hab mir inzwischen angewöhnt, mein dienstliches Telefon übers Wochenende auszuschalten, sonst kriegt man ja nie seine Ruh, weißt.«

»Soll das heißen, du hast neuerdings einen dienstlichen Anschluss und einen privaten?«, fragt er jetzt nach.

»Korrekt.«

»Und ich, ich hab nur deine dienstliche Nummer, oder was?«

»Mei, Rudi ...«

»Nix, ›mei, Rudi‹!«, driftet er nun ins leicht Hysterische ab. Wieder einmal, könnte man da schon fast sagen.

»Also, hör zu, Rudi ...«

»Herr Eberhofer«, unterbricht er mich aber gleich. »Sie rufen leider grad außerhalb meiner Sprechzeiten an. Ich muss nämlich gleich ins Aquatraining, welches bis zum Mittagessen hin dauert. Ab vierzehn Uhr bin ich jederzeit wieder gerne für Sie da. Piep!«

Dann legt er mir auf.

Arschloch!

Das mit dem dienstlichen Telefon und dem privaten, das ist schon eine ziemlich gute Sache. Sonst war es ja oft besonders an den Wochenenden ein echter Horror, wenn es meinetwegen grad mit der Susi so gemütlich war oder vielleicht auch beim Wolfi. Und ausgerechnet dann läutet plötzlich das dämliche Teil, bloß weil beispielsweise wieder bei irgendeinem Ehepaar die Fetzen geflogen sind oder jemand gegen eine Telefonzelle gebrettert ist. Und dann musst du halt raus, weil's nix hilft. So was nervt dann schon gewaltig. Seit kurzem aber kümmern sich an Sonn- und Feiertagen die werten Kollegen in Landshut drinnen um solcherlei Störenfriede. Die sind ja auch deutlich in der Überzahl, und somit hab ich meine Ruh. Das ist schön.

Grade wie ich jetzt so meinen Gedanken nachhäng, da hupt es draußen kurz einige Male, und so geh ich rüber zum Fenster. Mal sehen. Dort steht nun der Papa mit seinem Admiral und einem sehr finsteren Gesicht und deutet mir an, dass ich rauskommen soll. Was ist denn jetzt wieder los, Herrschaftszeiten? Ich schnauf einmal tief durch und mach mich auf den Weg. Kaum, dass ich den Korridor betrete, fliegen auch alle anderen Bürotüren auf und die ganze Rathausbelegschaft eilt gemeinsam mit mir der Pforte entgegen. Allen voran der Herr Bürgermeister.

»Was ist denn passiert?«, will er wissen, doch ich zuck nur mit den Schultern, schließlich bin ich noch keinen Deut schlauer als er.

»Was ist los?«, frag ich den Papa, gleich wie ich an seinem Wagen ankomm. Er deutet auf den Rücksitz, und dort kann ich den Ludwig sehen. Großer Gott, wie schaut der denn aus? Ich stürze nach hinten und reiß die Autotür auf. Er liegt auf den Polstern, hechelt wie wild, hat die Augen halb geschlossen, und es ist unverkennbar, dass es ihm richtig elendig geht. Trotzdem versucht er noch verzweifelt, seinen Kopf hochzuheben, gleich wie er mich wahrnimmt.

»Großer Gott, Ludwig!«, sagt nun die Susi und fängt prompt an zu weinen. Auch all die anderen um mich rum wirken äußerst betroffen.

»Ich hab ihn unter den Hollerbüschen gefunden«, brummt der Papa nach hinten und startet den Motor. »Ich fahr ihn zur Tierärztin und nehm an, dass du mitkommen willst?«

Natürlich komm ich mit, was für eine Frage. So setz ich mich also behutsam nach hinten und bette den Kopf vom Ludwig sacht in meinen Schoß. Wie wir schließlich losfahren, kann ich viele winkende Hände wahrnehmen und fest gedrückte Daumen.

Kapitel 9

Qualvolle ungewisse Stunden, etliche Untersuchungen und eine Infusion später haben wir den Ludwig wenigstens so weit wiederhergestellt, dass er auf seinen eigenen vieren aus der Praxis gehen kann. Die Tierärztin wollte ihn ja über Nacht dabehalten, aber das kommt freilich gar nicht erst in die Tüte. Stattdessen wird er jetzt vom Papa schon mal zum Wagen rausgebracht, während sich die Frau Doktor ihre Handschuhe abstreift und eine Zigarette anzündet. Und weil ich sie schon seit Ewigkeiten kenn, weiß ich ihren Gesichtsausdruck auch immer ziemlich genau auszuwerten. Der von heute, der ist allerdings grad wenig verheißungsvoll.

»Wir müssen auf die Laborwerte warten, Eberhofer«, sagt sie und nimmt noch einmal die Unterlagen vom Ludwig zur Hand. »Doch ich will gleich mal ganz ehrlich sein. Ich tippe auf Organversagen. Vermutlich sind es die Nieren. Wie alt ist er gleich noch mal? Ach, hier ... vierzehn.«

»Aber das ist doch wohl noch kein Alter«, sagt nun der Papa, grad wie er wieder von draußen zurückkommt.

»Genau«, muss ich ihm hier zustimmen.

»Wissens, das ist völlig unterschiedlich, meine Herren. Die einen Hunde, die werden ...«

»Es ist mir scheißegal, was mit anderen Hunden ist«, muss ich sie hier aber gleich unterbrechen. »Was passiert mit dem Ludwig? Wie geht es jetzt weiter?«

»Nun, wie Sie gesehen haben, hat er erst mal eine Infusion

bekommen, die nächsten Stunden wird es ihm also vermutlich gut gehen. Sorgen Sie dafür, dass er genug trinkt, und verwöhnen Sie ihn ein bisschen. Wahrscheinlich wird er jetzt auch viel schlafen. Und wie gesagt, sobald ich vom Labor etwas habe, meld ich mich natürlich sofort bei Ihnen.«

»Wird er sterben?«, kratzt es mir aus dem Hals.

»Ich weiß es nicht«, entgegnet sie beinah tonlos.

Der Papa und ich schauen uns an. So blass hab ich ihn selten gesehen.

»Und was ... was mach ich, wenn's ihm wieder schlechter geht?«, frag ich noch.

»Die Werte kommen spätestens morgen Mittag, bis dahin dürfte nichts sein«, antwortet sie, nimmt noch einen letzten Zug und macht dann die Zigarette aus.

»Aber wenn doch?«, schrei ich sie nun an.

»Dann rufen Sie mich an oder kommen einfach vorbei. Mensch, Eberhofer, Sie sind doch Polizist! Sie müssten eigentlich am besten wissen, was in einem Notfall zu tun ist«, sagt sie nicht ganz ohne Schärfe.

»Ja, verdammt. Entschuldigung«, murmele ich noch so, ehe der Papa und ich mit hängenden Köpfen die Praxis verlassen. Auf dem nachfolgenden Heimweg sprechen wir dann kaum ein Wort. Der Papa fährt noch langsamer als jemals zuvor, so dass ich zeitweise beinah befürchte, der Motor stirbt ihm ab. Und ich kann nicht recht einordnen, ob er grad eher so in seinen Gedanken versinkt oder es einfach seine Absicht ist, um den Ludwig zu schonen. Was aber im Grunde keine Rolle spielt. Denn wenn wir in diesem Tempo weiterfahren, dann sterben wir voraussichtlich alle drei hier im Wagen, noch ehe wir zuhaus angekommen sind.

»Papa, halt an«, sag ich deswegen zwei Straßen später.

»Warum?«, will er wissen und schaut ziemlich gedankenverloren im Rückspiegel zu mir nach hinten.

»Weil ich weiterfahren will.«

»Ist schon recht, Burschi«, brummt er, ganz ohne jede Gegenwehr, hält am Straßenrand an, und wir tauschen die Plätze.

»Was ist, wenn er stirbt?«, fragt er mich dann, und jetzt kann ich sehen, dass er ganz nasse Augen hat.

»Er stirbt nicht, Papa. Und ich möchte auch nicht, dass wir vor dem Ludwig darüber reden, verstanden?«

Er nickt und wischt sich die Tränen fort.

Himmelherrgott, verdammte, verdammte Oberscheiße nochmal!

Was soll ich denn bloß machen? Der Ludwig, der ist ein Familienmitglied wie jedes andere von uns auch. Es ist einfach undenkbar, dass er plötzlich nicht mehr unter uns ist.

Die Fahrt kommt mir heut schier endlos vor, und wie wir schließlich in den heimatlichen Hof einfahren, da werden wir bereits von einer Art Empfangskomitee erwartet. Die Oma ist da, genauso wie die Susi mit dem Paul an der Hand. Selbstredend ist auch die Mooshammer Liesl anwesend sowie etliche Nachbarn. Einen besonderen Eindruck erweckt das beim Ludwig allerdings offensichtlich nicht. Er wedelt noch nicht mal mit dem Schwanz, sondern läuft zielgerade zu meinem Saustall hinüber. Da soll nochmal jemand behaupten, dass der keine Daseinsberechtigung hätte. Lächerlich. Drinnen angekommen, legt er sich prompt vor mein Kanapee auf den blanken Boden, genauso wie er's im Grunde immer schon tut. Heut aber hol ich ihm vom Bett drüben mein Schaffell hervor, das mich seit Jahren dort wärmt, und leg es neben ihn. Einen kurzen Augenblick schnuppert er dran, erhebt sich dann aber nochmals und wechselt den Platz. Na also, so ist es doch gleich viel bequemer. Und so setz ich mich zu ihm und streichle sein Fell. Ein kleines Weilchen lang schaut er mich noch an. Mit seinen treuen braunen Augen. Dann aber schließt er sie ganz allmählich und atmet flach und flacher. Und gleich wird er schnarchen, das weiß ich genau.

Nur wenige Wimpernschläge später geht die Tür auf, und die Susi stößt zu uns rein.

»Mein Gott, Franz, wie geht es ihm denn?«, flüstert sie, und auch sie kämpft mit den Tränen.

»Er ist grad eingeschlafen«, antworte ich, während ich nun die ersten Schnarcher vernehmen kann.

»Hat er Schmerzen?«

»Ich glaub nicht. Die Tierärztin, die hat ihn ja ziemlich vollgepumpt. Apropos, weißt du zufällig, ob die Oma heut beim Arzt war?«

»Nein, war sie nicht«, antwortet sie, setzt sich nun neben uns auf den Boden und krault dem Ludwig übern Bauch. »Sie hat ihren Termin auf morgen verschoben, es war ja auch gar keiner hier, der sie hätte hinfahren können.«

»Gut«, sag ich und steh wieder auf. »Sag mal, Susi, kannst … kannst du vielleicht ein bisschen beim Ludwig bleiben, ich müsste unbedingt noch schnell was Dienstliches klären.«

»Ja, eigentlich schon. Aber mach bitte nicht so lang, Franz. Weil ich hernach ja noch den Paul ins Bett bringen muss.«

»Nein, schon klar, ich beeil mich.«

Ich muss jetzt hier unbedingt raus und wenigstens für einen kurzen Moment den Kopf freikriegen. Ja, ein paar Mal tief durchatmen und dann den Wagen starten.

Zurück in meinem Büro ruf ich zuerst mal den Birkenberger an. Immerhin dürfte ich somit innerhalb seiner dämlichen Sprechzeiten liegen und eventuell irgendwas über diesen Laptop erfahren können. Weil er ja dort in seiner Reha wohl genug Zeit dafür hat.

Gleich wie er abhebt, informier ich ihn zunächst mal über mein aktuelles und sehr privates Dilemma. Allein schon, um ihm praktisch im Vornhinein jegliche Möglichkeit auf irgendwelche Rumzickereien zu nehmen. Und ja, wie erwartet ist auch er tief betroffen. Kennt er doch meinen Ludwig tatsächlich schon länger, als ich es selber tu. Im Grunde hab ich's ja sogar ihm zu verdanken, dass ich überhaupt dem Ludwig sein Herrchen geworden bin. Worauf ich im ersten Moment ehrlich gesagt gar nicht sonderlich scharf war. Was sich aber ziemlich schnell ins Gegenteil gewandelt hat, wie man heute ja weiß.

»Wird er sterben?«, fragt der Rudi jetzt prompt, nachdem die Informationen erst mal zu ihm durchgesickert sind.

»Nein«, antworte ich. »Wird er nicht. Außerdem, Rudi, würd ich momentan auch wirklich lieber über was anderes reden. Sag mal, hast du dir den Laptop von dieser Simone schon mal vornehmen können?«

»Dein Hund, der liegt im Sterben, Franz. Und du willst jetzt mit mir über einen blöden Laptop reden? Das ist nicht dein Ernst, oder?«

Es ist zum Wahnsinnigwerden! Ich wollte doch bloß für ein paar Minuten auf andere Gedanken kommen und mich rein dienstlich etwas ablenken. Ist denn das zu viel verlangt?

»Doch, Rudi, das ist durchaus mein Ernst. Also, was ist nun mit diesem Laptop?«

»Ha, du bist ja tatsächlich noch gefühlskälter, als ich es je für möglich gehalten hätte, Franz. Aber gut, wie du willst«, sagt er noch, und dann fängt er an zu erzählen. Zwar in einem ausgesprochen kühlen, ja fast schon überheblichen Tonfall, was mir aber in Anbetracht der aktuellen Lage so was von am Arsch vorbeigeht. Hauptsache ist nur, dass er überhaupt was rausgefunden hat. Und ja, das hat er, und letztendlich stimmt auch alles mit den Aussagen vom Ehepaar Kitzeder überein. Unser Opfer muss sich nämlich in den letzten Monaten auffallend häufig im Internet rumgetrieben haben. Aber nicht, wie man vielleicht bei Mädchen ihres Alters denken könnte, um sich dort nach neuen Schuhen umzusehen oder in sozialen Medien zu tummeln. Nein, weit gefehlt. Das Mädchen hat sich tatsächlich einen kleinen Nebenjob zugelegt und damit ihren Unterhalt ein bisschen aufgehübscht. Und zwar mittels viel nackter Haut und einer Kamera. Einer sogenannten Sexcam, wie ich soeben erfahre. So richtig lukrativ kann die Sache dann durch diverse und wohl recht zahlungsfreudige Kunden werden. Da kann so einiges zusammenkommen, sagt der Rudi. Insbesondere wenn man über eine gewisse Anzahl von zuverlässigen Stammkunden verfügt, was hier zweifelsohne der Fall war. Ja, triumphiert mir der Rudi jetzt in den Hörer, sie war hübsch und sexy und obendrein auch noch ein bisschen versaut. Auf so was stehen viele Kerle. Das Beste aber ist, sagt der Rudi dann weiter, dass sie auf ihrem Laptop offenbar alles fein säuberlich dokumentiert hat. Er ist da zwar noch nicht ganz durch, doch das wird er schon knacken.

»Da wird ihre fromme Verwandtschaft aber Augen machen«, sagt nun der Rudi abschließend.

»Wohl kaum«, muss ich hier widersprechen. »Die wissen schon längst darüber Bescheid.«

»Womit sie auf unserer Verdächtigenliste ganz oben stehen dürften. Ach ja, warte kurz, ich schick dir gleich noch ein paar Fotos rüber. Wann kommst du eigentlich wieder vorbei, Franz?«

»Du, sorry. Aber ich muss los, mein Hund liegt im Sterben.«

»Ja, klar. Passt schon. Aber ein kurzes Dankeschön hätte in deinem letzten Satz auch noch locker Platz gehabt.«

»Dankeschön«, sag ich deswegen noch, dann leg ich auf.

Wie ich kurz darauf im Saustall zurück bin, kann ich sehen, dass der Ludwig immer noch schläft, und auch die Susi muss eingenickt sein. So knall ich mich selber auf dem Kanapee nieder und widme mich dann den Fotos, die mir der Rudi inzwischen zugeschickt hat. Aha, alle Achtung, nicht schlecht! Ja, das nenn ich mal ein richtig heißes Gerät. Da kann man durchaus Verständnis aufbringen, dass die Kleine hier etliche Stammkunden gehabt hat, gar keine Frage. Ein Bild ist da schärfer als das andere. Unglaublich. Irgendwann muss ich dann wohl so dermaßen vertieft sein, dass ich gar nicht bemerk, wie die Susi plötzlich aufwacht. Jedenfalls steht sie auf einmal hinter mir und schaut mir über die Schulter.

»Sag mal, bist du jetzt pervers geworden, oder was?«, brüllt sie mich nun an, dass sogar der arme Ludwig wach wird. »Hier liegt dein Hund im Sterben, und du schaust dir derweil Titten und Ärsche an! Das … ah, das ist ja wirklich abartig, Franz!«

»Susi«, sag ich und setz mich dabei auf.

»Nix, Susi«, unterbricht sie mich, wirft ihre Haare in den Nacken und rennt schnurgerad dem Ausgang entgegen. »Schwein, perverses!«

Und schon ist sie weg. Ich schau mal zum Ludwig, und er schaut retour. Blöde Weiber!, sagen seine klugen Augen.

Und ja, da hat er wohl recht. So steh ich auf und füll seinen Napf mit frischem Wasser. Davon schlabbert er ein bisschen, versucht dann aufzustehen, was ihm aber unglaublich schwerfällt. Herrgott, was ist denn bloß plötzlich geschehen? War er doch letzte Woche noch so gut wie der Alte und relativ fit. Na ja, ein bisserl langsam, das schon. Aber gut, es hilft ja nix. Und irgendwie schaffen wir es dann gemeinsam in die Höhe und nach draußen, wo er auch sofort seine bevorzugte Ecke ansteuert. Visavis auf der Hausbank drüben kann ich den Papa erkennen, und er raucht einen Joint. Doch kaum, dass er uns entdeckt hat, kommt er auch schon auf uns zu.

»Wie geht's ihm?«, fragt er mich, und ich zuck mit den Schultern.

»Siehst du ja selber«, sag ich, während der Ludwig fast verzweifelt versucht, irgendwie seine verdammte Kack-Stellung einzunehmen. Doch es will ihm ums Verrecken nicht gelingen. Wieder und wieder kippt ihm sein Hinterteil weg.

«Du musst ihm helfen«, brummt der Papa aus seinen Tabakschwaden heraus. Ja, herzlichen Dank auch, als wüsst ich das nicht selber. Es ist nicht schön, weder optisch noch geruchstechnisch, und anstrengend ist es obendrein, den Ludwig dermaßen lange abstützen zu müssen. Doch das bin ich ihm schuldig. Mindestens. Und ich kann beinah körperlich spüren, wie unangenehm ihm die ganze Sache hier ist. Ach, Ludwig, mach dir nichts draus. Sicherlich würdest du das Gleiche auch für mich tun.

»Die Oma, die hat dir übrigens noch was vom Essen aufgehoben«, sagt der Papa irgendwann. Na, das passt ja prima gerade.

»Ich hab eh keinen Hunger«, antworte ich wahrheitsgemäß und bin unendlich froh, dass der Ludwig allmählich zu einem Ende kommt. Jetzt bin ich direkt ein bisserl k. o., und wir gehen zum Bankerl rüber und setzen uns nieder.

»Du solltest aber was essen, Burschi. Du brauchst doch deine Kräfte, grad jetzt. Was … was hat's denn vorher eigentlich schon wieder mit deiner Susi gegeben? Ich hab nämlich rein zufällig gesehen, wie sie grad rausgestürmt ist.«

So erzähl ich ihm halt noch schnell die leidige Geschichte von gerade, eh ich mich anschließend mit dem Ludwig wieder in den Saustall zurückzieh. Und später, es ist schon beinah halb zehn, und wir müssen wohl beim Fernsehschauen eingeschlafen sein, da schüttelt mich plötzlich die Susi wach. Und ich geh mal davon aus, dass der Papa gepritscht hat, jedenfalls ist sie wie ausgewechselt und schmiegt sich ganz eng an mich ran.

»Das war blöd von mir, das von vorhin. Aber weißt, Franz,

wahrscheinlich hab ich da bloß so überreagiert, weil mir die Sache mit dem Ludwig eben auch total auf die Nieren schlägt.«

»Ich weiß schon«, sag ich und küss sie auf die Nase. Genau in diesem Moment öffnet der Ludwig die Augen, dreht den Kopf zum Napf hin und nimmt ein paar Tropfen Wasser zu sich. Gott sei Dank, wenigstens säuft er. Das Hackfleisch mit den rohen Eiern, das ihm die Oma zuvor rübergebracht hat, das steht allerdings noch völlig unberührt da.

»Was meinst, Franz, sollen wir uns abwechseln heut Nacht?«, will die Susi nun wissen. »Ich mein, mit der Wache.«

»Nein, das mach ich schon. Geh lieber rüber und leg dich zum Paul.«

»Aber du musst doch morgen auch fit sein, Franz. Immerhin hast du einen Mord aufzuklären.«

»Nix da«, tönt es auf einmal von der Tür her, und es ist der Papa, der jetzt zu uns reinkommt. »Ihr legts euch nun beide nieder, habts mich verstanden? Und ich übernehme diese Nachtschicht. Und jetzt keine Diskussion mehr.«

Die ganze Nacht lang träum ich dann vom Ludwig. Vom jungen Ludwig, um genau zu sein. Wie er mit mir und all seinem Übermut durch den Wald hindurch fetzt und ein ums andere Mal das Stöckchen bringt. Wie er durch unseren Mühlbach schwimmt, einen Hasen jagt oder sich plötzlich in eine Mütze verliebt. Wie seine beiden Ohren beim Rennen links und rechts von ihm flattern und er beim Grillen gleich fünf Knochen auf einmal abkriegt. Einige Male wache ich auf, weil mir mein Herz schlägt bis rauf zum Hals. Und wenn ich dann doch wieder einschlaf, träum ich exakt an der gleichen Stelle weiter, wo ich zuvor aufgehört hab. Wie am nächsten Morgen der Wecker läutet, da bin ich genauso gerädert, als hätt ich die ganze Nacht hindurch Wache gehalten.

»Und wie war's?«, frag ich den Papa, da hab ich noch kaum die Augen offen.

»Hart, es war hart, Franz«, sagt er und gähnt einmal tief durch. »Er hat zigmal gekotzt und gegen vier sind dann auch noch die Schmerzen gekommen. Das war furchtbar, aber wenigstens hat er mittlerweile aufgehört zu kotzen.«

»Verdammte Scheiße«, sag ich, während ich jetzt so vor dem Ludwig knie und sein schwaches Köpfchen streichle. »Was hast du dann gemacht? Und warum weckst du mich eigentlich nicht?«

»Weil ich das schon alles im Griff gehabt hab, Burschi. Schau ihn dir doch an, er ist inzwischen schmerzfrei und ganz ruhig.«

Womit er offensichtlich recht hat. Der Ludwig liegt nämlich hier vor mir auf seinem Schaffell und macht den Eindruck, als würde er einfach grad dösen.

»Geht's dir wieder besser, Ludwig?«, frag ich.

»Dem geht's jetzt hervorragend, gell, Ludwig. Denn immerhin hab ich mein Graserl mit ihm geteilt«, grinst mich der Papa jetzt an.

»Ha, ha, sehr witzig. Und wie hast du ihm den Joint verabreicht? Hast ihm den Rauch in die Nasenlöcher geblasen, oder was?«

»Nein, ich hab ihm das Zeug einfach links und rechts in seine Backen gestopft, was übrigens sofort funktioniert hat.«

»Du hast was? Du willst mir aber jetzt nicht einreden, dass du den Ludwig unter Drogen gesetzt hast?«, frag ich, weil ich das echt grad nicht fasse.

»Ein Graserl, das ist doch keine Droge, Franz. Das ist eine Medizin. Medizinalhanf, schon mal was davon gehört? Und warum regst du dich eigentlich so auf, ha? Schau doch einfach hin. Der Ludwig, der liegt hier ganz entspannt, und er hat keine Schmerzen mehr.«

»Ja, scheiße! Aber jetzt müssen wir ihn irgendwie in meinen Streifenwagen reinkriegen. Kannst du mir helfen?«

»Du willst ihn mit ins Büro nehmen?«

Ja, logisch will ich ihn mit ins Büro nehmen, was denn sonst? Und keine halbe Stunde später liegt der Ludwig auf seinem Fell unter meinem Fenster, und zwar exakt so, dass ich ihn ständig im Blick haben kann.

Nachdem ich mir dann erst mal meinen morgendlichen Kaffee geholt hab, fahr ich meinen Computer hoch. Und sieh einer an, meine Kollegen von der Spusi, die waren echt fleißig. Wenn ich mir diesen Bericht nun so Punkt für Punkt durchles, dann wird mir gleich ganz schwindelig davon. Und ich frag mich ernsthaft, wann ich das jemals alles bearbeiten soll. Weil aber alles nix hilft, fang ich halt an. Es ist ja echt kaum zu glauben, was man in unseren heimatlichen Wäldern so alles auffinden kann. Hier zum Beispiel. Dreizehn Kaugummis, elf Kaugummipapiere, achtundzwanzig Kippen, vier davon mit Lippenstift, zwei ganze Zigaretten, drei Zigarillokippen, ein Feuerzeug, ein Kugelschreiber, sieben Tempos, zwei Tampons, sechs leere Flaschen, vier Dosen, ein Schuh, zwei Socken und vier Kondome. Drei mit Inhalt und eins ohne. Allerhand, wirklich. Doch auch die Sachen von der toten Simone konnten mittlerweile gefunden werden. Und zwar in einer Plastiktüte am nahegelegenen Waldspielplatz. Darin war eine schwarze Jogginghose von Puma, ein Sport-BH, Laufschuhe von NIKE und eine Kapuzenjacke von keiner besonderen Marke, dafür aber in Pink. Obendrein auch noch Kopfhörer und ein Handy, allerdings ist die SIM-Karte entfernt worden. Informationen über Informationen, könnte man sagen. Dann aber läutet mein Telefon, und der Papa ist dran.

»Du, Franz«, sagt er und klingt durchaus leicht grantig. »Da ist grad so ein Kerl da gewesen. Einer vom Bauamt. Der hat uns ein Schreiben vorbeigebracht. Und so, jetzt pass auf.

Darin heißt es, dass unser gesamtes Anwesen demnächst auf ein, ha … auf ein mögliches Denkmal hin überprüft werden soll.«

»Aha, und? Hat die Geschichte noch eine Pointe, oder was?«, frag ich nach, kann mir aber ein kleines Grinsen nicht wirklich verbeißen.

»Eine Pointe? Ja, die kommt noch, du Held. Es steht nämlich außerdem noch drin, dass wir bis auf weiteres nix mehr am Hof verändern dürfen. Also praktisch rein gar nix. Sag einmal, es kann aber nicht zufällig sein, dass du mit dieser Angelegenheit irgendwas am Hut hast, Franz?«

»Ich? Wieso denn ich? Das versteh ich jetzt nicht … Was bitteschön soll ich damit …«

»Ja, wegen deinem depperten Saustall halt! Weil der nämlich jetzt freilich auch nicht abgerissen werden darf, 'zefix«, knurrt er nun in die Muschel, und ich werf derweil mal einen Blick rüber zum Ludwig. Und ehrlich, wenn ich's nicht besser wüsste, könnt ich fast schwören, dass er mir grad zuzwinkert und eine echt fette Säge macht.

»Wirklich?«, frag ich ein bisserl scheinheilig nach.

»Ja, wirklich, du Spinner. Und sag einmal, dort im Denkmalamt drin, arbeitet da nicht zufällig dieser … dieser Willy, mit dem du seinerzeit in die Schule gegangen bist?«

»Welcher Willy?«

»Welcher Willy, welcher Willy, du Kasperl! Willst du mich jetzt komplett verarschen, oder was? Glaubst du eigentlich, dass ich auf der Brennsuppe dahergeschwommen bin?«

»Nein, natürlich nicht! Ach so, du meinst den Willy. Den Geiger Willy.«

»Das … das ist doch alles auf deinem Mist gewachsen, oder? Franz, kannst du dir vielleicht vorstellen, wie der Leopold ausflippen wird, wenn er davon Wind bekommt und seine depperte Garage nicht bauen kann?«

»Da muss er nun halt einmal ganz, ganz tapfer sein, der Leopold. Und du, Papa, ich muss jetzt auch schon einhängen, immerhin hab ich hier ja noch so was wie einen Job, gell.«

Doch ich glaub, das hört er schon gar nimmer recht. Jedenfalls ist sie dann blitzartig tot, unsere Leitung.

Kapitel 10

Bis zum Mittag hin sitz ich dann an meinem Computer und geh die Akten von der Spusi durch. Eher unkonzentriert und mit einigen Unterbrechungen, weil der Ludwig biseln muss oder kotzt. Dreimal schaut der Bürgermeister bei uns rein, sagt aber kein einziges Wort, sondern schüttelt nur seinen Kopf. Auch die Susi besucht uns einmal und bringt eine Weißwurst mit, die er jedoch ebenso verweigert wie schon gestern das Hackfleisch. Und ich selber, ich schau im Minutentakt auf meine dämliche Armbanduhr. Warum zum Geier meldet sich bloß diese depperte Tierärztin nicht? Es ist dann schon drei viertel zwölf, wie sie endlich anruft, und ihre Nachricht ist niederschmetternd.

»Tja, Eberhofer, wie ich ja gestern schon befürchtet hab«, sagt sie, und ich merk, dass sie nervös an ihrer Zigarette zieht. »Es sind die Nieren. Die Blutwerte, die sind vollkommen im Keller, und auch was seinen Gesamtzustand betrifft, da ist sozusagen nichts mehr im grünen Bereich.«

Wovon redet sie da eigentlich? Was will sie mir sagen? Kann sie nicht einfach irgendein Scheiß-Medikament verschreiben und gut ist es? Immerhin ist das doch ihre verdammte Pflicht als Ärztin, verflucht noch mal.

»Eberhofer, sind Sie noch dran?«, reißt sie mich nun aus meinen Gedanken heraus.

»Ja, ich ... Äh, was ... was kann man da machen?«, kratzt es mir aus dem Hals.

»Nichts, da kann man nichts machen. Wenn Sie es gut mit ihm meinen, dann kommen Sie vorbei und wir schläfern ihn ein. Es tut mir wirklich sehr leid.«

»Ja, mir auch. Und jetzt werden Sie mir gefälligst irgendein verdammtes Mittel aufschreiben, das ich ihm geben kann, und dann haben wir noch ein Jährchen vor uns oder zwei. Haben wir uns da verstanden?«

»Ich versteh Sie sehr gut, Eberhofer. Aber ich fürchte, Sie haben gerade nicht zugehört. Die Uhr von Ihrem Ludwig, die ist leider abgelaufen, das ist einfach Fakt. Drum tun Sie bitte ihm und auch sich selbst einen Gefallen und erlösen ihn kurz und schmerzlos.«

»Kurz und …«, doch hier muss ich einhängen.

Einen Moment lang überlege ich. Schau kurz aus dem Fenster und dann zum Ludwig und wieder zurück. Ein Weilchen später steh ich auf und geh zum Bürgermeister ins Büro rüber, wo er grad eifrig an einem Zauberwürfel rumhantiert.

»Ich arbeite jetzt ein paar Tage lang von daheim aus, Bürgermeister«, sag ich, kaum dass ich zur Tür drinnen bin. »Wenn also was sein sollte, dann wissen Sie ja, wo ich bin.«

»Versteh schon«, sagt er, kommt zu mir her und legt mir die Hand auf die Schulter. »Nehmens Ihren Ludwig und machens Ihr Zeug von daheim aus. Das ist ja heutzutag ohnehin gang und gäbe, gell. Homeoffice nennt man so was, habens das gewusst, Eberhofer?«

Doch das hör ich schon gar nimmer recht.

Die nächsten zwei Tage verbringe ich dann hauptsächlich mit dem Ludwig, wie man sich unschwer vorstellen kann. Und da das Wetter hervorragend ist und dem Papa sein Graserl glücklicherweise nicht auszugehen droht, sind wir viel hinten im Garten. Und während der Ludwig die meiste Zeit so vor sich hindöst, durchforste ich die Unterlagen von der

Spusi, die nicht auszugehen scheinen. Aber immerhin der Oma geht's jetzt wieder besser, und sie muss keine Medikamente mehr nehmen, was schon in Anbetracht unserer eigenen Versorgung äußerst positiv ist. Außerdem kocht sie nun literweise Rinder- oder Hühnersuppe, die der Ludwig zumindest so halbherzig schlabbert. Wenigstens kann er seine Geschäfte wieder ohne meine Unterstützung verrichten, nun allerdings so dermaßen häufig, dass ich es mir inzwischen angewöhnt hab, sogar nachts die Saustalltür offen zu lassen. Ja, wie gesagt, er schläft halt sehr viel, doch sobald er seine Augen öffnet, schaut er sofort, wo ich bin. Das ist schön. So dann und wann kriegen wir auch Besuch, und alle kümmern sich dann rührend und bringen ihm irgendwelche Sachen mit, die ihn eh nicht interessieren. Das Einzige, was er tatsächlich will und was obendrein hilft, ist eben das Zeug, das der Papa hier anschleppt.

Im Grunde genommen könnten wir diese Zeit hier wahrhaftig genießen, gerade oder obwohl wir beide ganz genau wissen, dass es wohl unsere letzte sein wird. Wenn da nur nicht der nervige Leopold wäre. Denn der ist im Moment ziemlich übellaunig, wie der Papa ja schon vorher und völlig zu Recht befürchtet hat. Weil er halt diese Sache mit seiner Drecksgarage den Bach runtergehen sieht, die er aber unbedingt haben will. Und wenn der Leopold etwas unbedingt haben will, aber nicht kriegt, da kann er schon ziemlich garstig werden, keine Frage. Das war schon als Kind so und wird wohl so bleiben, bis er in die Kiste steigt. Andererseits ist er, was den Ludwig betrifft, dann eher wie er normalerweise immer ist. Also quasi eine Schleimsau vor dem Herrn. Und das treibt mich tatsächlich bald in den Wahnsinn. Weil er mich das eine Mal nämlich anschreit, dass mir die Ohren vibrieren, was für ein verdammter Egoist ich doch wär und ein blöder Boykotteur obendrein. Und sich kurz darauf brüderlich an meine Brust schmeißt und hemmungslos drauflosheult. Es bricht ihm das Herz, wimmert er dann. Und dass er Tag und Nacht für mich da wär. Tag und Nacht, wirklich. Und da kann man sich dann wohl vorstellen, dass einem solche Stimmungsschwankungen schon irgendwann tierisch auf die Eier gehen, oder? Dr. Jekyll und Mr. Hyde ein Scheißdreck dagegen. Doch wie auch immer, der Abriss vom Saustall ist zunächst einmal Geschichte, was diesen ganzen Zinnober allemal wert ist.

Irgendwann meldet sich endlich der Günther aus München. Die Leiche wär nun freigegeben, sagt er, und den Obduktionsbericht schickt er mir gleich noch per E-Mail. Perfekt. Somit können die Kitzeders nun ihre Beerdigung planen, die wohl am kommenden Montag stattfinden soll. Ich kann die Frau Kitzeder telefonisch erreichen, und sie ist sehr erleichtert darüber. Ihr Gatte hätte bereits die letzten Tage an der Trauerrede gearbeitet, sagt sie. Immerhin wär es ihm ausgesprochen wichtig, dass die Feierlichkeiten harmonisch und ganz im Sinne seiner toten Schwester stattfinden sollen.

Nach dem Abendessen – einem gekochten Hähnchen mit Bratkartoffeln und Gelben Rüben – mach ich mir ein Bier auf und hock mich in den Garten hinter. Es ist lau und ruhig, und der Ludwig schläft friedlich im Gras unter einem Zwetschgenbaum. Und grad wie ich selber so wegnicken möchte, da hör ich, wie ein Auto über unseren Kies rollt. Wenige Augenblicke später kann ich den Rudi sehen, wie er durch unsere Streuobstwiese hindurchschlendert und direkt auf mich zukommt. Verblüffter könnt ich gar nicht sein.

»Servus, Franz«, sagt er ziemlich fröhlich und lässt sich dann auch gleich ganz geschmeidig in einen der Gartenstühle plumpsen.

»Servus, Rudi. Du … du bist aber nicht selber mit dem Auto gefahren?«

»Doch, stell dir vor: höchstpersönlich. Heute übrigens zum allerersten Mal wieder. Trotz eurer miesen Drecksstrecke hier raus, wo es ja praktisch mehr Unfallmarterl gibt als Leitpfosten. Doch wie du siehst, hat alles prima geklappt, und irgendwann muss ich ja sowieso wieder ans Steuer, gell. Außerdem, und das ist sowieso der Grund, warum ich eigentlich hier bin, konnte ich dir diese Mitteilung ... also die konnte ich dir unmöglich am Telefon machen.«

»Welche Mitteilung?«, frag ich jetzt und beug mich mal weiter nach vorne.

»Die Mitteilung«, entgegnet der Rudi nun, schaut kurz nach links und rechts, beugt sich dann ebenfalls weiter nach vorne und verfällt in eine Art Flüsterton. »Dass sich unter den sogenannten Stammkunden von der Simone auch Angehörige deiner eigenen Verwandtschaft sowie deines engsten Freundeskreises befinden.«

Jetzt versteh ich leider nur Bahnhof. Und das sag ich ihm auch. Rudi, sag ich, ich versteh leider nur Bahnhof. Ja, lacht er kurz auf, das glaubt er gerne. Drum will er mich auch gar nicht länger im Trüben fischen lassen. Und so erzählt er weiter, dass er bei seiner übrigens sehr diffizilen Inspektion dieses Laptops quasi die komplette Kundenliste geknackt haben will.

»Gell, da schaust«, sagt er abschließend und lässt sich wieder nach hinten fallen.

»Du bist ein Teufelskerl, Rudi. Aber was haben meine Freunde oder die Verwandtschaft damit zu tun?«

»Was die damit zu tun haben? Ja, das kann ich dir schon sagen, Franz. Obacht. Also: Achtzehn Stammgäste hat das Mädel insgesamt gehabt. Dazu gehören der Flötzinger und der Simmerl. Und ob man's glaubt oder nicht, auch dein Bruder Leopold. Und, was sagst jetzt?«

Ist das hier eine akustische Fata Morgana, oder was?

»Das ist nicht wahr, oder?«
»Doch, ist es«, entgegnet der Rudi nicht ganz ohne Stolz. »Du kriegst das auch alles noch schwarz auf weiß. Aber diese Botschaft hab ich dir unbedingt persönlich überbringen müssen, weil ich mir deinen Gesichtsausdruck nicht entgehen lassen wollte. Und ich muss sagen, es hat sich gelohnt. So blöd hast du wirklich schon lang nicht mehr geschaut. Aber du, jetzt muss ich auch schon wieder los, gell. Nicht, dass mir die von der Reha noch auf die Schliche kommen, was meinen Ausflug betrifft. Hab eh schon genug Stress mit diesen ganzen Korinthenkackern dort. Ach ja, was macht der Ludwig?«
So deut ich auf die Stelle, wo er grad liegt, und der Rudi macht noch einen kurzen Abstecher, ehe er genauso schnell wieder verschwunden ist, wie er grad kam.
Der Flötzinger, der Simmerl und der Leopold, das nenn ich mal ein Ding. Wobei ich sagen muss, was den Flötzinger angeht, da bin ich nicht weiter verwundert. Ganz im Gegenteil. Der war ja rein körperlich gesehen schon immer eher aufgeschlossen. Und ehrlich gesagt würd ich auch auf den Simmerl kein Fünferl verwetten. Grad seit dieser seltsamen Geschichte mit dem Viagra. Was jedoch den Leopold betrifft, da hauts mich jetzt fast aus den Latschen. Weil der ja schon moralische Zuckungen kriegt, wenn bloß ein schweinischer Witz erzählt wird. Und ausgerechnet der soll jetzt unter diesen Stammkunden sein? Und das auch noch zu einem Zeitpunkt, wo seine Panida hochschwanger ist und er voll väterlicher Vorfreude gleich zu platzen droht. Eigentlich völlig unvorstellbar. Andererseits aber wieder wurst. Tatsache jedenfalls ist, dass er somit genauso auf die Liste meiner Verdächtigen wandert wie die zwei andern Lustmolche auch. Ich mein, dass wir uns da richtig verstehen, jeder kann seinen sexuellen Neigungen nachgehen, grad wie er will. Solang alle ihren Spaß daran haben, ist das alles großartig und ich bin

völlig schmerzfrei dabei. Was einen aber scharf macht, sich vor einem Bildschirm einen abzurubbeln, bleibt mir persönlich echt ein Rätsel.

Später kann ich dann ums Verrecken nicht einschlafen. Weil ich ständig nur an den Leopold denk, sobald ich meine Augen schließe. Wie er mit offenem Hosenstall an seinem PC hockt und dabei die seltsamsten Geräusche macht. Das ist ein Albtraum der übelsten Sorte, frag nicht. Ich dreh mich nach links und dreh mich nach rechts. Doch wohin ich mich auch drehe, der Leopold ist immer schon da.

Dementsprechend erschlagen wach ich dann am nächsten Morgen auch auf. Streck mich einmal durch, dass alles nur so knackst, und muss ein paar Mal ausgiebig gähnen. Dann aber fällt mir auf, dass der Ludwig nicht da ist. Weder auf seinem Schaffell noch sonst irgendwo im Saustall, und augenblicklich beginnt mir mein Herz zu trommeln. Ich renn raus in den Garten, ruf seinen Namen wieder und wieder und such ihn auch im Wohnhaus drüben. Aber nichts. Wohin ich auch schau, weit und breit ist nirgends ein Ludwig. Irgendwann erscheint auch der Papa und gleich darauf die Oma samt Paulchen an der Hand, und auch sie suchen in jedem verdammten Winkel nach ihm.

»Luuu-wig!«, ruft der Paul immer wieder, wie er so barfuß im Hof steht, und sein kleines Köpfchen wird rot und röter.

Ich kann gar nicht recht einschätzen, wie viel Zeit inzwischen vergangen ist. Irgendwann steh ich barfuß und im Schlafanzug in unserm Hofkies und weiß beim besten Willen nicht mehr weiter. Wie aus heiterem Himmel aber fällt es mir plötzlich ein. Ich weiß, wo ich ihn finden kann. Finden muss. Doch ich weiß auch, dass ich zu spät kommen werde. Ich renn los. So schnell ich nur kann.

Unsere Runde, natürlich!

Warum bin ich da nicht gleich draufgekommen?

Hinein in den Wald. Den Steinweg entlang, das steile Stück bergauf und durch die kleine Lichtung hindurch. Ich kann kaum noch atmen. Ein paar Schritte noch, vielleicht fuchzig. Und dann dort hinten, ganz am Ende, da steht unsere Bank. Abgesplittert und morsch und mit unzähligen Initialen versehen. Wer sie nicht kennt, der findet sie längst schon nicht mehr. Sie ist ja kaum mehr auszumachen, fast komplett überwuchert. Ich aber kenn die schon mein ganzes Leben lang. An schönen Tagen scheint durch die Zweige hindurch ganz zart die Sonne, und wenn's regnet, wird man hier auch kaum nass. Der Ludwig und ich, wir sind hier schon seit vielen Jahren. Und immer, wenn ich keinen Bock darauf hatte, unsere Zeit mitzustoppen, da sind wir hier droben einfach ein bisschen abgehangen.

Und genau hier kann ich ihn nun finden.

Er liegt mit geschlossenen Augen auf den moosigen Steinen, und ein paar Sonnenstrahlen tanzen ihm über das Fell. Ich brauch ihn gar nicht erst anzufassen. Ich weiß, dass er tot ist. Tu es aber trotzdem. Knie mich zu ihm auf den Waldboden und streichle ihm über den Rücken, den Bauch und sein liebes, müdes Gesicht. Keine Ahnung, wie lange. Irgendwann aber steht plötzlich der Papa neben mir und legt die Hand auf meine Schulter. Und so setzen wir zwei uns auf die Bank, rauchen einen Joint miteinander und schauen raus in die Sonne. Bis die ersten Fliegen kommen, die ich noch verscheuchen kann. Doch schon bald sind es einfach zu viele.

»Ich hol einen Schubkarren, Bub«, sagt der Papa und steht auf.

»Wozu?«

»Na, damit wir ihn heimbringen können.«

»Nein, Papa. Der Ludwig, der will gar nicht heim. Sonst wär er dort auch gestorben. Bring eine Hacke, einen Spaten und eine Schaufel mit, damit wir ihn eingraben können. Der Ludwig, der will hierbleiben. Und ich will das auch.«

Der Papa nickt, dreht sich ab, und schon ein paar Schritte später wird er von den Bäumen verschluckt.

Kapitel 11

Wie ich später zurück in meinem Saustall bin, zieh ich meinen komplett verdreckten Schlafanzug aus und stell mich erst mal unter die Dusche. Vom Wohnraum drüben kann ich irgendwann das Telefon hören. Es läutet und läutet, und trotzdem bleib ich wie angewurzelt stehen und lass mir das heiße Wasser über den Kopf, die Schultern und den Buckel laufen. Nach einer Weile kommt die Oma herein, da ist das ganze Badezimmer schon völlig eingenebelt.

»Komm, Bub«, sagt sie und reißt gleich mal das Fenster sperrangelweit auf. »Jetzt trocknest dich ab und ziehst dir was an. Ich hab uns drüben in der Küch eine kleine Brotzeit hergerichtet.«

»Ja, ja, ich komm gleich«, sag ich. Sie schüttelt noch kurz ihren Kopf und verschwindet durch die restlichen Nebelschwaden hindurch.

Ein paar Minuten später lässt dann die Wassertemperatur allmählich nach, und erst wie ich am ganzen Leib friere, bleibt mir gar nichts mehr anderes übrig, als aus der Wanne zu steigen. Und grad wie ich mich schließlich abtrocknen will, da läutet erneut dieses dämliche Teil. Herrgott noch eins, hat man denn nie seine Ruh?

»Ja«, knurr ich in den Hörer.

»Eberhofer«, kann ich den Bürgermeister gleich glasklar erkennen.

»Jetzt nicht!«

»Aber Sie haben doch gesagt, dass ich Sie anrufen soll, wenn etwas ist. Und jetzt ist halt was«, entgegnet er.

»Und was?«

»Kennen Sie einen gewissen Müller? Einen Kollegen Müller, um genau zu sein«, fragt er dann.

»Müller … Müller? Ja, keine Ahnung, wahrscheinlich schon. Jeder kennt doch irgendeinen geschissenen Müller, verdammt?«

»Also passens auf, Eberhofer. Da ist vorher so ein Typ da gewesen, und der hat einfach an Ihrem Computer rumgewurstelt. Stellen Sie sich das vor! Und da hab ich ihn freilich gefragt, was er denn da gefälligst zu schaffen hat. Er wär ein Kollege von Ihnen, hat er behauptet. Eben ein gewisser Kollege Müller. Und dass er jetzt ganz dringend und sofort ein paar Informationen bräuchte, und zwar solche, die wo den aktuellen Mordfall angehen.«

»Wie, er war an meinem Computer?«

»Ja, an Ihrem Computer halt. Schalten Sie den nicht aus, wenn Sie gehen?«

»Nein. Aber es gibt keinen Kollegen Müller. Zumindest nicht im aktuellen Fall.«

»Ja, das hab ich mir schon gedacht. Aber das ist doch unglaublich, oder etwa nicht?«

»Und was, wenn ich fragen darf, haben Sie in meinem Büro zu suchen gehabt, Bürgermeister?«

»Ich hab mir nur einen Radiergummi ausgeliehen, Herrschaftszeiten. Das ist doch nicht verboten, oder? Aber es geht doch nicht an, dass einfach ein Wildfremder so mir nix, dir nix an Ihrem PC herummacht. Da sind doch strengvertrauliche und dienstliche Daten drauf, Menschenskinder.«

»Es geht aber auch nicht an, Bürgermeister, dass sich jeder an meinem Bürobedarf zu schaffen macht. Immerhin bin ich ja kein Selbstbedienungsladen.«

»Aber das ist doch wohl ein Unterschied, ob jemand …«

»Heut nicht«, muss ich ihn jedoch hier unterbrechen. »Wissens, ich bin jetzt grad ein paar Stunden lang barfuß und im Schlafanzug im Wald gewesen und hab dort meinen Hund beerdigt. Für heute langt's mir bis in die Haarwurzeln rein, das könnens mir glauben. Morgen bin ich wieder im Büro, und dann werden wir diese Sache aufklären.«

»Verstehe«, sagt er nun doch ein bisschen kleinlaut. »Mein aufrichtiges Dings … also Beileid sozusagen.«

»Passt schon«, sag ich noch knapp, dann legen wir auf.

Viel zu klären gibt es dann am nächsten Tag aber gar nicht. Einfach, weil ich nämlich bereits beim Frühstück anhand der Tageszeitung dem Ganzen auf die Schliche komm. Schon die Titelseite trägt die Schlagzeile

Grausiger Mord im Niederkaltenkirchner Wald. Die Polizei tappt im Dunkeln

Darunter ein Foto vom Opfer, glücklicherweise noch lebend und fesch. Und eines vom Tatort, dieses allerdings mit sämtlichen spurensicherungstechnischen Merkmalen drauf, wo man sich überhaupt nur vorstellen kann. Sogar der Auffinder der Leiche ist dort im Hintergrund eindeutig zu sehen, und auch sein humpelnder Hund, der jedoch eher unscharf. Und als wär das alles nicht schon genug, gibt der anschließende Bericht dann auch noch so ziemlich sämtliche Einzelheiten preis, die unsere bisherigen Ermittlungen so hergeben. Ich hab den Artikel kaum zu Ende gelesen, wie bereits die ersten Anrufe hereinkommen. Mein Vorgesetzter ruft an und auch der Richter Moratschek. Die Kollegen in Landshut drin freilich ebenso und sogar die Mooshammerin. Und alle sind mordsaufgeregt und wollen wissen, wie zum Teufel die Presse bloß an derlei interne Informationen rankommen kann, die ja ausschließlich für den dienstlichen Vorgang bestimmt sind. Ja, das heißt es nun gleich einmal herauszufinden.

Kaum in meinem Büro angekommen, da hol ich mir noch nicht einmal einen Kaffee, sondern setz mich gleich an meinen Computer und schau mal, ob ich was Verdächtiges rausfinden kann. Und ja, da schau einer an. Sämtliche Dateien sind zwar noch dort, wo sie hingehören. Allerdings bemerk ich freilich prompt, dass sie gestern Vormittag sehr wohl geöffnet und auch kopiert worden sind. Das nenn ich mal ein Ding! Meine nächste Aufgabe ist es dann, im Internet drinnen nach sogenannten Journalisten zu stöbern, und zwar solchen, die in unserer unmittelbaren Umgebung so ihr Unwesen treiben. Was sogar um ein Vielfaches einfacher ist, als ich zuvor noch vermutet hätte. Am Ende muss ich mir nur noch schnell eine Liste von diesen obskuren Kandidaten zusammenbasteln und ausdrucken. Damit geh ich im Anschluss zu unserem Ortsvorsteher.

»Bürgermeister«, sag ich, wie ich in seinem Büro eintreff, wo auch er grad hochkonzentriert dabei ist, diesen dubiosen Artikel zu lesen.

»Eberhofer, guten Morgen. Habens heut schon die Zeitung gehabt?«

»Hab ich. Deswegen bin ich auch hier. Sagens mal, dieser Kollege Müller von gestern, wie hat denn der eigentlich so ausgeschaut?«, frag ich, während ich meine Liste direkt vor ihm am Schreibtisch ableg, die er prompt überfliegt. Und schon trommelt sein Zeigefinger auf einen blonden Mann nieder, so Anfang vierzig. Roland Bierlechner, freier Reporter. Aha. Dieser Kerl vom ›Kreisboten‹, der neulich bei mir angerufen hat, hat der nicht etwa auch so geheißen? Ich könnte fast wetten. Hat der einen Schlag, oder was? Aber so einfach kommt mir der freilich nicht davon.

»Dann war dieser Müller von gestern gar kein Kollege von Ihnen, sondern ein Reporter?«

»Ihre Auffassungsgabe ist einfach brillant, Bürgermeister«, sag ich noch so und schnapp mir meine Liste zurück.

Im Korridor draußen treff ich anschließend noch auf die Susi, die wohl grad mit einem dampfenden Kaffeehaferl auf dem Weg zu mir war.

»Geht's dir wieder besser?«, fragt sie gleich, vermutlich weil ich den ganzen gestrigen Abend heulend an ihrer Brust verbracht hab.

»Ja, geht schon«, sag ich und quetsch mir ein Lächeln ab. »Ist der für mich?«

»Logisch«, grinst sie zurück und reicht mir das Haferl. Ich puste kurz rein und nehm dann einen Schluck.

»Du, Franz, wenn's dir wieder besser geht, dann könnten wir doch ein bisserl raus heut Abend, was meinst?«

»Mei, ich weiß auch nicht. Heut Abend?«

»Ja, heut ist doch Freitag.«

»Stimmt schon. Aber du, Susi. Weißt, der Ludwig, der …«

»Franz, deine Liebe zum Ludwig in allen Ehren. Aber der wird nicht wieder lebendig, bloß weil du daheim rumhockst und in deine Kissen flennst. Außerdem hätte das dem Ludwig auch sicherlich gar nicht gefallen, weißt. So einen Jammerlappen, den hätt der doch gar nicht haben wollen. Grad so als sein Herrchen.«

»Meinst?«

»Ja, mein ich«, sagt sie noch, gibt mir ein Bussi, und schon saust sie zurück zu ihren Verwaltungsschnepfen.

Nur ein paar Atemzüge später, da läutet mein Telefon, und der Rudi ist dran. Weil natürlich auch er mittlerweile diesen obskuren Zeitungsartikel gelesen hat. Und so erklär ich ihm halt kurz den Ablauf dieser leidigen Geschichte, kann dabei aber gar nicht recht ausmachen, ob er nun eher amüsiert oder bestürzt darüber ist. Jedenfalls möchte er am Ende noch wissen, ob ich denn zwischenzeitlich schon die Herrschaften Flötzinger und Simmerl sowie meinen Bruder Leopold auf ein mögliches Alibi hin überprüft habe. Nein, sag ich, der Ludwig ist gestern gestorben. Ich bin noch nicht dazu gekommen, werde es aber zeitnah erledigen.

»Großer Gott, Franz«, sagt er nun aufrichtig mitfühlend. »Das tut mir aber wahnsinnig leid. Was … was machst du denn jetzt?«

»Jetzt werd ich erst mal ein paar geschmeidige Anzeigen raushaun. Und heut Abend, da werd ich dann mit der Susimaus höchstwahrscheinlich ein bisschen um die Häuser ziehen.«

»Du hast ja vielleicht Nerven, Franz. Dein Ludwig, der ist noch nicht einmal richtig kalt, und du kannst schon wieder ans Partymachen denken, oder was? Du bist ein echter Eisklotz, Franz. Nur, dass du das weißt.«

»Wie könnt ich das je vergessen, Rudi? Wo du mich doch in sehr regelmäßigen Abständen daran erinnerst.«

»Willst du dich wenigstens noch um diese verdammten Alibis kümmern, Franz? Immerhin sind es achtzehn an der Zahl. Damit wir die Liste unserer Verdächtigen ein bisschen …«

»Ja, mach ich«, unterbrech ich ihn hier.

»Wann?«

»Jetzt«, sag ich noch knapp, dann häng ich ein.

Ich schau mal auf die Uhr. Bald halb zehn. Eigentlich die perfekte Zeit für eine Leberkässemmel oder zwei. Deswegen also Autoschlüssel und weg.

Die Gisela freut sich, wie ich reinkomm. Und obwohl sie grad eine junge Frau bedient, schaut sie über deren Schulter hinweg ständig in meine Richtung.

»Hast heut schon die Zeitung gelesen, Franz?«, ist das Erste, was sie fragt, wie die Kundschaft endlich weg ist.

»Hab ich«, antworte ich brav und geb danach meine Bestellung in Auftrag.

»Hast du denn der Presse diese Informationen gegeben, oder war das einer von deinen Kollegen?«

»Weder noch«, sag ich wahrheitsgemäß.

»Aber wie kann dann so was passieren, dass die davon einfach so berichten können? Noch dazu auf dem Titelblatt?«

»Mei, so was passiert halt, Gisela.«

»Aber dann muss euch doch jemand ausspioniert haben, oder? Anders ist das ja sonst gar nicht möglich.«

»Die ganze Welt wird ausspioniert. Sogar die Merkel und dieser Trampel aus Amerika.«

»Das hast jetzt aber schön gesagt, Franz.«

»Ist denn dein Gatte heut gar nicht da?«

»Der müsste eigentlich gleich wieder zurückkommen. Der bringt nämlich nur schnell die Fleischlieferung zum Heimatwinkel rüber, weißt. Apropos, sag einmal, hast du denn in der Zwischenzeit schon irgendwas rausfinden können? Also, ich mein, was mein Alter mit diesem Viagra gemacht hat?«, fragt sie anschließend und packt dabei zwei dicke Scheiben Leberkäs in die bereits aufgeschnittenen Semmeln.

Und so berichte ich ihr halt in aller Kürze über mein Gespräch von neulich. Also, wo mir der Simmerl quasi großzügige Einblicke gewährt hat, tief in die Abgründe seiner liebestollen Seele hinein.

»Du willst damit aber nicht sagen, dass er das Zeug einfach nur einmal ausprobieren wollte, nur für den Fall, dass er es später irgendwann mal braucht?«, fragt sie mich nun leicht ungläubig und reicht mir meine Brotzeit über den Tresen.

»Doch, eigentlich schon, zumindest hat er's so erzählt.«

»Ha!«, ruft sie dann und schlägt sich mit der flachen Hand gegen die Stirn. »Willst du wissen, wie lange er diese Pillen tatsächlich schon bräuchte? Willst du wissen, seit wann bei uns daheim schon nix mehr läuft. Nix, nada, niente, verstehst! Willst du das wirklich wissen, Franz?«

»Nein«, sag ich, weil's wahr ist. »Also, ich muss jetzt auch los. Schreibst es halt auf, gell.«

»Du … du willst es schriftlich haben, die Sache mit unserem Sexleben?«, fragt sie nun ernsthaft und wirkt dabei ein bisschen verwirrt.

»Nein, Gisela. Ich will es weder schriftlich noch mündlich. Ich will gar nichts davon wissen. Du sollst einfach nur diese Semmeln hier aufschreiben. So wie du es halt immer schon machst. Und jetzt servus.«

»Ach so, verstehe. Ja, dann. Servus, Eberhofer.«

Lieber Gott, schau runter! Bin ich denn in diesem Kaff für alles verantwortlich? Für Mord und Totschlag. Recht und Ordnung. Und sogar für das Sexualleben unserer Eingeborenen hier? Das kann doch wirklich nicht wahr sein, Mensch!

Und grad wie ich jetzt so in meinem Zwei-Fünfer hocke und in die erste Semmel beiß, da fängt die Gisela hinter ihrer Theke an, die Messer zu wetzen. Das seh ich durch die Scheiben hindurch, und es sieht beängstigend aus. Weil sie nämlich wetzenderweise dasteht und mich einfach nur beobachtet. Zwischen zwei Bissen versuch ich ihr ein Lächeln zu schicken. Vielleicht stimmt sie das irgendwie fröhlich. Tut es aber nicht. Sollte ich lieber wegfahren von hier? Das kommt aber jetzt auch blöd, besonders, wo ich doch noch gar nicht aufgegessen hab. Sie wird denken, dass ich wegen ihr wegfahre, was ja auch zutreffen würde. Außerdem würde mir die Brotzeit kalt werden. Und das wär halt scheiße. Also doch sitzen bleiben und vielleicht stattdessen einfach mal durchs Seitenfenster schauen.

Ah, schau her, wer da kommt.

Der Simmerl persönlich rollt nun mit seinem Lieferwagen an. Prima. Er steigt aus, kommt prompt zu mir an den Wagen und öffnet die Beifahrertür.

»Servus, Eberhofer«, sagt er, während er einsteigt und die Tür zuknallt. Nun hat auch er das Vergnügen, die grantige Gisela anzuschauen.

»Servus, Simmerl«, sag ich retour.

»Und?«

»Der Ludwig ist tot.«

»Beileid! Ist das der Grund für ihre prächtige Laune?«, fragt er, ohne die immer noch wetzende Gattin aus den Augen zu lassen.

»Nein«, sag ich und kann auch nicht umhin, die Gisela weiterhin anzustarren. »Ich befürchte eher, du bist der Grund für ihre prächtige Laune.«

Und während der Simmerl und ich nach wie vor wie verblödet in diese Metzgerei reinglotzen, da geb ich ihm kurz das Gespräch wieder, das ich soeben mit seiner Holden geführt hab.

»Sie weiß über das Viagra Bescheid?«, fragt er am Ende meines Vortrags, und ich nicke.

»Scheiße!«

»Du, Simmerl. Kann es vielleicht sein, dass du dir von diesen zwei fehlenden Tabletten jedes Mal eine eingeworfen hast, wenn du im Internet so unterwegs gewesen bist?«, muss ich hier nachhaken und deute dabei mit dem Kinn in die Richtung von seiner Mietwohnung. Also quasi nach oben. Er zwinkert noch einige Male, weiß dann aber augenblicklich haargenau, wovon ich grad red. Und auch, was ich damit mein. Er schnauft noch einmal tief durch, beginnt dann aber mit einem hochroten Schädel zu erzählen. Es war reiner Zufall, sagt er. Ein reiner Zufall. Erst vor ein paar Wochen, da wär die Simone plötzlich in der Metzgerei erschienen und hätte gesagt, dass die Heizung in ihrem Bad nicht mehr richtig funktionieren würde und ob sich vielleicht jemand darum kümmern könnte. Und schließlich hätten sie vereinbart, dass sie die Wohnungstür oben einfach angelehnt lässt, weil sie noch zu tun hätte und nicht gestört werden will.

»Aha, und das war dein Stichwort, oder? Dann wolltest du unbedingt ganz genau wissen, wobei sie nicht gestört werden will. Und hast ihr durchs Schlüsselloch geglotzt«, mutmaße ich mal so mehr vor mich hin und muss lachen. Der Simmerl lacht nicht. Der wird noch röter als grade eben und droht gleich total im Sitz zu versinken.

»Das hast du echt gemacht?«, frag ich, weil ich das fast nicht glauben kann, und er nickt kaum merklich. »Und dann ... dann bist du ihr Kunde geworden, oder was?«

»Ja«, antwortet er nun sehr kleinlaut. »Ich war wie verhext, Franz. Und hab dann so lang im Internet gesucht, bis ich sie endlich gefunden hatte. Aber ich bin nicht stolz drauf, das darfst du mir glauben. Besonders jetzt, wo sie tot ist und ich womöglich durch diesen Blödsinn irgendwelche Scherereien bekomm.«

Jetzt legt die Gisela ihr Werkzeug beiseite und tritt an die Ladentüre. »Kein Wort, versprich mir das, Franz!«, wimmert der Simmerl noch schnell.

»Logisch«, sag ich, und schon wird uns ans Fenster getrommelt. So kurbele ich mal die Scheibe hinunter.

»Gibt's da irgendwas, das ich nicht wissen dürfte, meine Herren?«, fragt die Gisela und schaut uns dabei abwechselnd an.

»Nein«, antworten der Simmerl und ich praktisch völlig synchron.

»Wir haben nur grade über das Richtfest geredet, Gisela«, sagt der Simmerl nun weiter. »Was wir dafür denn alles Schönes liefern könnten, weißt.«

»Welches Richtfest«, kommt es erneut synchron. Dieses Mal allerdings von der Gisela und meiner Wenigkeit.

»Ja, von eurem halt, Franz«, sagt der Simmerl. »Da haben wir doch grad noch drüber gesprochen, gell. Oder hast das schon wieder vergessen? Am nächsten Wochenende, da ist doch das Richtfest von euerm Neubau.«

»Ja, genau«, sag ich und hab nicht den geringsten Schimmer, wovon er eigentlich spricht. Gott sei Dank aber kommt im selben Moment eine neue Kundschaft, und somit muss die Gisela in den Laden zurück. Der Simmerl und ich, wir schnaufen einmal tief durch.

»Gut, dass dir die Geschichte mit dem Richtfest eingefallen ist«, sag ich ehrlich erleichtert.

»Das ist nicht mir eingefallen, Franz. Sondern dem Leopold. Hat er davon nichts erwähnt?«

»Nein, hat er nicht. Aber ich werde es erwähnen, sobald ich ihn treff. Doch jetzt noch was anderes, Simmerl. Ich brauch dein Alibi für die Tatzeit. Pass auf, die war am …«

»Ich weiß, wann die Tatzeit war, Franz. Immerhin befürchte ich ja schon seit Tagen, dass du mich das irgendwann mal fragen wirst. Aber ich hab keins. Ja, lustig, nicht wahr? Die Gisela und ich, wir hatten wieder mal eine klitzekleine Diskussion, dieses Mal über unseren Max. Und da hab ich mich einfach irgendwann ins Auto gehockt und bin über die Dörfer gefahren.«

»Zeugen?«

»Wenn es Zeugen geben würde, dann hätte ich ja ein Alibi, oder etwa nicht?«

Gut, wo er recht hat, hat er recht.

»Dann brauch ich deine Fingerabdrücke, Simmerl.«

»Scheiße, wieso? Du kannst dir doch vorstellen, dass es in der Mietwohnung oben gradezu wimmelt von meinen Fingerabdrücken.«

»Trotzdem. Kommst am Montag in der Früh bei mir im Büro vorbei.«

»Schon recht.«

Die Kundschaft verlässt nun den Laden wieder, und so wie es aussieht, droht auch die Gisela mit ihrer baldigen Rückkehr.

»Vielleicht solltet ihr dieses Viagra ja einfach mal miteinander ausprobieren, Simmerl. Also du und die Gisela zusammen, mein ich. Dann kann sie dir ja auch gleich einen Sanka anrufen, solltest du tatsächlich einen Herzinfarkt kriegen«, sag ich noch so.

»Ja, vielleicht.«

»Und jetzt steig bitte aus«, sag ich, weil seine Gattin jede Sekunde hier anschrammen wird. Er nickt kurz, öffnet wie in Zeitlupe die Beifahrertür und steigt aus. Geht einige Schritte auf sein Eheweib zu, und dann schlurfen die beiden Seite an Seite in ihren Laden zurück.

Kapitel 12

Mein nächster Weg führt mich schnurgerade nach Landshut rein. Genauer ins Gerichtsgebäude. Noch genauer zum ehrenwerten Richter Moratschek. Immerhin muss sich ja irgendjemand mal um meine Anzeigen kümmern, gell. Und wenn man die Möglichkeit hat, zum Hans zu gehen, dann geht man halt nicht zum Hänschen, eh klar.

»Eberhofer«, sagt der Richter, da bin ich noch kaum zur Tür drin. »Kommens rein und setzen Sie sich nieder. Und dann erzählens mir bitte gleich haarklein, wie es zu diesem unsäglichen Artikel in der heutigen Zeitung kommen konnte.«

Und so setz ich mich halt nieder und fang an zu berichten. Der Moratschek hockt mir gegenüber, hört mir ganz aufmerksam zu und jagt sich dabei pfundweise Schnupftabak hinter die richterlichen Kiemen.

»Ja, ja, dieses depperte Reporter-Gschwerl«, sagt er am Ende und lehnt sich in seinem Sessel nach hinten. »Die kennen ja überhaupt keine Hemmschwelle mehr und werden tatsächlich von Mal zu Mal dreister. Und was machen wir jetzt da?«

»Anzeigen«, antworte ich, wie aus der Pistole geschossen. »Wir werden diesen Kerl anzeigen, Moratschek. Wir müssen ihn anzeigen. Und wo ich jetzt schon mal rein zufällig hier bin, da hab ich mir gedacht, Sie könnten sich vielleicht dieser Sache annehmen.«

»Haben Sie sich gedacht, soso«, grinst er mir her, und dann

schnäuzt er sich ausgiebig. »Was habens denn? Name? Adresse? Ein Foto?«

»Alles, ich hab alles, Moratschek«, sag ich und schieb ihm meine Ausdrucke über den Tisch.

»Da schau einer an, der Bierlechner!«

»Kennens den etwa, oder was?«, muss ich hier nachfragen.

»Ja, den kenn ich. Ziemlich gut sogar. Der ist nämlich mittlerweile schon landesweit bekannt wie ein bunter Hund, das dürfens mir glauben. Und zwar eben genau für diese mehr als fragwürdigen Methoden seiner sogenannten Recherchen. Übrigens auch beim Journalistenverband. Und es ist wohl allerhöchste Zeit, dass da endlich was passiert, gell. Drum werden wir diesem Ganoven jetzt mal kräftig die Wadeln hinterbinden. Also, keine Sorge, Eberhofer, ich kümmer mich drum.«

»Wunderbar«, sag ich und steh auf.

»Und wie kommens in Ihrem Mordfall voran?«, will er noch wissen und erhebt sich nun ebenfalls.

»Es gibt unzählige Verdächtige, und die müssen halt alle der Reihe nach abgearbeitet werden«, sag ich, und mir kommt ein bisschen das schlechte Gewissen hoch, weil ich ja außer dem Simmerl noch nicht wirklich was abgearbeitet hab.

»Aha«, sagt er, während er in sein richterliches Mäntelchen schlüpft. »Ja, dann bleibens da schön dran, Eberhofer. So, und bei mir steht jetzt noch eine ziemlich nervtötende Verhandlung an. Ladendiebstahl. Können Sie sich vorstellen, dass jemand einzelne Schuhe klaut? Also praktisch solche, wo in den Regalen immer so ausgestellt sind.«

»Mei, ein Einbeiniger vielleicht.«

»Nein, seine Beine, die hat er noch alle, dieser Kerl. Es sind vermutlich eher die Gehirnzellen, die ihm abhanden gekommen sind. Hunderteinundsechzig Stück einzelner Schuhe sind bei ihm sichergestellt worden. Können Sie sich das vorstellen? Und zwar vom Damenschuh über Herren bis hin zu den Kindern war alles darunter.«

»Kaum zu glauben«, überleg ich so, wie wir durch die Tür hindurch in den Korridor treten.

»Sag ich doch«, entgegnet der Richter, klopft mir kurz auf den Rücken, und dann eilt er auch schon dem Gerichtssaal entgegen. Einen Augenblick lang schau ich ihm noch nach und frag mich tatsächlich, was ein Mensch bloß mit all diesen Schuhen macht. Was aber im Grunde nicht meine Sorge sein soll, drum dreh ich mich schließlich ab und sause die Stufen hinunter.

Zurück in Niederkaltenkirchen mach ich eben wegen dem Abarbeiten von Verdächtigen noch einen kurzen Zwischenstopp beim Flötzinger, den ich dort in seinem Büro am Computer antreffe.

»Franz! Du kommst ja wie gerufen«, begrüßt er mich gleich hocherfreut und dreht prompt seinen Bildschirm in meine Richtung. »Du, wegen eurer Badewanne, da schau her. Habt ihr euch inzwischen schon einmal Gedanken drüber gemacht? Die Susi nämlich, die war sich ja noch nicht so ganz sicher, ob sie lieber den Relaxmaker Twist, den Vertex 140 oder doch eher einen Lucent 170 haben möchte. Du weißt schon, das sind diese Whirlpool-Badewannen vom Allerfeinsten. Wobei ja so eine Nostalgiebadewanne auch noch im Gespräch war, gell. Aber die hat halt kein Geblubbere. Also wenn du mich fragst, würde ich persönlich lieber die Wellness-Variante nehmen. Die Lucent 170, das ist ein geiles Teil, und die hat echt so gut wie keiner.«

»Will wahrscheinlich auch keiner.«

»Nein, im Ernst, Franz. Ich müsste echt langsam wissen, welche ihr jetzt haben wollt, weil die Lieferzeiten dafür zum Teil richtig lang sind.«

»Flötzinger«, sag ich und zieh mir mal einen Stuhl hervor.
»Bist ziemlich viel so im Internet unterwegs, oder?«
»Ja, freilich bin ich das. Schon aus beruflichen Gründen, wie du siehst. Da kann man ja heutzutag gar nimmer drauf verzichten, weißt.«
»Nein, eigentlich mein ich eher die privaten Gründe, Flötz.«
»Wie ... äh, wie meinst du das jetzt genau, Franz«, will er nun wissen und schaut mich durch seine dicken Brillengläser hindurch ganz eindringlich an. Und ich schau zurück.
»Mei, denk halt mal nach.«
Seine Augen fangen nun an zu zucken, und seine Brille beschlägt. Er nimmt sie ab, haucht sie an und putzt sie dann aufs Gründlichste.
»Ist es ... ist es wegen diesem toten Mädchen?«, fragt er mich schließlich, und ich nicke. »Ja, scheiße, Mann! Ich hab sie mir halt auch ein paarmal angeschaut, wie viele andere auch. Na und? Ist ja nicht verboten, oder? Und überhaupt, seitdem die Mary weg ist ... immerhin kann ich's mir ja auch nicht rausschwitzen, verstehst. Aber mit ihrem Tod, da hab ich nix zu tun, Franz. Echt nicht.«
»Alibi?«, frag ich, während er seine Augengläser wieder platziert.
»Ich hab keins, 'zefix. Genauso wenig wie der Simmerl eins hat.«
»Du hast mit dem Simmerl darüber gesprochen?«
»Ja, freilich hab ich mit dem Simmerl drüber gesprochen. Was meinst denn du? Wir zwei waren ja komplett von den Socken, wie wir das von dem Mord gehört haben. Und immerhin ist es der Simmerl auch gewesen, der mir äh ... Ja, der mir diese Mona also quasi empfohlen hat.«
»Wer genau ist jetzt die Mona?«, muss ich hier nachhaken.
»Na, diese Simone eben. Mona war ihr Künstlername, verstehst?«

»Nein«, sag ich und beug mich mal ganz weit nach vorne. »Im Grunde versteh ich überhaupt nix, Flötzinger. Aber ich fass es noch einmal zusammen, vielleicht krieg ich's dann auf die Reihe. Also pass auf. Der Simmerl, der hat irgendwann diese Simone, alias Mona, durchs Schlüsselloch beobachtet. Danach hat er sie im Internet gesucht und gefunden und ist auch ihr Kunde geworden. Dann hat er sie an dich weiterempfohlen, und du bist ebenfalls ihr Kunde geworden. Und am Ende habt ihr beide mit diesem Mordfall nicht das Geringste zu tun, jedoch kein Alibi. Ist das so weit korrekt?«

»Völlig korrekt«, sagt er zufrieden und lächelt versonnen.

»Dann, Flötzinger, dann habt ihr zwei jetzt ein echtes Problem, der Simmerl und du.«

»Welches da wäre?«

»Ihr steht auf meiner Verdächtigenliste zualleroberst. Kommst am besten gleich am Montagvormittag zu mir ins Büro, ich brauch deine Fingerabdrücke«, sag ich noch so und steh auf.

»Franz, jetzt mach dich doch nicht lächerlich«, hör ich ihn grad noch, dann fällt die Tür ins Schloss.

Sodom und Gomorrha, würde die Oma jetzt sicherlich sagen. Es will und will mir einfach nicht in den Schädel. Was bitteschön kann denn einen Typen daran heiß machen, wenn er auf einem Computer ein wildfremdes Weibsbild angafft, selbst wenn sie noch so sexy ist. Eine, die doch bloß so tut, als wär sie scharf wie Nachbars Lumpi. Das muss doch sogar der Dümmste kapieren, dass die das alles nur wegen der Kohle macht und nicht etwa, weil sie selber dran Spaß hat, oder? Und weil ich's ums Verrecken nicht verstehen kann, muss ich das jetzt unbedingt selber einmal ausprobieren.

Das Angebot an Frauen ist wirklich riesig, das muss man schon sagen. Es gibt Dicke und Dünne. Alte und Junge. Farbige und Blasse. Vollbusige und Flache. Und es ist durchaus auch das eine oder andere zu finden, was dann schon eindeutig in die perverse Ecke reingeht. Doch das ist echt gruselig, und da schau ich lieber erst gar nicht genauer hin. Entscheiden kann ich mich aber trotzdem nicht. Und wie ich es schließlich kann, hab ich schon die dritte Tasse Kaffee getrunken und den Bürgermeister bei mir im Büro hocken, der nämlich plötzlich irgendwann hier reingeschneit ist. Und so hab ich ihn halt über mein Vorhaben aufklären müssen, nicht dass er wieder denkt, ich geh meinen privaten Interessen nach. Aber nein, ganz im Gegenteil, er hatte gleich das vollste Verständnis für die aktuelle Situation. Ja, Eberhofer, hat er zu mir gesagt, da muss ich Ihnen total recht geben. Wenn man sich in so einen Kriminalfall einmal richtig hineindenken will, dann muss man eben auch solche unangenehmen Dinge genauestens unter die Lupe nehmen. Das ist vollkommen klar. Anschließend hat er mir immerfort über die Schulter geschaut, während ich eine Seite nach der anderen geöffnet, kurz überflogen und wieder zugemacht hab.

»Jetzt sollten wir uns aber langsam mal entscheiden«, sagt er schließlich mit einem Blick auf die Uhr.

Und ja, er hat recht.

Mittlerweile ist es schon gleich vier. Und wenn man bedenkt, dass ich ansonsten am Freitag bereits mittags in den Feierabend geh, dann sind das wohl grad echt fette Überstunden, die da so auflaufen.

»Gut«, sag ich deswegen. »Also, welche von den Hübschen nehmen wir denn? Die Rothaarige mit den dicken Hupen vielleicht?«

»Oder diese Schwarze von vorher, wissens schon. Die mit

den Piercings, die ist nämlich auch nicht ohne gewesen«, schlägt mein Zimmergenosse jetzt vor.

Wir nehmen dann aber trotzdem die mit den Hupen. Swetlana. Aha.

»Gut, ich muss los«, sagt der Bürgermeister schon ein paar Minuten später, da ist die Swetlana noch gar nicht richtig in Fahrt. Und schon eilt er dem Ausgang entgegen. »Schönes Wochenende!«

»Ja, ebenso«, murmele ich, kann meine Augen jedoch nicht vom Bildschirm abwenden. Und am Ende, wie die Show schließlich vorbei ist und sich die Swetlana schon verabschiedet hat, da muss ich noch ein paar Atemzüge lang sitzen bleiben. Sympathisches Mädel, diese Swetlana. Und so gelenkig, mein lieber Schwan. Witzig ist sie auch irgendwie. Und diese Wäsche. Mit Wäsche war sie eigentlich noch schöner als am Schluss dann ganz ohne. Wie man nur so lange Wimpern haben kann? Ob die wohl echt sind? Keine Ahnung. Die Susi, die hat ja auch lange Wimpern. Aber so lange hat sie nicht. Apropos Susi, ich muss los.

Ich bin ziemlich gut gelaunt, wie ich anschließend in unseren Hof reinfahre. Und ob man's glaubt oder nicht, meine Stimmung wird sogar noch etwas besser, und das, obwohl ich als Erstes auf den Leopold treff. Der wohl selbst grad hier eingetrudelt sein muss. Jedenfalls ist er über seinen Kofferraum gebeugt und schwer damit beschäftigt, stapelweise Fliesen der unterschiedlichsten Sorten und Farben in einen Schubkarren zu hieven.

»Kannst ruhig mit herlangen«, knurrt er mich gleich ganz ohne Grußwort an. »Immerhin geht es ja nicht nur um mein Badezimmer, sondern auch um das eure.«

»Du, ich bin noch im Dienst, weißt. Und da kann ich mir jetzt nicht meine Hände schmutzig machen«, sag ich und geh mal zu ihm rüber.

»Im Dienst, ha! Deinen Dienst, den kenn ich schon, Franz. Hast vielleicht wieder irgendeinen alten Spezi ausfindig gemacht, der wo uns womöglich noch diesen Neubau hier stilllegt oder so was in der Art?«

»Nein«, sag ich wenig beeindruckt.

»Na ja, bei deinem blöden Saustall jedenfalls, da hast ja offensichtlich ganze Arbeit geleistet, gell. Und ich sag dir nur eins, wenn ich meine Garage nicht krieg, nur weil du weiterhin dort in deinem maroden Loch rumgammeln willst, dann hast du die Rechnung ohne mich gemacht, nur dass das klar ist. Da kannst du dich warm anziehen, Franz. Ganz, ganz warm, hörst du?«

»Jetzt ist aber einmal Schluss mit diesem depperten Schmarrn«, können wir plötzlich die Oma vernehmen, die wohl grad irgendwie aus unserem Kies rausgewachsen sein muss. Jedenfalls steht sie nun zwischen uns, hat ihre Arme in die Hüfte gestemmt und brüllt den Leopold an. »Es ist gut und richtig, dass der Saustall bleibt, wo er ist. Immerhin ist er schon genauso lang da wie unser Wohnhaus, und das wird ja auch nicht einfach abgerissen, gell. Und jetzt machts zu, weil das Essen fertig ist!«

Manchmal frag ich mich ehrlich, ob sie uns einfach alle miteinander verarscht, die Oma. Also allein, was ihre Schwerhörigkeit so betrifft. Weil all die Sachen, die sie wirklich hören möchte, die hört sie stets einwandfrei.

»Geh, hau doch ab«, sagt der Leopold mit einer mehr als abwertenden Handbewegung in Richtung zur Oma. Da hört sich ja alles auf.

»Hey, tu mir du gefälligst recht freundlich sein zu der Oma, hast mich verstanden?«, muss ich ihn jetzt anknurren. Doch er zuckt noch nicht mal mit der Wimper, sondern stapelt völlig unbeirrt einfach seine dämlichen Fliesen weiter.

»Du, Oma, wir kommen gleich. Der Leopold und ich, wir müssen bloß noch schnell was klären.«

»Ist schon recht, Bub. Aber schickts euch, sonst wird alles eiskalt«, entgegnet sie noch und watschelt dann Richtung Wohnhaus.

»Was bitteschön hätten wir zwei denn zu klären?«, will er nun wissen, doch da kann ich ihm durchaus helfen. Ich lehn mich mal gegen sein Auto, verschränk die Arme vor der Brust und schau ihn ganz aufmerksam an. Diesen Augenblick, diese Reaktion, wo gleich von ihm kommen wird, kommen muss, die will ich nun wirklich aufs Intensivste genießen. Jetzt hört er plötzlich zu stapeln auf, wischt sich mit einem Taschentuch den Schweiß vom Gesicht und blickt zu mir rüber. Das ist der perfekte Moment.

»Leopold, Leopold, was muss ich da von dir hören?«

»Ja, was denn, in Herrgottsnamen?«

»Die süße, kleine Mona aus dem Internet mit ihren blauen Kulleraugen und dem Knackarsch. Na, klingelt da was bei dir?«

Hui, jetzt reißt es ihn aber!

Und für einen kurzen Moment blickt er so nervös um sich rum wie ein Vieh auf der Flucht und tritt dann ganz dicht an mich heran. So dicht wie nur irgendwie möglich.

»Woher weißt du davon?«, zischt er mit zusammengekniffenen Lippen.

»Ich bin bei der Polizei, kleines Dummerchen. Schon vergessen?«

»Aber so was … so was ist doch nicht illegal, Franz? Oder doch? Ist es illegal, solche Mädchen im Netz zu besuchen?«

»Nein, die Mädchen im Netz zu besuchen ist nicht illegal, Leopold. Fragwürdig schon, aber dennoch legal. Sie zu ermorden allerdings, das ist dann schon wieder eine ganz andere Sache und durchaus illegal.«

»Wie: ermorden?«, fragt er nun, und augenblicklich ist er glaubhaft verwirrt.

»Ja, ermorden heißt ermorden. Genauso wie umbringen, töten oder niedermetzeln, wie immer du willst. Deine Mona jedenfalls, die ist ermordet worden. Weißt du das nicht?«

»Nein«, entgegnet er beinahe tonlos. »Warum und äh ... woher auch?«

»Sag bloß? Heute etwa noch keine Zeitung gelesen?«

»Nein, verdammt. Zum Zeitunglesen hab ich momentan keine Zeit, wie du vielleicht siehst.«

Na gut, so berichte ich ihm halt kurz vom aktuellen Stand der Dinge. Er hört ganz aufmerksam zu und wird von Sekunde zu Sekunde aufgewühlter.

»Du meinst, die Mona ... äh, das ist dieses tote Mädchen, das dort beim Simmerl gewohnt hat?«, fragt er am Ende meiner Durchsage.

»Das mein ich nicht nur, Leopold. Das weiß ich.«

»Großer Gott, dann wird mir jetzt alles klar«, murmelt er dann so mehr vor sich hin.

»Was genau?«

»Also, ich bin wirklich nicht stolz drauf, Franz. Das kannst du mir glauben. Aber ich hab in den letzten Tagen noch ein paarmal versucht, mit ihr Kontakt aufzunehmen. Aber sie war einfach nicht mehr online. Und jetzt weiß ich auch, warum. Weil sie ... tot ist, die Mona.«

Obwohl seine Darbietung eigentlich mehr als überzeugend ist, muss ich ihn dennoch nach seinem Alibi fragen. Und glücklicherweise ist er der Erste, der tatsächlich eins hat. Was mir einen weiteren Zuwachs auf meiner Liste erspart. Ja, sagt der Leopold, er kann sich ganz genau dran erinnern, weil er an besagtem Abend eine Lesung in seiner Buchhandlung hatte. Irgendein mordswichtiger Autor wär da zugegen gewesen, genauso wie vierundachtzig begeisterte Zuhörer. Gut, das wären wohl Zeugen genug.

»Herrschaftszeiten, das Essen wird kalt«, schreit jetzt die Oma durchs Fenster hindurch. Und so wandern wir los.

»Kann das …«, fragt der Leopold ziemlich kleinlaut und bleibt noch einmal kurz stehen. »Kann das bitte unter uns bleiben, Franz? Weißt du, seitdem die Panida schwanger ist, da darf ich sie nämlich noch nicht einmal mehr anschauen, verstehst? Und da war halt diese Mona, die mir rein gar nichts bedeutet hat. Aber …« Na, so kenn ich den Leopold ja gar nicht.

»Versteh schon. Ja, fürs Erste kann das unter uns bleiben«, entgegne ich, weil er mir jetzt ja fast schon irgendwie leidtut. Wenn ich dran denk, was er in Bezug auf den Saustall grade noch für eine dicke Lippe gehabt hat. Wie ein Tiger gesprungen und wie ein Bettvorleger gelandet, könnte man da schon beinah sagen. Aber wurst.

»Danke, das ist mir echt wichtig«, sagt er nun und lächelt verklemmt.

»Passt schon.«

»Du, und ich hab mir überlegt, wir könnten doch anstatt der Garage links und rechts vom Neubau einfach solche Carports anbauen, was meinst? Die sollen ja eh viel besser für die Autos sein. Allein schon wegen der ganzen Luftzirkulation. Und …«

Der Leopold, der redet sich grad richtig in Fahrt. Auch beim gesamten Abendessen, da schmiedet er Pläne für Garten, Haus und Familie, dass kein anderer gar nicht erst zu Wort kommt. Was mir aber eh grad recht ist, so bleibt der Mund frei fürs Essen. Die Oma, die hat uns nämlich Krautwickerl gemacht. Um genau zu sein: Krautwickerl mit Salzkartoffeln, da möchtest tatsächlich sterben dafür. Sogar die Susi haut rein wie ein Bauarbeiter, obwohl sie ansonsten ständig nur Angst hat um ihre gute Figur. Auch dem Papa scheint's zweifelsohne ganz bärig zu schmecken, weil der am Ende sogar noch seinen Teller ausschleckt. Nur der Leopold kommt nicht so richtig voran, weil er halt ständig nur quasselt und quasselt. Und ich frag mich, ob er das aus Erleichterung über mein Stillschweigen heraus macht. Oder eher, weil er sich den Schock von dieser delikaten Todesnachricht einfach von der Seele reden muss. Ich kann es beim besten Willen nicht recht einordnen. Fakt ist jedenfalls, dass am Schluss sein Teller noch halbvoll ist, und den schnapp ich mir dann und esse ihn auf. Also natürlich nicht den Teller selber, sondern das göttliche Mahl. Doch hinterher zerreißt es mich fast.

Nach dem Essen bringt die Susi dann das Paulchen ins Bett, der Leopold verzieht sich mit dem Papa rüber zum Neubau, und ich selber, ich helf der Oma beim Abwasch. Und bedank mich bei ihr. Für ihren großartigen Einsatz von vorher, was meinen Saustall betrifft. Ich glaub, sie ist eh die Einzige hier, die mich zumindest ansatzweise versteht und einfach spürt, wie wichtig diese Räume für mich sind. Besonders jetzt, wo ich den Ludwig nicht mehr hab.

»Weißt, Bub«, sagt sie dann und trocknet sich die Hände ab. »Unser Saustall, der ist nicht nur für dich von Bedeutung. Nein, ein bisschen ist er es auch für mich selber. In diesem Saustall nämlich, da sind wir früher ziemlich oft gewesen, dein Großvater und ich. Ja, und haben dort drinnen immer ein bisschen pussiert. Heimlich halt, das hat ja keiner wissen dürfen. Meine Güte, zwischen all den Sauen und Ferkeln! Gestunken hat's bis zum Himmel und wieder zurück. Aber das war uns zwei vollkommen wurst, dem Paul und mir. Es war der einzige Ort weit und breit, wo wir ungestört waren. Ach ja, das ist so lange her und war eine solch schöne Zeit. Und allein deshalb bin ich schon froh, dass du dafür gekämpft hast, Franz. Und stolz und dankbar bin ich auch. Nur, dass du das weißt.«

Dann wischt sie sich eine Träne fort, schlenzt mir die Wange und verschwindet durch die Küchentür.

Kapitel 13

Wie ich dann gleich drauf in meinen heiligen Saustall reinkomm, da steht die Susi im Badezimmer und macht sich fürs Weggehen zurecht. Steht dort in ihrer rabenschwarzen Unterwäsche vor dem Alibert und schminkt sich die Augen. Und trotz der dicken Wollsocken an ihren Füßen und ein paar Lockenwicklern im Haar sieht das unglaublich scharf aus. Ich geh mal zu ihr rein und leg meine Hände auf ihren nackigen Bauch.

»Nicht, Franz«, grinst sie mir in den Spiegel. »Du machst mir meine Frisur kaputt.«

»Du hast doch gar keine Frisur, Susi«, sag ich und küss sie in den Nacken.

»Das soll aber mal eine werden. Komm, hör schon auf. Ich muss mich jetzt föhnen.«

»Föhnen ist aber schlecht für die Haare, da kriegst du bloß einen richtigen Spliss davon. Viel besser ist es, wenn du sie lufttrocknen lässt. Und wir schnackseln derweil, was meinst?«

»Du alter Lustmolch«, kichert sie noch, dreht sich aber prompt zu mir um, und wir schmusen ein bisschen.

Eine halbe Stunde später liegen wir dann völlig relaxt auf dem Kanapee drüben, und jetzt ist ihre Frisur leider tatsächlich völlig im Arsch. Gott sei Dank sieht sie es aber nicht. Noch nicht, muss ich der Vollständigkeit halber wohl sagen. Die Susi liegt nämlich ganz entspannt in meiner Armbeuge, hat die Augen geschlossen und lächelt zufrieden. Das ist schön. Ein Weilchen schau ich sie so an, muss dann aber kurzfristig eingenickt sein. Jedenfalls ist es ein gellender Schrei, der mich wieder ins Diesseits befördert.

»Franz!«

»Ja, Susi?«, murmele ich aus meinem Kissen heraus.

»Meine Frisur, die ist völlig im Arsch!«

»Ja, ich weiß.«

»Aaaaaaa! Was mach ich denn jetzt? Verdammte Scheiße!«

»Mach dir einen Pferdeschwanz, steht dir eh am besten, Susimaus«, sag ich und setz mich mal auf.

»Ein Pferdeschwanz, der geht … der geht vielleicht für den Wolfi. Aber wir wollten doch heute mal nach Landshut rein, und da geht er eben nicht«, entgegnet sie und steht ganz aufgewühlt dort im Türstock.

»Wollten wir das?«, frag ich, weil ich mich beim besten Willen nicht daran erinnern kann.

»Ja, Franz, das wollten wir. Drum auch diese Frisur und dieser Fummel hier«, sagt sie und hält mir nun ein Kleid vor die Nase, wo dir echt der Atem stockt. Es ist ein tiefschwarzes Spitzenkleid, das so dermaßen eng ausschaut, dass sie da niemals reinpassen wird. Und das sag ich ihr auch.

»Susi«, sag ich. »Da passt du nie im Leben nicht rein.«

Sie wirft noch kurz einen tödlichen Blick in meine Richtung und streift sich dann den Fetzen über. Mein lieber Schwan! Wie erwartet ist es natürlich knalleng, und vermutlich wird sie auch jämmerlich darin ersticken. Aber es sieht einfach nur umwerfend aus.

»Stretch!«, sagt sie dann ein bisschen überheblich, greift sich hüftwärts an den Stoff und lässt ihn kurz schnalzen.

»Stretch«, murmele ich, weil mir weiter nix einfällt.

»Also, wer fährt? Du oder ich«, fragt sie nun, stemmt die Hände in die Taille und schaut mich erwartungsvoll an.

»Ja, wenn du nach Landshut rein willst, liebe Susi«, sag ich, steh auf und schnapp mir eine Halbe aus dem Kühlschrank. »Dann wirst du wohl oder übel auch fahren müssen.«

Und grad wie ich ihr zuproste und einen ersten kräftigen Schluck nehm, da rennt auch sie zum Kühlschrank und holt sich ebenfalls ein Bier. Das trinkt sie dann auf ex, und zwar genau vor meinen Augen. Exakt wie das zweite.

»Betrunken!«, ruft sie dann grinsenderweise und rülpst. Manchmal könnte ich sie echt fressen. Was ihr aber trotzdem nix hilft, weil ich halt genauso in der Lage bin, zwei oder drei Bierchen zu exen.

Am Ende bindet sie sich dann halt doch einen Pferdeschwanz, trägt feuerrote Turnschuh und Lippen in der gleichen Farbe. Und so machen wir uns auf den Weg zum Wolfi, der erwartungsgemäß hinter seinem Tresen steht und Gläser poliert. Die Bude ist ziemlich voll, wie halt an jedem Freitagabend, die Stimmung ausgelassen und der Geräuschpegel hoch. Doch in dem Moment, wo wir zwei zur Türe reinkommen, da ist es mit einem Schlag mucksmäuschenstill.

»Susi?«, fragt der Wirt, schaut sie an wie ein Mondkalb, und prompt fällt ihm ein Glas aus den Händen. »Bist du das?«

»Gell, da schaust«, antwortet sie lachend.

Und ja, er schaut.

Genauso wie alle anderen. Ein bisschen stolz macht mich das schon, und deshalb hau ich ihr auch auf den Hintern, dass der Stretch nur so pfeift.

»Machst mir eine Halbe, Wolfi«, sag ich danach. »Und die Susimaus, die mag, glaub ich, einen Prosecco, oder?«

»Ja, die Susimaus mag einen Prosecco«, grinst sie jetzt dem Wolfi über den Tresen. »Hast einen da, Wolfi?«

»Ja ... äh, freilich hat der Wolfi einen Prosecco für die Susimaus«, antwortet er artig, ist aber wohl ein bisschen verwirrt und schreitet dann über all die Scherben hinweg Richtung Kühlung. Langsam, aber sicher werden nun die einzelnen

Gespräche wieder aufgenommen. Das beherrschende Thema ist freilich der Mordfall. Und plötzlich will jeder irgendwelche Infos von mir, wobei ich hier getrost abwinken kann. Weil ich ja selber nicht mehr weiß, als heut in der Zeitung gestanden ist. Auch der Flötzinger ist unter den Gästen, genauso wie das Ehepaar Simmerl, und denen haut's ebenfalls erst einmal kräftig die Augäpfel raus beim Anblick von der Susi. Wenn auch die Gisela der festen Meinung ist, dass das Kleid, ja, vielleicht doch ein bisschen arg billig aussieht. Da aber muss man freilich sagen, dass die Gisela noch nicht mal mit ihrem Unterarm reinpassen würd, jede Wette.

»Also ich an deiner Stelle, Franz«, raunt mir der Flötzinger nun über den Tisch zu, während der Wolfi grad mit unseren Getränken anrückt. »Ich würde hier nicht meine Zeit totschlagen. Sondern die Susi packen und sie daheim ordentlich zack, zack, zack. Du weißt schon.«

»So was, Flötzinger, so was erledige ich gerne im Vorfeld, verstehst«, sag ich und schnapp mir mein Glas. »Dann schmeckt's mir nämlich hinterher umso besser, prost!«

»Ein Hundling bist schon, Eberhofer«, entgegnet er nun und stößt mit mir an. »Aber, du, was anderes. Sag, hast du jetzt eigentlich schon mal rausfinden können, was die Simmerl Gisela mit diesem … also mit diesem Viagra gemacht hat?«

»Wer weiß, Flötz, vielleicht hebt sie's ja einfach nur auf. Wenn zum Beispiel einmal ein richtig toller Hecht vorbeikommt.«

»Meinst echt?«, fragt er und gafft prompt zur Gisela rüber.

»Kann man doch nie wissen, oder?«

»Mei, ich weiß auch nicht, aber da kann schon was dran sein. Weil, was der Simmerl erzählt hat, läuft bei denen daheim eh nimmer viel.«

»Hat der Simmerl erzählt?«

»Ja, ja. Wobei ich ja eigentlich find, dass sie gar nicht so schlecht ausschaut, die Gisela. Also so komplett betrachtet«, sagt er weiter, lächelt ganz breit und hebt dabei sein Glas in ihre Richtung.

»Sag mal, Flötzinger, kann es sein, dass deine Augen schon wieder nachgelassen haben, oder was? Manchmal glaub ich echt, dass du bald Kontaktlinsen brauchst, damit du bis zu deiner Brille vor siehst«, sag ich und stoß mit ihm an.

Und es ist nicht das letzte Mal an diesem Abend, wo wir uns zuprosten. Jedenfalls sind wir fünf am Ende die Schlusslichter, die hier noch rumhocken, Schnaps trinken und die Flippers hören. Der Wolfi hat längst aufgeräumt, die Stühle hochgestellt und möchte gern zusperren. Doch ich kann einfach noch nicht gehen. Weil ich nämlich grad einen Moralischen krieg wegen meinem Ludwig und mich an der Schulter von der Susi ausheul. Am nächsten Tag wird sie behaupten, dass es die Schulter vom Flötzinger war und der ebenfalls geweint hat, wegen seiner Mary und den Kindern. Aber wurst. Irgendwann brechen wir dann schließlich auf.

»Willst du dir denn nicht wieder einen Hund zulegen, Franz?«, fragt mich die Susi dann beim Heimweg, und da kann man schon fast den Sonnenaufgang erahnen.

»Nimmalem«, sag ich und meine damit: niemals im Leben.

»Ich mein ja vielleicht auch nicht jetzt gleich. Aber so in ein paar Wochen oder Monaten. Du kannst doch eigentlich gar nicht leben so ganz ohne Hund.«

Irgendwie hat sie das jetzt schön gesagt, und es rührt mich. Und prompt fang ich wieder zu flennen an.

»Widumeifrauwen?«, frag ich sie und bleib stehen. Willst du meine Frau werden, sollte das eigentlich heißen. Ich möchte ihr jetzt tief in die Augen schauen, kann sie aber nirgends finden. Wo ist sie denn nur?

»Susi!«, ruf ich.

»Ja?«, sagt sie.
Da ist sie ja wieder!
Und dort ist sie auch.
Und auch da drüben.
Ob es mir wohl grad schwindelig wird?
»Bisda?«, frag ich und kann spüren, wie sie mich nun unterhakt.
»Ja, ich bin da, Franz. Komm, ich bring dich jetzt heim.«
»Dange.«
»Was war das eigentlich für eine Frage, die du mir gerade gestellt hat?«, will sie wissen, während wir dann so heimwärts wackeln.
Was ich ihr für eine Frage gestellt hab? Hab ich ihr denn überhaupt eine Frage gestellt? Keine Ahnung.
»Mirsoschlecht«, sag ich, wahrscheinlich aber mehr zu mir selber.
»Ich weiß schon, mein Kronprinz. Wir sind ja gleich da.«
Und das sind wir dann auch.
Leider kann man erwartungsgemäß den ganzen Samstag aus meinem Lebenswerk streichen, und auch am Sonntag geht's mir noch so lala. Erst nach dem Mittagessen wird es langsam wieder besser, und so geh ich mal meine Runde. Es ist das allererste Mal, dass ich sie ohne den Ludwig geh, und es ist echt total seltsam. An unserem Bankerl muss ich freilich eine kleine Pause einlegen und red in Gedanken ein paar Worte mit ihm. Und hinterher, wie ich bereits auf dem Rückweg bin, da begegne ich doch tatsächlich diesem Herrn Kessler wieder. Also praktisch dem Auffinder von unserer Leiche, und abermals ist er in Begleitung von einem Hund. Dieses Mal aber ist es nicht das Hinkebein, sondern ein kleiner Mischling, der so dermaßen dick ist, dass sein Bauch nur einen Finger breit überm Waldboden schleift. Wir wechseln ein paar Worte, natürlich was diesen

Mordfall betrifft, weil auch er als Rentner selbstverständlich täglich die Zeitung liest.

»Übrigens hab ich sie doch nicht gekannt, diese Frau«, sagt er schließlich und zündet sich eine Zigarette an. »Weil Sie mich neulich danach gefragt haben und ich mir nicht sicher war. Aber jetzt, wo dieses Foto in der Zeitung drin war …«

»Verstehe«, sag ich. »Ich bin heut zwar nicht dienstlich unterwegs, aber ein Alibi bräucht ich schon noch von Ihnen. Am besten kommens morgen mal bei mir im Büro vorbei.«

»Das wird's gar nicht brauchen, Herr Kommissar. Ich war nämlich zur Tatzeit mit einer Dame unterwegs. Zuerst beim Essen, danach im Kino, und am Ende sind wir bei ihr gelandet. Dort hab ich übrigens auch übernachtet.«

»Das werd ich überprüfen müssen«, sag ich noch so, obwohl ich ihm wirklich jedes Wort davon glaub. Schon bei unserem ersten Treffen hatte ich ja den Eindruck, dass er ein alter Weiberheld ist. Was sich somit praktisch bestätigt.

»Tun Sie das«, sagt er, holt seinen Geldbeutel hervor und zieht dort eine Visitenkarte heraus. Dagmar Linke, Kosmetikerin, steht da drauf. »Also dann!«

»Wartens noch kurz«, muss ich ihn jetzt aber gleich mal bremsen. »Eine Frage. Was ist eigentlich aus diesem anderen Hund geworden. Wie hat der noch geheißen?«

»Das ist ja lustig, dass Sie danach fragen. Und ganz nebenbei ist er eine Sie, und diese Sie heißt immer noch ›Hund‹. Dem Mädchen geht's gut, aber wie befürchtet werden wir halt einfach keinen Platz für sie finden. Momentan muss ich aber leider mehr mit diesem Dickwanst hier rumlaufen, weil er halt unbedingt abnehmen muss. Sonst findet er nämlich auch keinen Platz. Wissen Sie, die Leute wollen einfach keine missratenen Tiere. Noch nicht einmal, wenn sie aus dem Tierheim kommen.«

Danach verabschieden wir uns auch schon wieder, und jeder geht seiner Wege. Warum läuft jemand ins Tierheim, um sich einen Hund in Not zu holen, wenn er die, wo am meisten in Not sind, ums Verrecken nicht haben will? Das soll mir mal einer erklären.

Zurück am Hof hockt die gesamte Familie hinten im Garten, und es riecht herrlich nach frischem Kaffee. Die kleine Sushi rennt mir prompt durch die Wiese hindurch barfüßig entgegen, hat den Mund rappelvoll, und ihre Schnute ist ganz voller Krümel.

»Gibt's Kuchen?«, frag ich sie deshalb gleich, und sie nickt.

»Rha-bar-ber-ku-chen, Onkel Franz«, sagt sie, wie sie schließlich runtergeschluckt hat. Seitdem sie das R endlich aussprechen kann, betont sie es besonders gerne. Drüben im Schaukelstuhl sitzt die Panida mit ihrem dicken Bauch und hat den Paul auf dem Schoß. Anders als bei seinem Onkel fühlt er sich bei seiner Tante pudelwohl. Genau vor den beiden sind unzählige Fliesen ins Gras gelegt worden, und ich vermute mal, die Familie ist wohl grad im Begriff, eine mögliche Auswahl zu treffen.

»Sollst du auch schauen gehen, Franz«, fordert mich die Panida nun auf.

»Und was ist mit dir?«, frag ich, doch sie schüttelt den Kopf. »Ich kann nicht entscheiden, Franz«, lacht sie. »Jeden Tag gefällt ein anderes besser. Vielleicht liegt an die Schwangerschaft, ich weiß nicht.«

Ich mag ihren Akzent, mit all den kleinen Stolpersteinen.

So schenk ich mir noch schnell einen Kaffee ein und begeb mich dann halt mal zum Kachelsortiment. Eine Auswahl ist das, da könnte dir echt duselig werden. Alle möglichen Farben und Muster sind darunter, wo man sich überhaupt vorstellen kann.

»Was meinst, Franz?«, will die Susi dann wissen und stellt sich dicht an mich.

»Mei«, sag ich noch so, dann aber läutet mein Telefon. Und zwar mein dienstliches. Das ich seit diesem leidigen Zeitungsbericht nun doch wieder ständig am Mann hab, weil ich insgeheim auf irgendwelche Hinweise aus der Bevölkerung hoff.

Also meld ich mich jetzt, und mein aktueller Gesprächspartner, der ist unverkennbar männlich und äußerst erregt.

»Jetzt einmal ganz langsam, Herr ...«, versuch ich zuallererst sein Tempo zu drosseln.

»Anzengruber.«

»Also gut, Herr Anzengruber. Nun noch mal ganz langsam, Sie sagen, Ihre Frau ist abgängig.«

»Genau: abgängig.«

»Seit wann denn genau?«

»Seit gestern Abend, Herr Kommissar. Da ist sie wie immer beim Joggen gewesen. Ich hab doch noch zu ihr gesagt, sie soll das lieber bleiben lassen. Wenigstens bis dieser ... dieser Mörder eingesperrt ist. Aber da war nichts zu machen.«

»Wo geht sie denn immer hin zum Joggen?«, frag ich weiter, und es entsteht eine Pause.

»Wenn ich ehrlich bin«, sagt er dann sehr nachdenklich. »Wenn ich ehrlich bin, dann weiß ich das gar nicht so genau. Sie fährt ja immer mit dem Auto weg.«

»Fahrzeugtyp, Farbe und Kennzeichen?«

Und nachdem er mir die Daten des Wagens durchgegeben hat, will ich noch wissen, warum er denn nicht gestern Abend schon angerufen hat. Hätte er doch, sagt er. Aber da hat er wohl in der PI Landshut drin angerufen. Und die Kollegen dort wären halt der Meinung gewesen, dass eine erwachsene Frau durchaus mal eine Nacht lang wegbleiben kann.

Grundgütiger, es ist Sonntagnachmittag, die Sonne scheint und es gibt Rhabarberkuchen. Hätte denn dieses blöde Weibsbild nicht einfach einen Tag später zum Joggen gehen können?

»Ja, gut, Herr Anzengruber«, sag ich abschließend. »Gebens mir Ihre Adresse durch und richtens ein paar Fotos her von Ihrer Frau. Ich komm gleich vorbei.«

Dann schneid ich mir ein Stück vom Kuchen ab und ruf mal den Moratschek an, der im gleichen Maße erfreut ist, wie ich es bin.

»Herrschaft, Eberhofer«, knurrt er mir in den Hörer. »Heut ist Sonntag, und wir haben das ganze Haus voller Gäste. Was ist denn los, in Herrgottsnamen?«

»Bei mir ist heute auch Sonntag, Herr Moratschek. Ob Sie das jetzt glauben oder nicht.«

»Ja, ja, ist ja schon gut. Also, auf geht's!«

Und so informier ich ihn halt kurz über diesen unerfreulichen Anruf von gerade und auch, dass ich jetzt das ganz große Programm haben will. Und zwar mit einer Hundertschaft aus München und der Hundestaffel aus Landshut obendrein. Immerhin ist es durchaus im Bereich des Möglichen, dass hier ein Serientäter durch die Wälder zieht.

Ende der Durchsage.

Aus dem Hintergrund heraus kann ich ein vielfältiges Stimmengewirr hören und hoff deshalb inständig, dass er überhaupt verstehen kann, wovon ich ihm da grad erzähl.

»Sie sind ja vielleicht gut, Eberhofer. Und wenn diese Frau … diese Frau Anzengruber, wenn die halt einfach nur … ja, meinetwegen einen Liebhaber hat und mit dem durchgebrannt ist? Was dann? Dann machen wir uns zum Deppen der ganzen Nation und kosten dieselbige auch noch eine Stange Geld.«

»Das schon, Richter. Aber angenommen, wir haben hier einen Serientäter rumlaufen, dann …«

»Hasi, kommst du?«, kann ich nun die Frau Moratschek durch den Telefonhörer vernehmen.

»Ja, ja, gleich«, entgegnet der Gatte genervt.

»Also, was machen wir jetzt, Herr Richter? Auf meine Kappe nehm ich das jedenfalls nicht, wenn da möglicherweise noch mal was passiert und wir der Sache nicht nachgegangen sind.«

»Was essens denn da andauernd, Eberhofer?«, will er noch wissen, und ich schieb mir den Kuchenrest in den Mund.

»Einen Rhabarberkuchen. Den von der Oma.«

»Einen Rhabarberkuchen, mein Gott! Etwa den mit dem Baiser obendrauf?«

»Exakt den. Also?«

»Ja, von mir aus, 'zefix!«

»Würden Sie dann vielleicht noch kurz in der Einsatzzentrale anrufen, Moratschek? Damit die Bescheid wissen.«

»Ja, ja, ich kümmere mich drum. Aber wehe, wenn das am Ende bloß alles nur heiße Luft ist. Dann zerreiß ich Sie in zwei Teile. Haben wir uns da verstanden, Eberhofer?«

»Eh klar, Hasi«, sag ich noch so, dann leg ich auf.

Kapitel 14

Eine gute Stunde, nachdem die ersten Streifenwagen hier angedonnert sind, ist das Fahrzeug von der Frau Anzengruber bereits aufgefunden worden. Es ist ein weißer Fiat Spider, und er steht ordnungsmäßig abgestellt auf einem der drei Parkplätze, von denen aus man in den Niederkaltenkirchner Wald gelangt. Und ich befürchte mal, dass dies kein besonders gutes Vorzeichen ist. Während sich die Kollegen von der Hundestaffel schon auf die Suche gemacht haben, trifft wenig später auch die Hundertschaft aus München hier ein. Lauter blutjunge Burschen und Mädls, und man kriegt fast den Eindruck, dass die Pfadfinder heut ihren Betriebsausflug hätten. Doch ganz offensichtlich sind allesamt hochmotiviert, zumindest lauschen sie meinem Einsatzbefehl aufs Aufmerksamste. Und das, obwohl Sonntag ist. Kaum haben sich diese Küken dann auf den Weg gemacht, da rauscht der Herr Anzengruber persönlich hier an, obwohl ich ihm zuvor aufs Deutlichste mitgeteilt hab, dass er gefälligst bleiben soll, wo er grad ist. Nämlich zuhause. So geh ich ihm lieber gleich mal entgegen, immerhin hat auch er den Spider inzwischen entdeckt.

»Was ist los?«, will er prompt wissen, während er ganz hektisch um den Wagen rumläuft. »Das ist doch ihr Wagen. Das ist doch der Wagen von meiner Frau. Großer Gott! Haben Sie ... haben Sie ...?«

»Nein, Herr Anzengruber«, muss ich ihn gleich stoppen. »Wir haben noch gar nichts. Nur eben das Auto hier, und das muss im Grunde noch lang nichts heißen. Und jetzt beruhigen Sie sich erst mal und halten uns bitte nicht von der Arbeit ab. Außerdem hab ich Ihnen doch vorher schon gesagt, dass Sie daheim bleiben sollen. Allein schon für den Fall, dass Ihre Frau ja schließlich dort auftauchen könnte.«

»Ja, wo denken Sie denn hin? Ich kann doch nicht daheim auf dem Sofa rumhocken, wenn … ja, wenn meiner Frau möglicherweise was zugestoßen ist.«

»Wie haben Sie uns denn eigentlich gefunden?«, muss ich jetzt wissen.

»Das war ja nicht besonders schwer. Ich bin einfach den ganzen Polizeiautos hinterhergefahren. Aber jetzt, wo auch noch ihr Wagen hier steht, dann heißt das doch wohl automatisch, großer Gott …! Dass sie … dass sie auch hier gewesen sein muss, Herr Kommissar. Oder etwa nicht?«

»Mei, nicht zwingend, gell. Vielleicht hat sie das Auto ja auch nur verliehen. Oder verkauft, wer weiß. Oder es ist einfach gestohlen worden. Genau, was glauben Sie eigentlich, wie viele Autos jährlich hier in Deutschland gestohlen werden? Na, was schätzens, Herr Anzengruber?«, versuch ich noch ein bisschen Zweckoptimismus zu verbreiten.

»Vermisste aufgefunden. Exitus!«, tönt es nun plötzlich durch die Bäume hindurch.

Das ist jetzt aber blöd.

»Großer Gott!«, schreit der brandneue Witwer keinen Atemzug später, schlägt die Hände vors Gesicht und lässt sich auf die Knie fallen. Herrschaftszeiten, das auch noch!

»Herr Anzengruber«, sag ich und beug mich mal zu ihm runter. »Da, schauens her, da habens ein Tempo. Und jetzt schnaufens erst mal tief durch und beruhigen Sie sich doch bitte.«

Aber das hilft alles nix. Er weint und schreit und schlägt sogar um sich, und irgendwie hab ich den Eindruck, der will sich gar nicht beruhigen. So bleibt mir praktisch gar nichts anderes übrig, als den Sanka zu rufen. Doch exakt diesen Moment, wo ich mich meinem Anruf widme, nutzt er aus und saust in einem irren Tempo an mir vorbei. Und nur wenige Augenblicke später ertönt ein schrilles Gekreische durch die Bäume hindurch, was mich vermuten lässt, dass er bei seiner toten Frau eingetroffen sein muss. Himmelherrgott! Während ich mich auf den Weg dorthin mache, gebe ich der Zentrale noch schnell unsere Koordinaten durch und bitte um Eile. Zwei der Kollegen kommen mir schon entgegen und haben den verzweifelten Witwer untergehakt.

Und erst nachdem er irgendwann eine Beruhigungsspritze abgekriegt hat, findet der arme Herr Anzengruber langsam, aber sicher wieder zu einer regelmäßigen Atmung zurück. Allerdings ist er jetzt so dermaßen ruhig, dass er gar nicht mehr richtig ansprechbar ist. Also wird er kurzerhand auf eine Trage geschnallt und ins Krankenhaus verfrachtet.

So nach und nach treffen nun auch alle anderen Kollegen wieder hier ein, um anschließend ziemlich hurtig hinter den Autotüren und Richtung Heimat zu verschwinden. Mich packt der pure Neid. Nur zwei von ihnen bleiben noch hier zurück, und zwar die Kollegen, wo den Leichnam auch gefunden haben. Und während ich jetzt die Spusi, einen Arzt und die Bestattung anfordere, hacken die beiden schon dienstbeflissen die Protokolle in die Tasten. Der letzte meiner Anrufe gilt dann dem Abschleppdienst, und just in diesem Moment düst unser Bürgermeister hier an.

»Eberhofer«, keucht er auf dem Weg in meine Richtung. »Sagens bloß, wir haben schon wieder eine tote Joggerin?«

»Gut möglich«, antworte ich. »Und was treibt Sie hierher?«

»Ja, die Spatzen pfeifen's ja schon von den Dächern, was hier abgeht, und immerhin bin ich der Bürgermeister und muss mich kümmern um mein Volk, wenn es in Gefahr ist.«
»Aha«, sag ich, und aus dem Augenwinkel heraus kann ich sehen, wie nun weitere Wagen hier andüsen. Schon ein paar Minuten später geht's praktisch zu wie am Stachus. Also troll ich mich jetzt auch mal so langsam Richtung Fundort der Leiche und versuch gar nicht erst, jedes Detail zu erkennen. Die Spusi rollt meterweise Absperrbänder zwischen sämtlichen Bäume hindurch, und die Herren von der Bestattung schleppen einen Plasiksarg den schmalen Fußpfad entlang. Der Herr Doktor wirkt leicht alkoholisiert, macht die Totenschau aber trotzdem ganz einwandfrei und schreibt schließlich den Totenschein aus. Unter all diese fleißigen Menschen hier hat sich mittlerweile auch der eine oder andere Gaffer gemischt. So dass meine beiden übrig gebliebenen Kollegen alle Hände voll zu tun haben, diese in ihre Schranken zu weisen. Dann aber läutet mein Telefon, und der Moratschek ist dran. Er will sich nach dem Status quo informieren, und so berichte ich ihm halt kurz, was hier grad so abgeht.

»Grundgütiger, habt ihr jetzt einen Serienmörder, dort in eurem Kaff draußen?«, will er abschließend wissen.

»Ja, bin ich ein Hellseher, oder was?«, sag ich, grad wie ich schließlich doch einen Blick auf die Tote hier werfe, ehe sie dann eingesargt wird. Ein Kollege von der Spusi läuft immerzu um uns rum und klickt im Sekundentakt auf den Auslöser seiner Kamera. Doch das stört mich nicht wirklich. Was mich aber schon stört, ist der Anblick des Opfers: Die junge Frau ist ebenso nackt, wie es unser letztes Opfer war, und wieder ist weit und breit nichts in Sicht, was auf eine Bekleidung hindeuten würde. Ihre Haut ist gebräunt, und die Muskeln sind trainiert. Und ich denke mal, dass sie außergewöhnlich attraktiv gewesen sein muss. Jedenfalls vorher.

Jetzt aber ist ihr der Schädel eingeschlagen worden und vom Gesicht kaum noch was zu erkennen. Die Haare fallen links und rechts an ihr runter und sind durch das ganze Blut mittlerweile am Waldboden festgeklebt.

»Eberhofer?«, reißt mich der Moratschek nun aus meinen Gedanken heraus.

»Ja, bin schon noch dran. Ich schau mir nur grad die Tote hier an«, antworte ich.

»Und? Wie ist die posthume Wirkung auf Sie?«

»Die was?«

»Die … Ach, wie schaut sie aus, die Tote?«

»Furchtbar, Moratschek. Der ganze Schädel ist kaputt. Es ist noch schlimmer als bei unserem ersten Fall.«

»Grundgütiger, nach all meinen Jahren als Richter frag ich mich jedes Mal wieder, zu was der Mensch so alles fähig ist.«

»Ja, keine Ahnung. Ich befürchte aber, dass wir es speziell in diesem Fall herausfinden müssen, ehe noch mehr passiert.«

»Ja, ja, so kommen wir aber nicht weiter, Eberhofer. Fakt ist nun, dass wir eine Soko brauchen. Eine Soko Niederkaltenkirchen, verstehen Sie? Ich sorg dafür, dass Sie morgen früh ein paar erfahrene Kollegen von der Kripo kriegen.«

»Wer hat die Einsatzleitung?«, muss ich hier nachfragen, weil dies ein entscheidender Punkt ist.

»Ja, das weiß ich doch nicht. Der Ranghöchste vermutlich. Im Zweifelsfall der mit der größten Aufklärungsrate.«

»Also ich«, stell ich mal so in den Raum.

»Eberhofer, Herrschaftszeiten. Man kann doch einen routinierten Kollegen von der Mordkommission nicht einem Dorfgendarm unterstellen. Wie kommt denn so was rüber, 'zefix?«

»Machens, was wollen, Moratschek. Aber ich lass mir hier in meinem Gau nicht von einem Auswärtigen sagen, wo der Bartl den Most holt, verstanden? Schließlich und endlich hab ich hier einen Ruf zu verlieren. Also entweder Einsatzleiter Eberhofer, oder ich hock morgen früh ganz entspannt in meinem Büro und mach ein Kreuzworträtsel. Und jetzt muss ich auflegen, weil hier grad der Baum brennt«, sag ich noch so, dann leg ich auf. Grad steck ich mein Telefon weg, wie ich bemerk, dass hinter einem Gebüsch heraus fotografiert wird. Und so schnapp ich mir noch kurzerhand unser Gemeindeoberhaupt, das eh nur planlos hier rumsteht, und gemeinsam schleichen wir uns an.

»Ist das der Typ von neulich? Wissens schon, der wo an meinem Schreibtisch rumhantiert hat?«, flüstere ich.

»Wartens kurz. Ja, genau, der ist das«, flüstert der Bürgermeister retour. Der Typ ist dann ziemlich überrascht, hält die Kamera noch in den Händen, und nachdem er den ersten Schreck verdaut hat, huscht ein hämisches Grinsen über sein Gesicht.

»Ah, da schau her! Der Kommissar Eberhofer, wieder schwer am Ermitteln, gell«, grinst er mich an, und dabei seh ich, dass er eine fette Zahnlücke hat. Eckzahn links unten quasi nicht mehr vorhanden. Ob ihm den jemand ausgeschlagen hat? Gut vorstellbar.

»Presseausweis«, sag ich jetzt relativ emotionslos, und auch nur deshalb, weil ich auf Nummer sicher gehen will. Jetzt grinst er noch breiter und zieht heckwärts seinen Ausweis aus der Jeans. Bierlechner. Exakt, da haben wir's schwarz auf weiß.

»Sie haben sich auf dem illegalsten aller Wege dienstinterne Informationen erschlichen, Bierlechner. Das ist strafbar«, sag ich, während ich ihm den Pass zurückgeb.

»Ich? Ich würd mich der Sünden fürchten, Herr Gendarm«, lacht er nun schallend. Jetzt ist es zu spät. Wie von selbst wandert meine Faust in seine Magengrube und fühlt sich dort einen kurzen, aber sehr intensiven Moment lang unglaublich wohl. Mein Visavis kippt nach vorne und hält sich den Bauch.

»Ich werd Sie jetzt abführen lassen, Bierlechner«, sag ich nun noch und ruf dann nach den Kollegen. Und im Handumdrehen sind meine zwei kleinen Streber zur Stelle.

»Ist was passiert?«, will einer von ihnen gleich wissen und starrt auf den gekrümmten Reporter.

»Mei«, sag ich. »Wahrscheinlich hat er was Falsches gegessen.«

»Ja, wahrscheinlich«, bestätigt der Bürgermeister brav. Und kurz darauf ist dieser meineidige Berichterstatter auch schon dort, wo er hingehört. Nämlich in Unterbindungsgewahrsam auf dem Weg in die PI Landshut rein. Um alles andere wird sich anschließend der ehrenwerte Richter Moratschek kümmern, den ich noch schnell telefonisch informier.

Zwei Stunden später, wie die Sonne schließlich ihre Dienste quittiert, ist die Arbeit hier ziemlich erledigt, und ich bin es auch. So hock ich mich schließlich in meinen Zwei-Fünfer und hoff, dass mir die bucklige Verwandtschaft wenigstens noch irgendetwas Essbares übrig gelassen hat.

Kapitel 15

Wie ich am nächsten Tag bei uns am Rathaus ankomm, da ist noch nicht einmal ein einziger Parkplatz frei. Stattdessen stehen zwei Streifenwagen dort rum, ebenso wie dem Simmerl sein Wursttransporter und auch die Firmenkarosse vom Gas-Wasser-Heizungspfuscher. Drum hilft alles nix, dann eben Feuerwehranfahrtszone, aussteigen und Tür zu. Und nachdem ich mir anschließend meinen morgendlichen Kaffee eingeschenkt hab, mach ich mich auch gleich auf den Weg in mein Büro.

»Es ist Viertel nach acht«, begrüßt mich der Bürgermeister, da bin ich noch kaum zur Tür drin. »Wo bleibens denn, Eberhofer?«

Ich schau mich mal um. Aha. Wie erwartet ist der Flötzinger hier anwesend sowie unser dorfeigener Metzger. Außerdem stehen zwei uniformierte Kollegen im Raum, ebenso wie eine Kollegin in Zivil, alle miteinander quasi wie bestellt und nicht abgeholt. Unter ihnen zwei wohlbekannte Gesichter. Und zwar das von der Maierhofer Elisabeth, die unglaublich dürr ist und deshalb auch Thin Lizzy heißt. Die kenn ich noch vom LKA her, und sie ist bei mir alles andere als in guter Erinnerung. Da ist aber auch noch mein alter Spezi, der Stopfer Karl. Ein Pfundskerl, könnte man sagen. Wenn auch ein bisschen verklemmt. Den begrüß ich dann erst mal und frag, was ihn eigentlich hier zu uns raus treibt.

»Wir … äh, wir sind die Soko, Franz«, antwortet er ziemlich verlegen.

»Ja, die Soko Niederkaltenkirchen«, pflichtet ihm nun der Bürgermeister bei. Voller Stolz tritt er an uns heran und legt dem Karl die Hand auf die Schulter.

»Ich lach mich tot«, muss ich hier loswerden und setz mich erst mal in meinem Bürostuhl nieder.

»Ja, das war klar, dass ein Text auf diesem Niveau von Ihnen kommen musste, Eberhofer«, kann ich nun die Kollegin Maierhofer vernehmen und werf einen kurzen, aber sehr strengen Blick in ihre Richtung.

»Und, was wollt ihr zwei Helden da?«, muss ich nun unsere fleißigen Handwerker fragen.

Na, wegen den Fingerabdrücken wären sie halt hier, erklären sie mir einträchtig. Weil ich die doch von ihnen hätte haben wollen. Stimmt. Und so ist meine erste Amtshandlung des Tages, dass ich zunächst mal den Bürgermeister aus dem Zimmer verweise. Denn immerhin ist der ja nicht bei der Polizei, geschweige denn bei unserer Soko. Und anschließend sag ich der Maierhofer, dass sie sich doch gleich mal bitteschön um exakt diese Fingerabdrücke kümmern soll.

»Sagen Sie mal, Eberhofer«, knurrt sie mir jetzt über den Tisch. »Kann es sein, dass Sie eine Art Realitätsverlust haben? Oder wie kommen Sie dazu, mir Anweisungen zu geben? Immerhin bin ich im Gegensatz zu Ihnen nämlich …«

»Sie brauchen gar nicht weiterreden, Frau Maierhofer«, muss ich sie hier aber gleich unterbrechen, steh auf und nehm sie bei der Hand. »Weil Sie sowieso der personifizierte Gegensatz zu mir sind.«

»Was … was soll denn das?«, will sie jetzt wissen. Doch ich hab sie bereits im Schlepptau, marschier mit ihr durch die Bürotür hindurch, und draußen angekommen deut ich auf das Schild, das schon seit Jahren dort angebracht ist.

»Vorlesen«, fordere ich sie jetzt auf und trommle mit dem Finger auf das schwarze Plastik. Erst mag sie ja nicht recht, aber schließlich tut sie es doch.

»PI Landshut, Zweigstelle Niederkaltenkirchen, Kommissar Eberhofer, Chefermittler«, liest sie vor und wirkt ziemlich genervt.

»Sehr gut«, sag ich, und schon gehen wir wieder ins Büro zurück. Den Herren Simmerl und Flötzinger hat das offensichtlich grad unglaublich stark imponiert. Jedenfalls haben sie die Arme verschränkt und grinsen so was von überheblich. Nur der Stopfer Karl, der würde grad sichtlich gern im Boden versinken.

»Wieso sind Sie eigentlich nicht mehr beim LKA?«, möchte ich hier gern noch wissen, doch sie schüttelt den Kopf.

»Das geht Sie nichts an«, entgegnet sie mürrisch und schaut aus dem Fenster.

»Gut, wie dem auch sei«, sag ich dann und setz mich wieder nieder. »Es gibt zwei junge tote Frauen und somit jede Menge Arbeit, meine Herrschaften. Und drum braucht's halt auch einen, der anschafft, sonst verlieren wir hier den Überblick. Und weil das nun mal mein Büro ist, bin ich logischerweise auch der Einsatzleiter. Punkt. Genau aus diesem Grund wird sich die geschätzte Kollegin Maierhofer nun sicher gern um diese depperten Fingerabdrücke kümmern und der Stopfer Karl und der …?«

»Güntner. Christian Güntner«, antwortet nun der Dritte im Bunde ganz artig.

»Also gut. Karl, du und der Güntner, ihr beschafft uns zuerst mal einen ordentlichen Besprechungsraum. Am besten, ihr geht einfach zum Bürgermeister rüber und nehmt dem sein Büro. Der braucht's im Grunde ja eh kaum.«

Gut, zunächst macht er schon einen auf Rumpelstilzchen, unser Dorfoberhaupt. Am Ende aber gibt er sich dennoch einsichtig, räumt seinen Tisch und verzieht sich nach vorn zu den Verwaltungsschnepfen. Prima, so kann man arbeiten. Und wir kommen tatsächlich voran, obwohl Thin Lizzy anfänglich grundsätzlich anderer Meinung ist und uns ständig ihre depperten LKA-Methoden aufs Aug drücken will. Doch weil ich erstens der Einsatzleiter bin und wir Männer zweitens in der Überzahl sind, ist sie ja geradezu genötigt, sich einigermaßen anzupassen. Gegen Mittag sind dann die Rollen endgültig verteilt, und jeder vom Team hat nun einige Leute zu verhören. Ich persönlich nehm mir den Anzengruber vor. Also quasi den Witwer von gestern, der mittlerweile aus dem Krankenhaus zurück und somit wieder in heimatlichen Gefilden sein dürfte. Zuvor aber fahr ich noch hurtig zum Essen nach Haus, weil mir der Magen schon knurrt bis rauf zu den Schläfen. Und schon wie ich in den Hof reinfahr, kann ich sehen, dass der Rudi hier ist. Weil sein Wagen exakt zwischen einem Laster und dem Dixi-Klo steht.

»Da schau einer an, der Herr Birkenberger, was verschafft uns die Ehre?«, sag ich gleich, wie ich eingetreten bin. »Haben sie dich etwa rausgeschmissen, dort in deiner Reha?«

»Ja, das haben sie. Ob du's glaubst oder nicht«, antwortet er völlig aufgebracht, während ich herdwärts wandere und mal in die Tiegel schau.

»Doch, das glaub ich dir ohne weiteres, Rudi.«

»Stell dir nur vor, Franz, diese ... diese windigen Kurpfuscher dort. Zuerst, da hat es ja geheißen, dass ich größtenteils auskuriert bin und deswegen jetzt schon heimgehen kann.«

Ich nehm mal eine kleine Kostprobe aus dem Tiegel. Göttlich!

»Hörst du mir eigentlich zu, Franz?«

»Ja, ja, so richtig auskuriert schaust du aber noch nicht aus.«

»Eben! Und stell dir vor, erst wie ich dann gesagt hab,

dass ich das total anders seh und dass mir sechs Wochen voll und ganz zustehen würden, da sind sie mit der Sprache rausgerückt. Und … und haben mir dann quasi nahegelegt, im beiderseitigen Interesse auf eine weitere Behandlung zu verzichten. Ja, genau so haben die das gesagt. Das ist doch unglaublich, oder? Mensch, ich bin ein Privatpatient, da kann man doch wohl einen gewissen Anspruch auf Komfort erwarten. Stimmt's oder hab ich recht?«

»Was schreit er denn gar so umeinander?«, fragt mich nun die Oma und nimmt mir den Kochlöffel aus der Hand. »Geh, jetzt hör auf mit deiner Näscherei und sag lieber deinem Vater Bescheid. Und dann setz dich nieder. Ich komm ja ohnehin schon mit dem Essen.«

Und so geh ich noch kurz ins Wohnzimmer rüber und setz mich dann nieder. Es gibt einen Hackfleisch-Nudelauflauf und dazu noch einen feinen Gurkensalat. Der Rudi freut sich, weil er mitessen kann. Doch offensichtlich hat er noch immer Probleme, ordentlich mit Messer und Gabel zu hantieren. Jedenfalls braucht er dreimal so lang für jeden einzelnen Bissen wie alle anderen hier am Tisch.

»Franz«, sagt er plötzlich stochernderweise. »Kann ich … kann ich vielleicht ein paar Tage hier bei euch bleiben? Ich mein, du siehst ja selber, dass ich noch nicht richtig in Schuss bin, und da fühl ich mich einfach ein bisschen wohler, wenn ich nicht so ganz allein daheim bin.«

»Rudi, du bist grad fuchzig Kilometer mit dem Auto gefahren. Also wenn du nicht in Schuss bist …«, sag ich grad noch so, dann krieg ich von der Oma einen Tritt gegen das Schienbein.

»Freilich bleibt er da«, unterbricht sie mich schroff und schlenzt dann dem Rudi die Wange. »Bei uns im Haus herüben, da ist zwar momentan alles voll. Aber der Franz hat ja in seinem Saustall drüben ein Bett stehen und noch ein

Kanapee dazu. Und da kann er prima drauf schlafen. Und dir überzieh ich hernach gleich noch die Bettwäsche frisch, gell.«

Nun tätschelt der Birkenberger das Händchen von der Oma und triumphiert mir über den Tisch.

»Ja«, sag ich und steh auf. »Mit vollen Windeln ist gut stinken, gell. Ich muss jetzt los. Und wenn es dich gesundheitlich nicht total ruiniert, Rudi, dann sei doch so gut und hilf der Oma beim Abwasch. Habe die Ehre miteinander.«

»Franz«, ruft er mir noch hinterher. »Du wirst doch wohl mal für ein paar Tage deinen dämlichen Saustall mit mir teilen können.«

»Können tät ich schon, Rudi. Aber mögen tu ich nicht!«, ruf ich noch retour, dann bin ich weg.

Auf meiner Fahrt zum Anzengruber läutet mein Telefon, und der Günther aus der Gerichtsmedizin ist am Hörer. Ja, sagt er, es muss wohl mein Glückstag sein, weil er die neue Leiche bereits obduziert hätt. Die Todesursache stimmt auch ziemlich genau mit der von unserem ersten Opfer überein. Allerdings wär der Täter dieses Mal deutlich brutaler vorgegangen als noch bei der ersten Tat. Dieses Mal hätte er nämlich noch weiter auf die junge Frau eingeschlagen, obwohl sie längst schon kein Lebenszeichen mehr von sich geben konnte.

»Vielleicht mordet er sich grade in Rage?«, überleg ich dann so mehr vor mich hin.

»Gut möglich, Franz«, bestätigt der Günther meinen Gedanken. »Was dich außerdem noch interessieren dürfte: Beiden Frauen ist eine Vergewaltigung erspart geblieben, und der erste Schlag traf sie jeweils von hinten.«

»Was bedeutet, dass sie wohl völlig überrascht worden sind?«

»Entweder. Oder sie haben sich vorher noch umgedreht

und sind weggelaufen. Aber das müssten die von der Spusi ja wissen.«

»Todeszeitpunkt?«

»Früher Samstagabend. So zwischen sechs und sieben, Pi mal Daumen.«

»Sonst noch was?«, frag ich noch nach. Aber nein, nix mehr für den Moment. Im Übrigen würd ich ja sowieso alles noch auf dem schriftlichen Weg kriegen. So bedank ich mich noch recht artig und leg exakt in dem Moment auf, wo ich die Einfahrt zum Anzengruber reinfahr. Einen kurzen Augenblick lang bleib ich noch sitzen und schau mir dieses Gebäude einmal etwas genauer an, das mir ja schon bei meinem gestrigen Besuch hier ein Dorn im Auge war. Der Garten drum herum steht noch komplett im Erdreich, und bei dem dazugehörigen Neubau, da soll es sich wohl um eine Art römische Villa handeln. Jedenfalls ist es ein unglaublich mächtiger Steinbau mit diversen italienischen Details und riesigen Säulen links und rechts von der Eingangstür. Wobei Eingangstür dann schon gar nicht mehr der richtige Ausdruck ist. Portal würde es viel eher treffen. Und da frag ich mich dann freilich schon, was solch ein Bauwerk ausgerechnet in unserer niederbayrischen Region zu suchen hat, gell. Aber wurst.

Nachdem ich ausgestiegen bin, drück ich kurz auf die Klingel, und schon erscheint der Hausherr persönlich mitten in seiner feudalen Pforte. Er wirkt ein bisschen müde und unsicher, fragt aber trotzdem gleich, ob ich eintreten will. Und kurz darauf sitzen wir zwei dann in einem komplett abgedunkelten Wohnzimmer, und dabei bemerk ich, dass er noch immer ein und dieselbe Kleidung anhat wie schon am Vortag. Und generell wirkt er etwas verwahrlost auf mich, obwohl seine Textilien alles andere als billig aussehen. Außerdem mieft er auch etwas. So mach ich lieber noch schnell die Rollläden auf und auch die Fenster. Dann widme ich mich wieder dem Hausherrn. Herrje, das schreit ja geradezu nach Fingerspitzengefühl, so jämmerlich, wie er dort in seinen Polstern rumhockt.

»Weswegen sind Sie gekommen, Herr Kommissar?«, reißt er mich dann aber aus meinen Gedanken heraus.

»Genau«, sag ich, nehm wieder Platz, und für ein kleines Sekündchen muss ich mich jetzt sammeln. »Also, passens auf, Herr Anzengruber. Um wie viel Uhr ist Ihre Frau denn am Samstag zum Joggen weggefahren?«

»Sie ist direkt vom Laden aus losgefahren. Ich hab sie dort um halb sechs abgelöst, und dann hat sie sich nur noch kurz umgezogen und ist so gegen, mei … so gegen drei viertel sechs vielleicht aufgebrochen. Zuvor haben wir ja noch ziemlich gestritten. Nur, dass Sie das auch gleich wissen. Und zwar mitten vor der Kundschaft«, erzählt er nun mit heiserer Stimme, und mir scheint, dass sein Hals von Silbe zu Silbe trockener wird. Und weil der Wohnraum hier nahtlos in die Küche übergeht, wandere ich kurzerhand dort hinüber und hol ihm ein Glas Wasser. Er nickt mir kurz zu und leert es in einem einzigen Zug.

»Warum haben Sie sich denn gestritten?«, will ich dann wissen und nehm wieder Platz.

»Ich wollte doch nur nicht, dass sie zum Joggen geht. Sogar angefleht hab ich sie …«, fängt er jetzt zu flennen an, beruhigt sich aber schnell wieder und spricht schließlich weiter. Und so erfahr ich, dass dieser Laden, von dem er grade erzählt hat, eine Damenboutique in Landshut drin ist. Und es gibt noch zwei andere Filialen, die befinden sich in München-Schwabing und in Rosenheim. Alle drei laufen wie geschmiert, und das schon seit Jahren. Fünf Angestellte sind mittlerweile dort beschäftigt, und auch seine Frau und er hätten ständig alle Hände voll zu tun.

»Hatte sie Feinde, Ihre Frau?«, muss ich noch fragen.

»Wieso denn Feinde? Ich dachte, Sie suchen einen ... einen Serienmörder?«, schluchzt er erneut.

»Ja, ja, so ist es auch höchstwahrscheinlich. Wir müssen aber trotzdem in alle möglichen Richtungen ermitteln, verstehen Sie? Also, hatte sie jetzt welche, oder nicht?«

»Ja, wie gesagt, wir sind inzwischen ziemlich erfolgreich. Und wer Erfolg sät, der wird auch Neid ernten, so ist das nun mal. Es sind schon ein paar Freundschaften in die Brüche gegangen, seitdem bei uns die Kasse stimmt. Aber Feinde? Nein, das glaub ich eher nicht.«

»Aha«, sag ich noch und mach mir Notizen. Dann aber läutet mein Telefon, und dieses Mal ist es der Simmerl, wo in der Leitung ist. Hurra, frohlockt er mir gleich in den Hörer. Er hat jetzt plötzlich doch ein Alibi für die Tatzeit im Mordfall Simone. Und zwar schwarz auf weiß.

»Welches da wäre?«, frag ich.

»Ich bin geblitzt worden, Franz«, jubelt er weiter. »Vor mir liegt das Beweisfoto mit haargenauem Datum und Uhrzeit drauf und meiner dämlichen Fresse. Kurz vor Frontenhausen muss das gewesen sein. Hier steht's ... warte, am siebzehnten Vierten um siebzehn Uhr zweiundzwanzig. Na, was sagst jetzt?«

Prima, sag ich, und dass er dieses Bild gefälligst aufheben soll. Ja, logisch, lässt er mich noch kurz wissen. Er wird es sich sogar einrahmen lassen. Dann legen wir auf.

Der Simmerl hat ein Alibi, da schau einer an!

»Alles in Ordnung, Herr Kommissar?«, holt mich der Anzengruber nun in die Gegenwart zurück.

»Ja, alles gut. Wo sind wir stehengeblieben? Ach ja, wo sind Sie denn am Samstagabend zwischen sechs und sieben Uhr gewesen?«

»Das müssen Sie mich fragen, ich weiß. Na ja, wie ich eben

schon erzählt hab, war ich ja zuerst noch im Laden. Um Punkt sechs hab ich dann zugesperrt und bin heimgefahren. Dort hab ich … hab ich ihr schon mal das Badewasser eingelassen und dann … dann auf meine Frau gewartet. Sie badet doch immer so gern nach dem Joggen.«

Tränenausbruch, der dritte.

Immer wenn er grad heult, schau ich mich einfach ein bisschen um, damit er sich beruhigen kann. Fingerspitzengefühl quasi. Schön ist es hier, sehr geschmackvoll und bestimmt auch recht teuer. Raumtiefe Fenster mit Blick in den Garten. Was sicherlich einmal der Hammer ist, vorausgesetzt dass der überhaupt jemals angelegt wird.

»Entschuldigen Sie, Herr Kommissar.«

»Kein Problem, immerhin wird man ja nicht jeden Tag Witwer, gell.«

»Nein, Gott sei Dank nicht«, antwortet er und schnäuzt sich dann ausgiebig. »Kann ich Ihnen sonst noch irgendwie helfen?«

Ja, sag ich, das kann er. Und dass ich auch noch unbedingt ein Alibi für den Siebzehnten bräuchte. Für den Abend praktisch, wo unser erstes Opfer getötet worden ist. Einen kurzen Moment lang stutzt er jetzt, steht dann aber auf und geht zum Schreibtisch rüber. Von dort holt er einen Tischkalender hervor, und damit kommt er retour.

»Der Siebzehnte, sagen Sie?«, will er nun wissen und setzt sich wieder hin.

»Korrekt.«

»Am Siebzehnten, da hatte ich ein Klassentreffen. Unser zwanzigstes, um genau zu sein. Wir haben da in Landshut drin gefeiert, auf der Burg Trausnitz. Mit einem DJ und allem Pipapo. Das war vielleicht ein Tag. Gott, war ich da blau«, erzählt er ganz versonnen, während seine Hand über das Kalenderblatt streift.

»Von wann bis wann war dieses Treffen?«

»Ach, das ist ja am Mittag schon losgegangen. Und soweit ich mich erinnern kann, bin ich erst in den frühen Morgenstunden heimgefahren. Mit dem Taxi natürlich.«

»Natürlich«, sag ich noch so und erheb mich dann. »Ja, das war's dann fürs Erste.«

»Sie … Sie halten mich aber doch auf dem Laufenden, nicht wahr, Herr Kommissar?«

»Mach ich.«

»Und noch was: Können Sie mir schon ungefähr sagen, wann ich die … also wann ich mit den Vorbereitungen für die Beisetzung anfangen kann?«

»Sie können loslegen, Herr Anzengruber. Die Obduktion ist bereits abgeschlossen«, sag ich noch so, und schon eil ich dem Zwei-Fünfer entgegen.

Kapitel 16

Zurück in meinem Büro ist von der Soko Niederkaltenkirchen weit und breit nix in Sicht, dafür liegt eine Akte dort auf meinem Schreibtisch. Mal sehen, was drinsteht. Da schau einer an, eine Belohnung ist nun ausgesetzt worden.

Für Hinweise, die zur Ergreifung des Täters bzw. der Täter führen, die im Zusammenhang mit den Todesfällen im Niederkaltenkirchener Forst … bla, bla, bla … wird eine Belohnung von 20000 – in Worten: zwanzigtausend – Euro ausgesetzt. Gezeichnet Staatsanwaltschaft Landshut.

Allerhand. Wirklich. Das hatten wir ja noch nie. Obwohl es sich bei uns heraußen ja schon um ein recht mörderisches Fleckerl Erde handelt, aber eine Belohnung, die hat's noch niemals gegeben. Zwanzigtausend. Was man damit wohl so alles machen könnte? Vermutlich viel. Im Moment will mir leider nichts einfallen. Ganz anders ergeht es da aber offensichtlich meinen Kollegen. Wie die nämlich jetzt so nach und nach hier im Rathaus einschneien und dieses Schreiben studieren, da kriegen sie plötzlich allesamt rote Flecken im Gesicht. Und dann wird phantasiert, was das Zeug hält. Vielleicht eine Eigentumswohnung anzahlen … oder einen nagelneuen SUV … lieber ein Karibikurlaub … oder doch eher eine Harley.

»Ja, Herrschaften«, muss ich sie aber langsam wieder ins Zielwasser führen. »Träumt's weiter von fliegenden Leberkässemmeln, aber bitte tut's das in eurer Freizeit.«

»Stimmt«, pflichtet mir die Maierhofer bei. »Jetzt sollten wir noch eine kurze Lagebesprechung machen.«

»Kollege Maierhofer«, sag ich leicht angepisst, einfach weil ich diese Anweisung gern selbst gegeben hätt.

»Kollegin, bitte sehr«, faucht sie mich an. »Also, Kollege Eberhofer, was wollten Sie sagen?«

»Dass wir nun eine kurze Lagebesprechung machen sollten.«

Und so sitzen wir auch schon ein paar Wimpernschläge später um den Bürgermeistertisch herum und tauschen unsere diversen Ermittlungsergebnisse aus. Und, ja, wir waren ziemlich erfolgreich. Denn immerhin können wir von den Personen, die noch heut früh auf unserer Liste waren, darunter freilich auch die Stammkundschaft von der Simone, doch schon den einen oder anderen streichen. Weil zwei davon für beide Tatzeiten ein astreines Alibi haben und somit als Täter vollkommen ausscheiden. Vier andere haben zumindest für einen der Zeitpunkte diverse Zeugen und können somit wenigstens schon mal nicht als Serientäter in Frage kommen. Was die Sache schon deutlich übersichtlicher macht. Die Maierhofer hat von weiß der Teufel woher eine riesige Tafel besorgt, vor der sie jetzt steht, verschiedene Fotos festklebt und Pfeile draufmalt. Sicherlich wieder so eine mordswichtige Strategie vom LKA. Aber gut. Jedenfalls schauen ihr die Herrschaften Stopfer und Güntner ganz dienstbeflissen über die kommissarischen Schultern. Und wie dann der Bürgermeister irgendwann zu uns reinkommt, scheint auch er äußerst beeindruckt ob dieser professionellen Darbietung hier.

»Aha«, sagt er, hat die Arme im Rücken verschränkt und starrt auf Pfeile und Bilder. »Das ist ja faszinierend. Fast wie im Fernsehen, gell. Unglaublich, mit welcher Präzision Sie das alles machen, werte Frau Maierhofer! Da könnten sich unsere Verwaltungsdamen so allerhand von Ihnen abschauen, gell. Die haben ja ein Chaos da vorne, das können Sie sich gar nicht vorstellen. Da muss unbedingt einmal umstrukturiert werden. Also, wenn Sie sich mal ein Viertelstündchen Zeit nehmen wollten, dann …«

»Unsere Mädls, Bürgermeister, die kommen seit Jahren ganz prima zurecht«, muss ich ihn aber hier ausbremsen. Gar nicht auszumalen, wie die Stimmung von der armen Susi in den Keller rutschen würde, wenn sie plötzlich von der Maierhofer bevormundet würde.

»Das mag schon sein, Eberhofer. Aber sie arbeiten nicht effizient genug. Die könnten doch alles locker in der Hälfte der Zeit schaffen, wenn sie nur ein bisschen strukturierter wären.«

»Und was dann, Bürgermeister? Müssten die dann auch Dart spielen oder Golf?«

»Aber schauen Sie sich das doch einmal an, Eberhofer«, sagt er nun weiter und trommelt auf dieser dämliche Tafel umeinander. »Das nenn ich mal eine professionelle Herangehensweise. Nicht wie Sie mit … ja, mit Ihrer depperten Zettelwirtschaft. Schauns nur genau hin, da könnens gewiss noch was lernen.«

Aber der Eberhofer, der will gar nix mehr lernen. Zumindest aktuell nicht. Weil dem nämlich schon der Schädel qualmt vor lauter Ermittlerei.

»Mir langt's für heut«, sag ich deswegen und steh auf. »Ich hau ab.«

»Aber sollten wir nicht noch die Sachen von der Spusi durchschauen?«, will der Stopfer jetzt wissen und schaut mich ganz eindringlich an.

»Tut's euch keinen Zwang an, Kollegen. Morgen um acht ist jedenfalls die nächste Lagebesprechung, und jetzt servus miteinander«, antworte ich noch kurz, und dann bin ich weg.

Mein sehnlichster Wunsch auf einen relaxten Feierabend zerplatzt aber dann zunächst mal wie eine Seifenblase.

»Weißt du, wo der Rudi ist, Franz?«, will der Papa nämlich gleich wissen, da bin ich erst mit einem Hax aus dem Wagen gestiegen. Er schlurft mir entgegen, hat einen Joint zwischen den Lippen, und Sorgenfalten kräuseln seine alternde Stirn.

»Nein, keine Ahnung. Warum? Ist er nicht hier, oder was?«, brumm ich und geh Richtung Wohnhaus.

»Nein, würd ich sonst fragen? Er wollte sich ein bisschen die Beine vertreten, hat er gesagt. Und das war so um halb drei. Mittlerweile ist es aber nach sechs.«

»Er wollte sich die Beine vertreten? Ist der jetzt übergeschnappt, oder was? Der kann doch froh sein, wenn er es einmal quer durch den Hof hindurch schafft.«

»Deswegen sorg ich mich ja. Ich hab schon überall nachgeschaut. Also praktisch überall dort, wo er halt in seinem lädierten Zustand so hin kann. Aber ich hab ihn nirgends gefunden.«

»Ja, mit dem Auto ist er jedenfalls nicht weggefahren. Das steht ja noch hier.«

»Eben«, sagt der Papa und zuckt hilflos mit den Schultern.

»'zefix!«, knurr ich noch so vor mich hin und dreh mich dann ab.

»Wo willst denn jetzt hin?«

»Ja, in den Wald halt. Alles andere macht ja keinen Sinn. Wenn er zu Fuß unterwegs ist, dann kann er nur in den Wald gegangen sein. Überall anders hin führt eine Straße.«

»Stimmt! Mein Gott, dass ich da nicht selber draufgekommen bin, Burschi. Wo er doch vorher noch wissen wollte, wo wir den Ludwig denn beerdigt haben.«

Verdammte Scheiße!

Ich hab zwei Mordfälle an der Backe kleben, eine nervtötende Soko obendrein, einen Neubau vor der Nase und erst vor kurzem meinen heißgeliebten Hund begraben. Und als ob das nicht schon bis rauf zur Hutschnur reicht, kann ich jetzt auch noch das Kindermädchen für den Herrn Birkenberger spielen. Das ist doch echt zum Wahnsinnigwerden.

Ich geb ordentlich Gas und schnauf wie ein Walross, aber irgendwann möchte auch ich endlich Schichtende haben. Zudem ist grad ein Gewitter im Anmarsch, und keine fuchzig Schritte später, da schüttet es auch schon wie aus Eimern. Ja, herzlichen Dank auch. Auf der halben Strecke zu unserem Bankerl, da kann ich ihn aber dann schließlich finden. Dort hockt er, der Rudi. Am Wegrand unter den Bäumen, schon völlig durchnässt, und strahlt wie ein Honigkuchenpferd, kaum dass er mich sieht.

»Gut, dass du endlich kommst, Franz. Mir ist der Arsch schon ganz kalt«, sagt er und versucht dabei irgendwie in die Vertikale zu kommen.

»Du hast ja vielleicht Nerven, Mensch«, entgegne ich, während ich ihm in die Höh helf. »Du bist noch keinen Tag aus der Reha draußen, die du noch nicht einmal zu Ende gemacht hast, und steigst dann mit deinen morschen Knochen und einer Muskulatur wie ein Zitronenfalter völlig einsam durch unsere Wälder. Bist du eigentlich neben dem Hirn auch noch blöd, oder was? Einfach mal angenommen, ich wär jetzt nicht gekommen. Was dann?«

»Bist du aber! Und das hab ich gewusst.«

»Und was zum Geier willst du hier überhaupt?«, frag ich, hak ihn unter, und wir wandern langsam den rutschigen Waldweg hinab.

»Ich wollte doch nur sehen, wo der Ludwig liegt, Franz. Und ich hab ihm ein paar Blumen gepflückt.«

Er wollte nur sehen, wo der Ludwig liegt, und er hat ihm ein paar Blumen gepflückt. Das find ich aber jetzt schon wieder irgendwie … ja, irgendwie nett.

»Glaubst du, der Ludwig freut sich darüber, Franz?«
»Ich werde ihn fragen, wenn ich ihn seh.«
»Wenn du ihn siehst, du Spinner!«
»Ja, ich seh ihn tatsächlich manchmal, Rudi. Ob du das jetzt glaubst oder nicht.«
»Wirklich?«
»Ja, wirklich!«
»Wann?«
»Meistens in der Nacht.«
»Dann siehst du ihn nicht, dann träumst du von ihm. Stell dir vor, ich hab neulich geträumt, dass ich mit einem Klapprad zum Einkaufen fahr. Und wie ich dann wieder aus dem Laden komme, da hat mir jemand die vordere Hälfte geklaut. Ob das wohl irgendeine Bedeutung hat?«

»Wahrscheinlich hast du Angst, dass du deine bessere Hälfte verlierst.«

»Wahrscheinlich. Du, Franz«, sagt der Rudi nun und bleibt plötzlich stehen.

»Ja, Rudi?«, schnauf ich, weil er mir echt langsam schwer wird, wie er sich so in mich reinhängt.

»Ich kann nicht mehr!«

»Ich auch nicht«, sag ich noch so und lass ihn dann wieder zu Boden gleiten. »Bleib, wo du bist, ich hol einen Schubkarren.« Und so machen wir es dann auch. Keine halbe Stunde später roll ich den klitschnassen Rudi langsam, aber sicher bis vor meine Saustalltür.

Und nachdem wir uns umgezogen und aufgewärmt haben, besorg ich uns noch ein paar Wurstbrote, und wir machen ein Bier auf. Dabei ratschen wir uns so ein bisschen durch den heutigen Tag, und plötzlich landen wir bei dieser ausgesetzten Belohnung. Da macht er aber jetzt Augen, der Birkenberger.

»Zwanzigtausend?«, fragt er, und ich nicke kauenderweise.

»Dann kriegst du ab sofort keinerlei neue Informationen mehr von mir.«

»Wieso nicht?«

»Weil ich mir diese zwanzigtausend Euro nämlich selber unter den Nagel reiß, lieber Franz. Ich helf dir doch nicht dabei, zwei Morde aufzuklären, und das auch noch für völlig umsonst. Und am Ende schiebst du dir dann die ganze Kohle ein, und ich kann mit dem Ofenrohr ins Gebirge schauen, oder wie? Nein, nein, nein, mein Lieber. Ich bin doch nicht dein Leftutti!«

»Jetzt mach doch nicht so ein Geschiss, Rudi«, sag ich und hol mir ein weiteres Bier aus dem Kühlschrank. »Hätt ich eigentlich gar nicht gedacht, dass du so geldgeil bist.«

»Ha! Sagt einer, der keinen Pfennig Miete bezahlt und von der Oma versorgt wird. Ja, wer oben hockt, der kann prima runterscheißen, gell. Sag, bringst mir auch noch eine Halbe mit?«

»Und überhaupt, du hast doch gar keine neuen Informationen«, entgegne ich und schmeiß ihm dabei seine Flasche entgegen.

Was ein Fehler ist, weil sie zu Boden knallt.

»Doch, hab ich sehr wohl!«, sagt der Rudi, während ich nach einem neuen Bier geh, das ich ihm dann mit aller gebotenen Vorsicht und höchstpersönlich überreich. Anschließend hol ich das Putzzeug und stell es ihm vor die Füße.

»Aufputzen«, sag ich und lass mich wieder auf dem Kanapee nieder.

»Nur weil du nicht werfen kannst, soll ich jetzt putzen?«

»Nein, weil du nicht fangen kannst, Rudi. Drum musst du jetzt putzen.«

»Ich bin immer noch krank, Franz. Hast du das schon vergessen? Meine Hände sind … sind völlig ungelenk. Womöglich verletz ich mich sogar an den Scherben.«

»Das Risiko nehm ich in Kauf.«

Anschließend rollt er die Augen in alle nur erdenklichen Richtungen, erhebt sich dann mühselig und macht sich an die Arbeit. Und ich bin mir nicht sicher, ob eine böse Absicht dahintersteckt oder ob er sich wirklich nur unfassbar deppert anstellt, aber am Ende brauchen wir tatsächlich vier Pflaster.

»Aua«, schreit er jedes einzelne Mal, wenn ich ihm einen Schnitt verbinde. Lächerlich, wirklich.

Doch wenigstens sind wir uns dann insofern einig, dass er mich weiterhin mit seinen Infos versorgt und ich im Gegenzug dafür nichts von der Belohnung abkrieg. Diesen Deal kann ich ganz getrost eingehen, weil ich als Beamter ohnehin keinerlei Anspruch darauf hätte. Und eigentlich müsste das auch der Rudi noch wissen, schließlich war er doch jahrelang selbst Polizist.

Kapitel 17

Ich hab am nächsten Morgen noch nicht einmal meine Äuglein offen, wie das dämliche Diensttelefon klingelt und die Maierhofer dran ist. Sie will wissen, was nun mit unserer Lagebesprechung ist. Was soll mit der sein, denk ich so und setz mich im Kanapee auf. Der Rudi liegt drüben im Bett, hat die Decke bis über die Nase gezogen und schläft wie ein Baby. Na gut, er schnarcht auch ein bisschen, genau genommen ziemlich laut.

»Sind Sie grad in einem Sägewerk, Eberhofer?«

»Nein«, sag ich, schlüpf in meine Latschen und steh auf.

»Also, was ist jetzt mit der Lagebesprechung? Sollen wir ohne Sie anfangen? Immerhin ist es schon gleich neun.«

Neun. Wie: neun? Ich schau mal auf die Uhr, und: Ja, sie hat recht. Verdammte Scheiße!

»Nein, ich bin gleich da«, sag ich noch, leg auf und weck dann den Rudi. Der schiebt sich seine Schlafbrille auf die Stirn, blinzelt hinaus ins Leben und lächelt dann übers ganze Gesicht.

»Rudi, ich muss los«, sag ich, während ich in meine Jeans reinschlüpfe. Er schaut mich kurz an und kriecht dann aus den Federn. Barfüßig und auf Zehenspitzen geht er anschließend zum Fenster hinüber, streckt sich und gähnt. Und nun seh ich, dass er einen OP-Kittel trägt, der komplett seinen Hintern freilegt.

»Rudi, warum zum Teufel hast du diesen Fetzen da an?«

»Weil meine Nachtwäsche bei mir daheim im Schrank rumliegt, lieber Franz. Und es einfach niemand zustande gebracht hat, mir irgendetwas davon mal ins Krankenhaus zu bringen.«

»Verstehe. Kannst dir ja dann von mir was nehmen. Also ich bin jetzt weg.«

»Schon gut, Franz. Ich mach jetzt sowieso erst einmal ein bisschen Yoga, vielleicht den Sonnengruß, und dann werd ich ein Bad nehmen. Wir sehen uns später.«

»Ja, Seemann, grüß mir die Sonne«, sag ich und spritz mir noch kurz ein Deo unter die Achseln. Ein Kaugummi muss heute als Zahnbürste herhalten, und meine Finger ersetzen den Kamm. Aber sonst ist alles gut.

»Vielleicht ist es Ihnen ja zukünftig möglich, die Lagebesprechung zeitlich so einzuplanen, dass auch Sie als Einsatzleiter pünktlich daran teilnehmen können«, ist das Erste, was meine werte Kollegin von sich gibt, wie ich ins Büro reinkomm. Sie steht dort mit dem Rücken zu mir und starrt auf ihre depperte Tafel. Eine Armlänge entfernt steht der Stopfer und klammert sich an einer Kaffeetasse fest, in der er wohl grad gern versinken würde.

»Im Gegensatz zu Ihnen, Kollege Maierhofer«, sag ich, zieh mir einen Stuhl hervor und nehm Platz, »hab ich die halbe Nacht lang an unserem Fall gearbeitet. Und jetzt holens mir bitteschön einen Kaffee, damit wir anfangen können.«

»Ich ... wie bitte!? Ich hole Ihnen doch keinen Kaffee. Wie käm ich denn dazu«, entgegnet sie schnippisch, verschränkt die Arme und kichert relativ albern.

»Ich kann ja einen Kaffee holen«, schlägt der Stopfer Karl vor.

»Nein, Sie holen auch keinen Kaffee«, faucht ihm Thin

Lizzy entgegen. »Der Herr Eberhofer, der hat Arme und Beine und kann sich seinen Kaffee gefälligst selber holen.«

So kommen wir hier aber nicht weiter. Drum greif ich kurzerhand zum Telefonhörer und ruf einfach mal die Susi an. Ja, sagt sie gleich nach dem Morgengruß, freilich kann sie mir einen Kaffee vorbeibringen. Gar keine Frage. Und eine Minute später, da geht auch schon die Tür auf und die Susi erscheint in ihrer ganzen Herrlichkeit.

»Mit Milch und Zucker, genau wie du ihn magst«, sagt sie, stellt das Haferl exakt vor mir ab und gibt mir ein Bussi. Doch jetzt pack ich sie am Arm und zieh sie mir auf den Schoß.

»Hey«, kichert sie. »Was ist denn mit dir los?«

»Du schaust heute echt umwerfend aus, Susimaus. Nimm dir lieber nichts vor für heut Abend«, sag ich noch so, und wie sie dann wieder aufsteht, muss ich ihr noch kurz auf den Hintern klatschen. Der Stopfer wird jetzt rot wie ein Ferrari, und die Maierhofer zuckt noch ein paarmal mit ihren Lidern, ehe sie loslegt.

»Tzz«, gibt sie schließlich von sich. »Lebt ihr hier eigentlich immer noch im Mittelalter, oder was? Kann es denn sein, dass dieser ganze Aufstand um die Emanzipation an euch komplett vorbeigeschrammt ist?«

Hui, jetzt funkeln sie aber, die schönen Augen von meiner Susi. Und schon peilt sie zielgerade die Maierhofer an und stellt sich nur eine Nasenspitze breit vor ihr auf.

»Doch«, sagt sie dann ausgesprochen ruhig und mit einem fast ... ja, gütigen Lächeln im Gesicht. »Da haben Sie natürlich vollkommen recht, Frau Maierhofer. Wie kann ich auch nur so rückständig sein und meinem Lebensgefährten einen Kaffee vorbeibringen, ich Schaf? Nein, da ist es natürlich deutlich emanzipierter, sich jahrelang durchs LKA zu vögeln, bis man dann irgendwann zwangsversetzt wird.

Schon klar.« Anschließend dreht sie sich ab, wirft noch einen freundlichen Blick in die Runde und verlässt dann erhobenen Hauptes das Büro.

»Aber, Elisabeth«, können wir nun den Kollegen Güntner vernehmen. »Was meint sie denn …?«

»Ach, halt einfach die Schnauze, du Schlappschwanz«, zischt die Maierhofer retour.

Einen Moment lang schwirrt nun eine betretene Stille durch den Raum.

»Wie … wie kommt sie denn auf … diese absurde Idee?«, fragt sie dann aber schließlich, hat hektische Flecken um den dürren Zinken rum und versucht eine heitere Nuance in ihren Tonfall zu legen.

»Das müssen Sie sie schon selber fragen«, antworte ich ziemlich emotionslos und deute dann auf die freien Stühle links und rechts von mir.

»Und jetzt hinsetzen. Und zwar alle.«

Im Handumdrehen hocken wir zu viert um den Besprechungstisch rum. Nachdem ich erst mal einen kräftigen Schluck Kaffee genommen hab, lass ich meine Mitstreiter hier großzügig an den Erkenntnissen teilhaben, die ich in der letzten Nacht gemeinsam mit dem Rudi erarbeitet hab. Gut, genau genommen hat sie eher der Rudi alleine erarbeitet und mich dann nur drüber informiert. Was aber hier keine Rolle spielt. Fakt jedenfalls ist, dass nach dem Todeszeitpunkt von der Simone nur zwei Männer aus ihrem Stammkundenkreis keinen Kontakt mehr zu ihr gesucht haben. Und das, obwohl sie zuvor äußerst regen Verkehr mit ihr hatten. Wohingegen alle anderen Kunden weiterhin hartnäckig versucht haben, auf ihre Seite zu gelangen.

»Aha«, sagt die Maierhofer ein wenig abschätzig. »Und was wollen Sie uns mit dieser grandiosen Entdeckung eröffnen?«

»Na ja«, versucht sich nun erstmals der Güntner einzubringen. »Da der Täter natürlich haargenau weiß, dass die tote Mona eh nicht mehr online sein kann, versucht er es vielleicht ...«

»Dass ich nicht lache!«, unterbricht sie ihn hier, steht auf und beginnt im Büro rumzulatschen. »Womöglich ist unser Täter aber nicht so ein verblödeter Bauer. Und weiß deshalb genau, dass er sich nur umso verdächtiger macht, wenn er plötzlich von heute auf morgen diese Seite nicht mehr besucht.«

»Von welchen verblödeten Bauern reden Sie jetzt genau?«, frag ich hier nach, doch sie gibt mir keinerlei Audienz. »Hinsetzen!«, muss ich sie deswegen jetzt anschreien.

Sie schnauft noch einmal tief durch, nimmt aber brav wieder Platz, während sich der Güntner ein Grinsen verkneift.

»Zunächst einmal müssen wir ein Täterprofil erstellen. Alles andere ist destruktiv«, sagt sie nun, klingt dabei äußerst professionell und will uns anderen damit wohl klarmachen, dass wir absolute Armleuchter neben ihr sind.

»Erstellen Sie, was immer Sie wollen, Kollege Maierhofer«, sag ich und steh auf. »Der Kamerad Güntner wird Ihnen sicherlich mit Freude zur Seite stehen. Und wir zwei, der Stopfer Karl und ich, wir schauen uns derweil mal diese zwei Stammkunden an. Auf geht's, Karl!«

Der Karl springt auf, dass gleich der Stuhl nach hinten plumpst, doch dann eilen wir auch schon dem Ausgang entgegen.

»Brotzeit?«, frag ich ihn, wie wir im Zwei-Fünfer hocken, und er nickt. Dabei streift seine Hand ganz zaghaft übers Cockpit, und ein Lächeln huscht ihm übers Gesicht.

»Genauso einen hat mein Onkel Karl seinerzeit gehabt«, sagt er voll Ehrfurcht. »Das ist mein Firmpate gewesen, weißt, und ein Hallodri. Und genau mit dieser Kiste, da sind wir damals zur Kirche vorgefahren, da war der noch ganz nagelneu, und es war das allererste Mal, wo ich überhaupt vorn hab sitzen dürfen. Ich hätt platzen können vor Stolz. Ja, da haben sie dann geglotzt, meine depperten Klassenkameraden. Die sind ja alle nur mit dem Radl da gewesen oder zu Fuß. Nur drei oder vier andere sind auch noch mit dem Auto gekommen. Aber mit so einem freilich nicht. Einen ganzen Tag lang bin ich wirklich der Held gewesen. Kannst dir das vorstellen?«

»Ohne Probleme.«

»Mein Gott, was hätte ich bloß drum gegeben, wenn ich den einmal selber hätte fahren dürfen. Aber dazu ist es leider nicht mehr gekommen. Weil er sich drei Jahre später nämlich damit darennt hat, mein Onkel. Grad wie ich dabei gewesen bin, meinen Führerschein zu machen.«

»Traurige Geschicht«, sag ich und steck den Schlüssel ins Zündschloss.

»Schon«, sagt der Stopfer ein bisserl wehmütig und schaut aus dem Fenster.

Ach, was soll's.

So steig ich halt wieder aus, geh zur Beifahrerseite rüber und öffne die Tür.

»Fahr lieber du, Karl«, sag ich. »Ich glaub, ich hab grad was im Aug.«

»Echt?«, fragt er ziemlich ungläubig und schaut mich an, während ich mein Auge reib.

»Ja, jetzt mach schon. Wo der Simmerl ist, das weißt ja hoffentlich noch.«

»Logisch«, antwortet er strahlend, steigt ein, und schon lässt er den Motor brummen. Und wie wir kurz darauf bei unsrem Ziel anrollen, da will er noch nicht mal mit aussteigen, der Karl. Nein, sagt er, ich könnt ihm seine Brotzeit ja wunderbar mitbringen. Und ich soll mir ruhig Zeit lassen, weil die Kühle in der Metzgerei drinnen, die wär sicherlich gut für mein gereiztes Auge. Er selber würde derweil lieber im Wagen bleiben und ein bisschen in Erinnerungen schwelgen. Und so treff ich halt alleine auf den Simmerl, der heut irgendwie gut ausschaut und auch so eine entspannt heitere Fröhlichkeit ausstrahlt. Quasi wie völlig verpeilt irgendwie.

Doch gleich darauf erfahr ich auch schon den Grund für seine aktuelle Lebensfreude. Er nimmt nämlich ein gerahmtes Foto ab, das hinter ihm an der Wand hängt, und reicht es mir über den Tresen. Dort ist praktisch er drauf, in seinem BMW und einem labbrigen T-Shirt, doch alles miteinander in ziemlich astreiner und scharfer Qualität. Datum und Uhrzeit stimmen exakt mit der Tatzeit überein, womit er tatsächlich ein sauberes Alibi hat. Jetzt stößt die Gisela in unsere Idylle, und auch sie scheint heut beinah zu frohlocken. Was sich die wohl eingeschmissen haben, die zwei?

»Habts ihr etwa die blauen Pillen ausprobiert letzte Nacht?«, frag ich deswegen grinsenderweise. Und ja, das haben sie. Auf alle weiteren Ausführungen kann ich aber jetzt problemlos verzichten, und so geb ich dem heiteren Paar nur noch schnell meine Bestellung durch und mach mich dann lieber vom Acker. Großer Gott, wenn ich dran denk, was für eine miese Stimmung sonst meistens dort vorherrscht, dann muss man fast sagen, dass alles irgendwie eine Daseinsberechtigung hat. Sogar ein Viagra.

Von den zwei Pappenheimern, die wir zu vernehmen haben, ist einer ganz in unserer Nähe und der andere in Passau. Logischerweise fangen wir zunächst in der Nachbarschaft an. Unser Besuch dort könnte aber kürzer gar nicht sein, weil der Gefährte hier bereits seit zwölf Jahren im Rollstuhl sitzt und schon allein deshalb als Serientäter doch eher weniger infrage kommt. Deshalb nun auf zur Drei-Flüsse-Stadt.

Ich fahr wieder selber, weil erstens der Zwei-Fünfer mein

Heiligtum ist und zweitens meine Güte halt doch nicht ganz grenzenlos ist. Der Karl, der nimmt das eher gelassen, dafür schwelgt er die ganze Fahrt über in Erinnerungen. Und wie wir knappe zwei Stunden später endlich unser Ziel erreichen, kenne ich jeden Moment seines Lebens, und zwar ab der Geburt.

Weil es sich bei dem Verdächtigen Nummer zwei um einen Studenten handelt, steuern wir freilich die dortige Uni an. Genauer: den Campus. Und jetzt muss ich mich doch ganz ernsthaft fragen, warum zum Geier ich niemals studiert hab. Weil es geht praktisch ab wie in einem Cluburlaub. Also nicht, dass ich einen solchen jemals gehabt hätt. Das nicht. Aber so stell ich's mir halt vor, gell. Die Studenten hier flaggen nämlich entweder gebündelt in der Wiese und lassen sich die Sonne auf den Bauch knallen, laufen mit Kopfhörern die Wege entlang oder stehen rauchend und lachend in irgendwelchen Ecken herum. Lernstress stell ich mir auch anders vor. Aber wurst.

Unsere Zielperson ausfindig zu machen dauert dann ein ziemliches Weilchen, irgendwann aber steht er vor uns. Felix Holzegger, sechsundzwanzig Jahre, raspelkurze Haare, durchtrainiert bis in die Nasenflügel hinein und auf Inlinern unterwegs. Und nachdem wir uns kurz ausgewiesen haben, halten wir ihm auch schon das Foto von der Simone unter die Nase.

»Kennens das Mädchen?«, frag ich ihn, und er wirft einen flüchtigen Blick drauf.

»Ja, scheiße«, antwortet er. »Das ist die Mona. Aber warum fragen Sie?«

»Woher?«

»Mei, aus dem Internet halt. Die hatte da so eine Seite, Mann. Aber was soll das Ganze eigentlich?«

»Wieso hatte?«

»Was?«, fragt er nun und scheint grad ein bisserl konfus.

»Sie haben grad gesagt, sie hatte da so eine Seite, die Mona.«

»Ja, keine Ahnung. Wahrscheinlich hat sie die immer noch. Was weiß ich. Ich persönlich hab halt momentan einfach keinen Bedarf daran.«

»Niederkaltenkirchen, sagt Ihnen das was?«

»Nieder… was?«

»Niederkaltenkirchen. Das ist eine Ortschaft bei Landshut. Waren Sie dort schon einmal?«

»Nein, ich glaub nicht. Aber … aber warum fragen Sie das alles?«

»Wir ermitteln in einem Mordfall, Herr Holzegger. Die Mona ist tot«, erklärt nun der Stopfer, während ich von dem Studiosus hier ein paar Fotos schieße, was ihn sichtlich nervös macht.

»In einem Mordfall? Was soll das? Und hören Sie gefälligst sofort auf, mich zu knipsen! Ich … ich werde den Anwalt meines Vaters anrufen«, stößt er noch hervor, ehe er sein Telefon aus der Jackentasche fischt.

»Sie brauchen keinen Anwalt, Herr Holzegger«, sag ich. »Was Sie brauchen, ist lediglich ein astreines Alibi.«

Nun schaut er mich an, überlegt einen kurzen Moment, und schließlich fragt er mich nach der Tatzeit. Und die geb ich ihm dann auch. Und zwar alle beide. Deshalb will das schlaue Bürschlein nun auch gleich wissen, wieso es denn zwei verschiedene Zeitpunkte sind. Und so erkläre ich ihm hurtig den aktuellen Sachverhalt.

»Äh, versteh ich das richtig?«, will er nun wissen und schaut dabei zwischen dem Stopfer und mir hin und her. »Sie … Sie suchen einen Serientäter und sind dabei auf mich gekommen? Ja, geht's noch, oder was? Das … das ist ja der Wahnsinn! Nein, ich sag jetzt hier gar nichts mehr.«

»Wenn nicht hier, Herr Holzegger, dann in meinem Büro.

Ganz wie Sie wollen«, entgegne ich und merke, dass mein Ton schärfer wird. Was glaubt er denn, wer er ist?

»Mein Vater ist Professor hier an der Uni, und einer seiner ältesten Schulfreunde, der ist Vizepräsident am Landgericht. Also, wenn Sie jetzt nicht irgendwas Konkretes gegen mich in der Hand haben, dann rate ich Ihnen dringend, verpissen Sie sich!«

»Hey, Bürscherl, windiges«, sag ich noch so, doch er grinst mich nur an, dreht sich ab und rollt von dannen. Und grad wie ich ihm noch hinterherruf und nach meiner Schusswaffe greif, da packt mich der Karl am Ärmel.

»Du kannst ihn nicht einfach erschießen, Franz«, sagt er ganz ruhig. »Du hast doch gehört, was er gesagt hat. Also praktisch das mit seinem Vater und dem Busenkumpel. So jemanden knallt man nicht einfach ab.«

»Nicht?«

»Nein«, sagt der Stopfer. »Nicht hier und nicht heut. Und jetzt komm.«

Und so bleibt uns am Ende gar nix anderes übrig, als unverrichteter Dinge und mit hängenden Schultern wieder zu unserem Zwei-Fünfer zu wandern. Doch weil wir beide Passau so eher gar nicht kennen und das Wetter grad passt, kaufen wir uns ein Eis und sitzen relativ entspannt an der Donau herum.

Zurück in den gemeindeinternen Mauern mach ich noch einen klitzekleinen Abstecher zur Susi, während der Karl schon mal unseren Besprechungsraum anpeilt. Immerhin muss ich ihr noch unbedingt sagen, dass mein morgendlicher Spruch keinesfalls spaßig gemeint war und ich den Abend unbedingt mit ihr verbringen will. Irgendwie muss man sich ja nach so anstrengenden Arbeitstagen auch ablenken und aufheitern, gell. Ja, sagt sie und grinst ganz breit. Sie freut sich schon drauf und wird sich nach dem Abendessen beeilen, den kleinen Paul zügig ins Bett zu bringen. Na, wenn sich das nicht großartig anhört!

Schon wie ich dann den Korridor entlanggeh, kann ich es hören. Die Tür zu unserem gemeinschaftlichen Zimmer steht ein kleines Stück offen, und ganz eindeutig herrscht grad eine aufgewühlte Stimmung dort drinnen. So bleib ich noch einen Augenblick draußen stehen und spitze die Ohren.

»Aber es kann doch nicht sein, dass ein Dorfbulle hier das Sagen hat und Leute rumdirigiert, die schon jahrelang für das LKA arbeiten«, kann ich die Maierhofer glasklar vernehmen.

»Gearbeitet haben«, erwidert der Güntner darauf. »Gearbeitet haben, Elisabeth.«

»Na ja, so ganz stimmt das ja nicht. Also das mit dem Dorfbullen. Schließlich und endlich kann der Eberhofer ja schon auf eine ganze Reihe erfolgreicher Ermittlungen zurückblicken«, hör ich nun den Bürgermeister und bin gleich richtig stolz auf ihn. Was er bei diesem Gespräch allerdings generell zu melden hat, ist mir ein Rätsel.

»Was sagst du dazu, Karl?«, möchte nun die Maierhofer wissen. Doch der Karl, der sagt gar nichts. Wahrscheinlich wird ihm das grad alles ein bisschen zu viel. Und weil ich ihn auch gar nicht länger in Bedrängnis bringen will, geh ich da jetzt einmal rein.

»Was wird das hier, Kollege Maierhofer?«, frag ich zunächst mal. Und nun reißt es sie förmlich. Eigentlich hätte sie doch damit rechnen müssen, dass ich jede Sekunde hier aufschlag und das Wortgefecht mitkrieg, oder nicht?

»Ach, nichts«, antwortet sie trotzig.

»Das ist eine Gesinnungsschnüffelei, was Sie hier grad abziehen«, sag ich und schau sie dabei direkt an.

»Ha, das ist doch lächerlich, Eberhofer. Jetzt blasen Sie sich mal nicht so auf und erzählen lieber, was Sie den ganzen lieben langen Tag so gemacht haben. Soweit ich informiert bin, sind Sie nämlich nur durch die bayrischen Lande gegurkt, haben ein Eis gelöffelt und unterm Strich so ziemlich gar nichts erreicht. Ja, das nenn ich mal einen effizienten Arbeitsablauf. Alle Achtung!«

Ich werf einen düsteren Blick Richtung Stopfer, weil ja diese Infos nur von ihm kommen konnten. Doch der ist grad komplett auf den Fußboden konzentriert.

»Gut«, sag ich, einfach schon um das Gespräch wieder in eine positivere Richtung zu steuern. »Wie weit sind Sie denn mit Ihrem Täterprofil gekommen, Kollege Maierhofer?«

»Kollegin! Kollegin! Kollegin! Ist denn das so schwierig?«

»Also?«

»Das kann ich Ihnen schon sagen, Kollege Eberhofer. Kollege Güntner, wenn ich mal bitten darf!«, antwortet sie und deutet auf den Tisch, wo ein ganzer Stapel Papier rumliegt. Den ihr der Güntner auch prompt überreicht und sie anschließend dann mir.

»Was ist das?«, frag ich und werf einen Blick drauf.

»Das hier, das sind allesamt Hinweise von aufmerksamen Mitbürgern, die wohl alle auf diese Belohnung hoffen«, spottet sie, und dabei verzieht sie ihren Mund, was ihre ohnehin kaum vorhandene Attraktivität noch einmal dramatisch reduziert.

»Und«, muss ich hier nachfragen, »ist was Brauchbares drunter?«

»Das weiß ich nicht!«, schreit sie mich jetzt an. »Das weiß ich nicht, weil ich noch nicht dazu gekommen bin. Weil der Güntner und ich nämlich heute den ganzen Tag lang ständig nur diese blöden Hinweise entgegengenommen haben. Telefonisch und auch persönlich. Es war ja praktisch keine einzige Minute mehr Ruhe hier drinnen.«

Der Kollege Güntner nickt beipflichtend, und wie auf

Kommando geht jetzt die Bürotür auf und die Susi kommt rein. Auch sie hat einen Stapel in der Hand, den sie prompt auf den meinigen legt.

»So geht das nicht, Herrschaften«, sagt sie und wirft einen Blick in unsre Runde. »Ich bin hier die Verwaltungsangestellte der Gemeinde Niederkaltenkirchen und nicht die Schreibkraft von eurer blöden Soko. Und ich hab selbst jede Menge Arbeit am Hals und kann nicht auch noch die eure machen.«

»Welche da wäre?«, frotzelt die Maierhofer nun aus ihrer verzerrten Miene heraus. »Formulare ausfüllen und Briefmarken ablecken?«

Doch die Susi ignoriert sie komplett. Stattdessen kommt sie zu mir her und strahlt.

»Kommst du, Franz?«, haucht sie, wie sie noch nie zuvor gehaucht hat. »Machen wir Feierabend, es ist schon spät. Die Oma bringt heute den Paul ins Bett. Und ich koch uns was Schönes und hinterher gibt's einen ganz heißen Nachtisch. Na, was meinst?«

»Ja, Kollegen, ihr seht es ja selber. Die nächste Lagebesprechung ist morgen um acht. Und jetzt servus miteinander.«

Kapitel 18

Auf dem Heimweg treff ich dann noch auf die Mooshammer Liesl. Die kommt mir dorfeinwärts auf ihrem Radl entgegen, und augenblicklich bin ich ziemlich verwirrt. Drum halt ich mal an, wie sie auf meiner Höhe ist, und mach das Fenster runter.

»Servus, Liesl«, sag ich kurbelnderweise.

»Servus, Eberhofer«, sagt sie mit quietschenden Bremsen.

»Du, Liesl, ist das ein echtes Gewehr?«

»Welches?«

»Also ich persönlich seh nur eins. Und zwar das um deine Schulter beziehungsweise auf deinem Buckel.«

»Ach so, das. Ja, freilich ist das echt. Eine Mauser ist das. Und noch voll funktionstüchtig«, strotzt sie nun vor Stolz, greift nach hinten und präsentiert das Gewehr.

»Eine Mauser, soso. Und wie kommst zu der?«

»Mei, die war halt oben im Speicher. Ist von meinem Vater oder Großvater, was weiß ich. Die war ja immer schon da. Familienbesitz quasi. Und jetzt, wie ich umgezogen bin, da ist sie mir halt wieder in die Hände gefallen.«

»Das mein ich eigentlich nicht. Ich mein eher, was du mit der vorhast?«

»Ja, du bist ja gut. Immerhin ist ein Serienmörder unterwegs, und du glaubst doch nicht, dass ich mich dem einfach so wehrlos ausliefere.«

»Liesl, erstens wissen wir noch gar nicht, ob es ein Serienmörder ist …«

»Ha! Zwei Tote innerhalb kürzester Zeit, und beide auf ein und dieselbe Weise ermordet!«

»Und zweitens hat's der sowieso nur auf junge Joggerinnen abgesehen.«

»Aha. Und du glaubst, von Radlfahrerinnen, da lässt er die Finger, oder was? Nein, nein, Franz. Wenn die Polizei das schon nicht in den Griff kriegt, dann muss sich die Bevölkerung halt selber schützen. Und jetzt muss ich weiter, habe die Ehre«, spricht's, verfrachtet die Mauser rückwärtig und tritt wieder in die Pedale. Ich schüttle noch kurz meinen Kopf und geb Gas.

Die Mooshammer Liesl hat einen Vogel. Doch andererseits muss ich dann sagen, dass sie ganz offensichtlich nicht die Einzige ist, die hier in Niederkaltenkirchen grad Muffen schiebt. Es ist nämlich tatsächlich kein einziger Mensch auf der Straße, und an den meisten der Häuser sind die Fensterläden oder Jalousien geschlossen. Und das, obwohl es weder heiß ist noch dunkel.

Wie ich dann in den Hof hineinroll, wird mir schlagartig klar, dass es mit dem heutigen Abend wohl eher schwierig wird. Also, was die Susi betrifft. Weil ich saudummerweise den Birkenberger komplett vergessen hab. Erst jetzt, wo ich mein Auto neben dem seinigen park, erst da fällt er mir wieder siedend heiß ein.

»Wunderbar, dass du endlich kommst, Franz«, ruft er mir schon durchs Fenster entgegen, wie ich nun meinen Saustall anpeil. »Ich hab nämlich eine Überraschung für dich.«

Noch eine Überraschung. Großartig. War ich doch grade erst über seine Anwesenheit hier überrascht. Na, das mag ja heiter werden. Ich geh zum Kühlschrank und hol mir ein Bier. Zieh meine Jacke aus und Schuh und Socken und knall mich dann aufs Kanapee. Dabei fällt mir auf, dass dieses Fell nicht mehr da ist, also das vom Ludwig. Dieses Schaffell, wo er doch die letzten Tage seines Lebens drauf verbracht hat.

»Wo ist das Fell?«, frag ich deswegen erst mal.

»Du, das hab ich deiner Oma rübergebracht. Zum Waschen. Das hat ja schon bis zum Himmel gestunken«, sagt der Rudi und rümpft seine Nase. Ich steh auf und renn rüber zum Wohnhaus. Doch auf die Oma, da ist halt Verlass. Natürlich hat sie es nicht gewaschen, dem Ludwig sein Fell. Weil sie es sich nämlich schon gedacht hat, dass ich das gar nicht möchte. Kluges Mädchen, wirklich. Zurück im Saustall leg ich es dann wieder zurück. Genau an die Stelle, wo es auch hingehört. Ich bin sowieso ganz der Meinung, dass es so unerträglich auch wieder nicht stinkt. Da gibt es echt schlimmere Fälle. Eine Wasserleiche zum Beispiel. Die stinkt deutlich schlimmer, frag nicht.

»Du bist echt pervers, Franz«, sagt nun der Rudi, an der Wand lehnend und mit verschränkten Armen.

»Ja«, sag ich, nehm einen Schluck Bier und lass mich wieder auf dem Kanapee nieder. »Das mag schon sein, Rudi. Aber das hier sind nun mal meine vier Wände, und da kann ich so pervers sein, wie ich grad möchte.«

Jetzt zuckt er noch einmal kurz mit den Schultern, dann aber ist wohl sein Mitteilungsbedürfnis doch größer als sein aktueller Ekel, und so wird er langsam gesprächig.

»Du, ich bin heut in Landshut drinnen gewesen«, sagt er und holt sich nun ebenfalls ein Bier aus dem Kühlschrank.

»Was du nicht sagst.«

»Um genau zu sein, war ich in dieser Damenboutique. Du weißt schon, die von den Anzengrubers. ›Bella Donna‹ heißt die, und echt, das Sortiment dort ist durchaus ansprechend.«

»Und, hast du was Hübsches gefunden für dich?«

»Franz, jetzt bleib doch bittschön mal sachlich. Ich hab mich einfach ein bisschen umgehört dort. Denn wie du dir ja vorstellen kannst, ist momentan natürlich das einzige Gesprächsthema dieser Mord an der Inhaberin. Ist ja auch irgendwie logisch, oder?«

»Jetzt komm endlich zum Punkt«, sag ich nun, weil sich dieses Vorspiel allmählich in die Länge zieht. Der Rudi verdreht noch kurz seine Augen, kommt dann aber endlich in Wallung. Und so erfahr ich, dass diese Anzengrubers wohl kein Ehepaar waren, das so auf Augenhöhe unterwegs war. Nein, die drei Läden waren allesamt ausschließlich die ihren, und sein beruflicher Werdegang ging bereits vor vier Jahren ordentlich den Bach runter. Weil er da von heute auf morgen seinen Führerschein verlor und somit auch seinen Job als Vertreter für Seidenartikel und somit seinen ganzen Stolz. Seitdem war er im Grunde nur noch als Laufbursche für seine Gattin tätig, die ihm das auch bei jeder passenden Gelegenheit aufs Brot geschmiert haben soll. Im Übrigen muss da wohl noch ein Dritter im Spiel gewesen sein. Jedenfalls wurde was von einem Geliebten gemunkelt. Ja, mehr hat der Rudi dann doch nicht rausfinden können. Aber das ist, wie ich finde, ohnehin schon ziemlich allerhand. Und das sag ich ihm auch.

»Rudi«, sag ich. »Du bist ja vielleicht gar nicht so blöd.«

»Danke«, entgegnet er, steht noch immer in sicherem Abstand zum Schaffell, und so nehm ich noch mal kurz eine Nase voll. Doch wie gesagt, kein Vergleich zu einer Wasserleiche. Nicht der geringste.

»Gut, Rudi. Angenommen, wir würden den Anzengruber tatsächlich mal als Täter in Betracht ziehen oder meinetwegen auch diesen obskuren Geliebten, dann scheidet ein Serientäter wohl definitiv aus, gell.«

»Definitiv«, sagt er noch, dann wird die Tür aufgerissen,

und die Susi erscheint. Und offensichtlich ist auch sie überrascht, was dem Rudi seine Anwesenheit hier so betrifft.

»Ach, du hast Besuch?«, sagt sie und bleibt im Türrahmen stehen. »Servus, Rudi.«

»Servus, liebe Susi. Ich hoffe, ich stör nicht«, entgegnet er, geht auf sie zu und umarmt sie.

»Noch nicht«, sagt die Susi. »Die Brotzeit ist fertig. Kommst du … kommt ihr rüber?«

Und freilich folgen wir ihr Schritt für Schritt über den Hof. Die Stimmung am Abendbrottisch ist dann anfangs ziemlich geschmeidig, und wir ratschen ein bisschen Alltägliches. Doch grad wie ich mir ein Radieserl in den Mund schieb, geht es bergab.

»Wie lang willst du noch dableiben, Rudi?«, will die Susi plötzlich wissen und beißt dann in ihr Käsebrot.

»Mei«, sagt der Rudi. »Das muss man sehen, gell. Gesundheitlich bin ich ja eh noch angeschlagen, und da ist es für mich schon eine Hilfe, wenn ich nicht so ganz alleine rumhäng. Und rein beruflich gesehen, da ist es ohnehin deutlich effizienter, wenn wir uns die Bälle so zuschmeißen können, der Franz und ich.«

»So ungefähr, Pi mal Daumen?«, bohrt die Susi hier weiter nach.

»Ja, sagen wir vielleicht mal so, bis Weihnachten hin bin ich bestimmt wieder weg.«

Jetzt ersticken wir beide. Ich am Radieserl, die Susi an ihrem Käsebrot. Da ist nix mehr zu machen. Wir werden jetzt Seite an Seite als unverheiratetes Paar jämmerlich sterben und einen wunderbaren Sohn zurücklassen, der in einigen Jahren vom vorzeitigen und elendigen Ableben seiner Eltern erfahren wird. Hoffentlich zerbricht er daran nicht.

»Nach oben schauen!«, schreit plötzlich die Oma, während sie mir mit beiden Fäusten auf dem Rücken rumtrommelt. Dasselbe macht der Papa bei der Susi. Ein paar Augenblicke und ein großes Wasserglas später kehrt endlich wieder Ruhe ein. Zumindest ein paar Atemzüge lang. Dann nämlich verschränkt der Rudi die Arme vor der Brust und fängt an zu weinen.

»Was hat er denn?«, erkundigt sich die Oma, aber ich weiß es doch auch nicht.

»Rudi, was hast denn?«, fragt nun auch der Papa und legt ihm die Hand auf die Schulter.

»Ich hab ja nicht wissen können, dass ich eine solche … eine solche Belastung für euch darstell«, sagt er dann wimmernderweise. »Wenn ich das auch nur geahnt hätte, dann … dann …«

»Was dann?«, frag ich und bring meinen Teller rüber zur Spüle.

»Ja, keine Ahnung. Dann wär ich vermutlich gar nicht erst hergekommen.«

»Aber du bist halt mal da und aus. Und jetzt mach hier kein Fass auf, sondern hilf der Oma lieber beim Abwasch. Die Susi und ich, wir gehen derweil rauf und bringen das Paulchen in die Heia. Auf geht's.«

Und schon stapfen wir die Stufen empor. Es ist das alte Kinderzimmer vom Leopold, das die zwei seit Wochen beherbergt, und die Susi hat es auch möglichst heimelig gemacht. Trotzdem ist es mir hier ums Verrecken nicht möglich, auch nur ansatzweise etwas zu relaxen. Auch wie der Paul längstens eingeschlafen ist und die Susi kuschelig wird, selbst da bin ich irgendwie noch voll unter Spannung.

»Kannst du nicht oder magst nicht?«, fragt sie schließlich und setzt sich auf.

»Mögen tät ich schon, aber können tu ich nicht«, sag ich wahrheitsgemäß.

»Ist es wegen deinem Fall oder eher wegen dem Rudi?«

»Weder noch. Es ist wegen dem Leopold. Ich seh ihn ja regelrecht noch hier rumhocken in Rolli und Strumpfhosen und seine … seine depperten Schinken lesen. Alle Kinder vom Dorf sind damals draußen gewesen. Wirklich alle. Und zwar immer und bei jedem verdammten Wetter. Nur der heilige Leopold nicht. Der hat sich lieber sommers wie winters hier herinnen eingesperrt und seinen ›Herrn der Ringe‹ gelesen. Oder den Karl May meinetwegen.«

»Die hab ich auch alle gelesen.«

»Ja, aber nicht nur, Susi. Nicht ausschließlich, verstehst. Immerhin warst du ja auch mal draußen beim Spielen und an der frischen Luft.«

»Ja, logisch!«

»Siehst. Der Leopold aber, der hat das Zimmer ja praktisch gar nie verlassen. Höchstens mal zum Essen oder zum Kacken. Oder weil er halt in die Schule hat müssen. Sonst nicht. Das ist doch nicht normal, oder?«

»Und wegen dem kannst jetzt nicht schnackseln, oder was?«

»Ganz genau. Wegen dem kann ich jetzt nicht schnackseln. Weil ich nämlich den Mief vom Leopold noch förmlich in der Nase hab«, sag ich und steh auf.

»Vielleicht ist es eher der Mief vom Ludwig seinem Fell, den du in der Nase hast?«

»Nein, es ist dem Leopold seiner, 'zefix.«

»Ja, super. Und zu dir rüber können wir auch nicht, weil da der Rudi rumhängt. Echt toll, wirklich.«

»Der Zwei-Fünfer, der hätte übrigens Liegesitze«, schlag ich so vor und muss grinsen.

»Du weißt doch genau, dass ich keine Polizeiautos mag.«

»Du magst nicht mitfahren in Polizeiautos, das weiß ich schon, Susimaus. Aber ich fahr ja auch gar nirgends hin. Sondern bleib steif und fest an Ort und Stelle stehen. Und beachte bitte mal die Zweideutigkeit des letzten Satzes.«

Jetzt grinst sie auch und wirft ein Kissen nach mir. Dann gehen wir runter in den Hof.

Kurz darauf sind die Autofenster dermaßen beschlagen, dass wir nicht mehr rausschauen können. Was zum einen schade ist, weil wir haben eine sternenklare Nacht. Andererseits ist es dann schon wieder ziemlich gut. Weil wenn wir nicht rausschauen können, kann auch keiner reinschauen. Was schon von Vorteil ist, wenn man so splitterfasernackt in den Liegesitzen lümmelt, gell.

»Ich komm mir grad vor wie ein Teenager, Franz«, sagt die Susi irgendwann lächelnd und streicht sich eine Haarsträhne aus dem verschwitzten Gesicht.

»Ich komm mir eher grad vor wie ein ... aua ... wie ein Rentner, Susi. Weil mir mein Kreuz verdammt wehtut und auch meine Kniescheiben. Außerdem hab ich ... ah, einen Krampf in der linken Arschbacke. Kannst du bitte mal deinen Haxen da runternehmen.«

»Ein Sekt wär jetzt schön«, sagt sie, während sie meinen geschundenen Körper von ihren Beinen befreit. Ja, jetzt ist es gleich besser.

»Mit einem Sekt kann ich leider nicht dienen. Aber ein Bier hätt ich drüben im Kühlschrank. Magst eins holen?«

Nein, mag sie nicht, die Susi. Trinken möchte sie es schon, nur halt nicht holen. Drum bleibt uns gar nix anderes übrig, als es einfach auszuknobeln. Stein, Schere, Papier. Sie gewinnt freilich, und so bin ich es nun wohl, der den Kellner spielen muss. So wie ich bin, steig ich dann aus dem Wagen, laufe zum Saustall rüber und öffne dort die Kühlschranktür. Etwas verwundert schaut er jetzt schon, der Rudi. Hockt dort vor seinem Laptop und starrt echt wie ein Kalb. Doch ich schnapp mir nur schnell zwei Flaschen und bin quasi schon wieder unterwegs.

»Ich hab kein Internet in diesem geschissenen Bunker«, ruft er mir noch hinterher.

»Der Wolfi hat Internet«, ruf ich retour, dann fällt die Tür hinter mir zu.

Wie ich dann zum Zwei-Fünfer zurückkomm, ist die Romantik dieser Sternennacht plötzlich wie weggeblasen. Die Susi hat sich mittlerweile wieder angezogen, reißt mir beinah das Bier aus der Hand und kippt es gleich weg bis zur Hälfte. Hab ich grad irgendwas verpasst, oder so? Ich überleg und nehm auch mal einen Schluck.

»Wir müssen Möbel kaufen, Franz«, sagt sie und bindet sich dabei einen Pferdeschwanz. »Und zwar bald. Das Richtfest steht vor der Tür, und das Haus wird dann bald fertig sein. Wir haben doch beide keine brauchbaren Möbel. Außerdem hab ich nachgesehen, die Lieferzeiten sind manchmal echt furchtbar lang.«

»Aber muss so ein Rohbau nicht einen Winter lang austrocknen?«, frag ich.

»Hast du einen Vogel, oder was? Denkst du wirklich, ich würde diesen ganzen Zirkus hier noch bis zum nächsten Frühjahr so weitermachen?«

»Susimaus, ich frag mich grad ehrlich, warum du einen so schönen Abend mit einem so blöden Thema ausklingen lässt.«

»Weil wir eben keine Teenager mehr sind, verdammt. Und weil nicht nur dir das Kreuz wehtut, die Kniescheiben und der Hintern. Und ich es langsam, aber sicher satthabe, dass du dich wie ein trotziges Kind verhältst bei allem, was dieses Haus betrifft.«

»Aber Susi …«, sag ich noch so, doch das hört sie schon gar nicht mehr richtig. Trinkt die restliche Flasche auf ex und verlässt wütend den Wagen. Durch die offene Tür strömt nun frische Luft. Das tut gut, und gleich kann ich viel klarer denken. Eigentlich glaub ich ja schon, dass die Susi so was Ähnliches wie die Liebe meines Lebens ist, obwohl unsere Lebensträume oft konträrer gar nicht sein könnten. Oder vielleicht grad deshalb, wer weiß.

Kapitel 19

Wie ich ein bisschen später wieder im Saustall bin, da fehlt vom Rudi weit und breit jede Spur. Weil ich aber erstens eine gewisse Verantwortung ihm gegenüber verspür und zweitens noch unbedingt mit jemandem reden muss, ruf ich ihn an. Und ich erreich ihn tatsächlich beim Wolfi, wo er grad hockt und sich einer 1-a-Internetverbindung erfreut. Doch nun wird er sich freilich sputen, gleich nach Hause zu kommen. So schnell es ihm eben in Anbetracht seiner Glieder möglich sein wird.

»Bleib, wo du bist«, sag ich, und schon mach ich mich auf den Weg.

Neben dem Rudi ist nur noch der Wolfi selbst im Lokal sowie ein älterer Herr, der voll Inbrunst sein Bierglas umarmt und am Tresen ein Nickerchen hält.

»Servus, Franz«, sagt der Wirt, und schon zapft er mein Bier.

»Servus«, sag ich und setz mich derweil zum Birkenberger, der an einem der Ecktische hockt und in seinen PC reinstarrt. »Voll fette Party heut, leck mich am Arsch!«

»Vielleicht wär's gescheiter, du würdest endlich diesen geschissenen Mörder finden, anstatt hier blöd daherzureden«, sagt der Wirt nun und knallt mir mein Glas vor die Nase. »Dann wär sicherlich auch mal wieder eine voll fette Party möglich. Aber es geht ja keiner mehr aus dem Haus, seitdem hier ein Meuchler sein Unwesen treibt.«

»Da, schau her«, sagt plötzlich der Rudi und dreht seinen Bildschirm in meine Richtung, wo ich nun unzählige Fotos mit Hunden erkenne, die meisten davon sind noch Welpen.

»Und was genau soll das jetzt, Rudi?«, muss ich nachfragen.

»Sag ehrlich, sind die nicht entzückend, Franz?«, antwortet er und ist ganz aus dem Häuschen. »Und sie sind alle miteinander sofort zu vermitteln oder aber in Kürze. Was sagst du dazu?«

»Nix!«

»Gell, das hab ich mir schon gedacht. Sollen wir vielleicht gleich einen davon aussuchen, was meinst?«

»Nein, sollen wir nicht, Rudi.«

»Aber … aber wir hätten doch eh grad Zeit. Schau, dieser Kleine da, der Bernhardiner, der wär doch bestimmt …«

»Rudi«, muss ich ihn aber hier gleich unterbrechen. »Ich nehm doch keinen Hund aus dem Internet. Ich nehm ja noch nicht einmal ein Paar Schuhe aus dem Netz und erst recht keinen Hund. Rudi, so einen Hund, ja, den muss man doch anschauen und fühlen und riechen, und mit dem muss man reden. Da muss doch die Chemie einfach stimmen.«

»Aber den Ludwig, den hast du doch vorher auch gar nicht gekannt. Ich hab ihn dir gebracht, und es hat einfach gepasst. Von Anfang an, oder etwa nicht?«

»Mei, der Ludwig war eben der Ludwig, so was kriegt man sowieso kein zweites Mal im Leben.«

»Aber ich seh doch ganz genau, wie du leidest, Franz. Du kannst ja noch nicht mal das dämliche Schaffell waschen, obwohl es stinkt wie die Sau.«

»Tut es nicht, und jetzt Schluss mit dem Zirkus. Und überhaupt, momentan ist eh nicht die richtige Zeit für einen Hund. Ich hab ohnehin schon Probleme genug. Sowohl beruflicher Natur als auch privater. Das hält sich grad ganz prima die Waage.«

Nun klappt er endlich seinen Laptop zu, schaut mich eindringlich an und erkundigt sich dann nach meinen privaten Hürden. Und so bestell ich ein weiteres Bier und erzähl ihm halt von diesem Fauxpax, den die Susi grad abgeliefert hat.

»Ich bin doch nicht schwierig, Rudi. Oder etwa doch?«, frag ich abschließend, und er schüttelt den Kopf.

»Nein, du bist nicht schwierig, Franz.«

»Siehst du, sag ich doch.«

»Du bist eine Mensch gewordene Zumutung. Die Beulenpest jeglicher Sozialisierung und ein Faustschlag für alle Sorten der Humanisierung. Das bist du, Franz.«

»Das war jetzt eher was Negatives, oder?«

»Nein, es war eher was Ehrliches«, sagt er und trinkt dann sein Glas leer. Es ist wohl eine Art Cocktail, den er da säuft. Jedenfalls zutzelt er an einem Strohhalm, und das schaut einfach scheiße aus. Erwachsene Männer, die an einem Strohhalm saugen, die strahlen immer irgendwie was Verblödetes aus, und allein dadurch kann man sie gar nicht mehr ernst nehmen.

Wenigstens aber wechseln wir jetzt das Thema und kommen auf unsere Morde zu sprechen. Und ehrlich, man kann ja über den Rudi sagen, was man will, aber bei der Aufklärung von irgendwelchen Verbrechen, da ist er echt unverzichtbar und schlau obendrein. Und so sitzen wir noch ein ganzes Weilchen und eruieren, was wir bislang haben. Der Wolfi ist längstens im Bett, und eh wir zwei irgendwann aufbrechen, wecken wir diesen Alten noch kurz auf und bringen ihn vor die Lokaltür. Dann sperren wir ab.

Am nächsten Morgen klingelt mein Telefon ganz in der Früh, und ich bin noch keinesfalls wach, wie ich abheb.

»Franz?«, flüstert eine mir unbekannte Stimme in den Hörer.

»Hm?«, grunz ich retour.

»Ich bin's. Der Karl. Also der Stopfer Karl. Praktisch dein Kollege aus der Soko Niederkaltenkirchen.«

»Und?«

»Ja, du, wir stehen hier vor dem verschlossenen Rathaus, die Kollegen und ich. Und die Maierhofer, die ist schon ziemlich auf hundertachtzig. Weil zugesperrt ist und sie nicht rein kann.«

»Es ist Samstag, Karl. Da ist immer zugesperrt.«

»Aber wo sollen wir denn dann ermitteln, Franz?«, flüstert er noch immer, und das regt mich allmählich echt auf. So komm ich mal in die Vertikale und schau auf die Uhr. Zehn nach acht.

»Ihr sollt gar nicht ermitteln, Karl. Weil heute ist Samstag. Wochenende, schon mal was davon gehört?«

»Ja, schon. Aber nicht, wenn wir einen akuten Mordfall haben. Und momentan haben wir immerhin zwei davon. Da gibt's kein Wochenende, Franz. Zumindest nicht für die Mordkommission.«

»Nicht?«

»Nein.«

»Ja, scheiße, ich bin gleich vor Ort«, sag ich noch so, und dann leg ich auf. Und während ich nun in meine Klamotten reinschlüpf, ruf ich noch schnell beim Simmerl an und sag ihm, dass ich gleich zehn Leberkässemmeln abholen werd. Und er soll so gut sein und sich damit vor den Laden stellen, damit ich nicht erst aussteigen und reingehen muss.

»Entschuldigt die Verspätung, Herrschaften«, ruf ich als Erstes, wie ich schließlich vorm Rathaus anroll. »Aber ich wollte uns unbedingt noch eine kleine Brotzeit besorgen, und dieser dämliche Metzger mit seinen zwei linken Händen, der hat eine schiere Ewigkeit dafür gebraucht. Sonst wär ich freilich Punkt acht hier gewesen.«

Zumindest bei den männlichen Kollegen kann ich damit wirklich großartig punkten.

So hocken wir drei kurz darauf um unseren Besprechungstisch herum und verzehren relativ entspannt unsere Semmeln, während Thin Lizzy wieder aufs Eifrigste an ihrer Tafel rumfuhrwerkt.

»Ich schlage vor, dass wir die Hauptverdächtigen noch einmal unter die Lupe nehmen«, sagt sie und deutet der Reihe nach auf einige Fotos. »Hier, die Kitzeders. Die haben kein Alibi, dafür aber ein schönes Motiv. Und einigen Hinweisen aus der Bevölkerung zufolge hatten die Simone und ihre Schwägerin des Öfteren lautstarke Auseinandersetzungen. Den Anzengruber muss sich auch jemand vornehmen. Und dann war da ja noch dieser Typ aus Passau, der war Ihnen doch gleich dubios, Eberhofer. Oder etwa nicht?«

Ich nicke kauenderweise, was sie aber nicht sehen kann, weil sie rückwärts zu mir steht. Nun dreht sie sich um und schaut mich erwartungsvoll an.

»Doch, doch«, sag ich und schluck runter.

»Dann sollten Sie dort noch mal hinfahren. Ganz besonders, wo wir einen weiteren Hinweis haben, dass ein Fahrzeug mit Passauer Kennzeichen vor der Metzgerei Simmerl gestanden haben soll.«

»Aha«, sag ich.

»Also, was ist jetzt?«, fragt sie nun und glotzt zu mir her.

»Was denn?«

»Ja, hinfahren!«

»Wie jetzt? Heute? Heute ist Samstag«, sag ich und nehm noch einen riesigen Bissen.

»Ja, Herrschaftszeiten, das ist doch perfekt. Dann treffen Sie ihn womöglich zuhause an und können sich auch gleich noch den werten Herrn Vater vornehmen. Und jetzt hören Sie gefälligst endlich zu fressen auf!«

Ja, wie redet die denn mit mir? Ich kann gleich gar nicht antworten, weil ich den ganzen Mund voll hab. Aber wie ich dann kann …

»Vielleicht sollten Sie auch mal eine Leberkässemmel essen oder zwei, Kollege Maierhofer. Dann wärens vermutlich entspannter, nicht mehr so knochig und müssten sich nicht durchs ganze LKA durchnudeln, gell. Und wenn Sie der Meinung sind, dass ausgerechnet heute dieses Bürschchen aus Passau noch mal verhört werden muss, dann schwingen Sie gern Ihren spitzen Hintern ins Auto und fahren selber dorthin.«

Zuerst mag sie ja nicht recht. Schnaubt nur wie ein Walross und sucht wohl nach irgendwelchen Bosheiten, die ihr grad nicht aus dem Mund kommen wollen. Dann aber schnappt sie sich Tasche und Jacke, eilt nach draußen und schlägt die Tür hinter sich zu, dass die Scheiben vibrieren.

»Fahr mit, Karl«, sag ich, weil sie mir nun fast etwas leidtut. »Ich glaub, ein bisschen seelische Unterstützung kann sie jetzt ganz gut vertragen.«

Und nachdem uns der Stopfer nun ebenfalls verlässt, geh ich erst mal nach vorne und koch uns einen Kaffee. Und kurz darauf, grad wie der Güntner und ich vor den dampfenden Haferln und jeder Menge Unterlagen hocken, klopft es kurz von draußen ans Fenster, und der Rudi schaut rein. Was zum Geier will denn der hier?

»Was willst du?«, frag ich deswegen gleich mal, nachdem ich das Fenster aufgemacht hab.

»Stell dir vor, Franz«, hechelt er zu mir rauf. »Ich war jetzt grad bei diesem Privatanwesen von den Anzengrubers, hässliches Haus übrigens. Aber wurst. Jedenfalls ist der lustige

Witwer dort auf seiner Terrasse gewesen und hat telefoniert. Und zwar ganz offenkundig und der Reihe nach mit allen drei Läden. Dabei hat er regelrecht einen auf Boss gemacht und im Sekundentakt irgendwelche Anweisungen in den Hörer diktiert. Anschließend ist er im Haus verschwunden und keine zwanzig Minuten später geschniegelt und gebügelt in seinen Wagen gesprungen und weggedüst. Und ich muss sagen, er ist allerbester Laune gewesen.«

Das ist nicht uninteressant, wirklich. Der Güntner, der sich inzwischen zu mir ans Fenster gesellt hat, sieht das wohl anders.

»Na ja«, sagt er jedenfalls. »Aber ganz ehrlich, wie viele lustige Witwer gibt's wohl auf der Welt, die nicht alle automatisch ihre Frauen umgebracht haben. Ich für meinen Teil geh ohnehin nach wie vor von einem Serientäter aus. Und da scheidet der Anzengruber ja definitiv aus.«

»Wer ist das?«, fragt der Rudi nun und nickt Richtung Güntner.

»Der Kollege Güntner von der Soko Niederkaltenkirchen«, antworte ich.

»Von der Mordkommission«, fügt derselbige nun hintendran.

»Ein Klugscheißer also«, sagt der Rudi. »Gut, pass auf, Franz. Ich werd dann jetzt erst mal diese drei Läden abklappern, irgendwo muss er ja sein, der Anzengruber. Irgendwie hab ich da nämlich was im Urin. Da stimmt irgendwas nicht, mit diesem Knaben. Gut, ich bin weg und melde mich dann später wieder.«

»Er hat was im Urin«, sagt der Güntner jetzt. »Und wieso nennt mich der eigentlich einen Klugscheißer, dieser Arsch? Der kennt mich ja noch nicht einmal.«

»Dieser Arsch, Kollege Güntner, der ist jahrelang bei der Polizei gewesen. Um genau zu sein, an meiner Seite. Noch genauer, Dreamteam quasi. Und wir zwei, wir haben dabei gemeinsam sämtliche Dezernate kennen- und einschätzen gelernt, dieser Arsch und ich. Und eins kannst du mir ganz getrost glauben, Güntner, bei den Kollegen von der Mordkommission, da handelt es sich bei jedem Einzelnen um einen Klugscheißer. So, und jetzt Ende der Durchsage. Hier, das sind sämtliche Blitzfotos, die uns die Radarauswertungsstelle von der VPI Landshut rübergeschickt hat. Also praktisch alle seit dem ersten Mordfall. Und damit kannst du jetzt spielen.«

Und während der Güntner dann über den Blitzfotos schmollt, geh ich die Unterlagen von der Spusi durch. Aha. Hier zum Beispiel sind die Fingerabdrücke, wo im Zimmer von der Simone gefunden wurden. Außer ihren eigenen gibt es nur noch drei weitere. Und zwar die vom Kitzeder und auch die vom Simmerl, was irgendwie logisch erscheint. Dann aber gibt's noch andere, deren Zuordnung noch nicht feststeht, jedoch wohl eindeutig der Gisela gehören dürften. Was durchaus nachvollziehbar erscheint, wenn man weiß, dass nach dem Auszug vom Max alles frisch geweißelt und geputzt worden ist und die Simone außer brüderlicherseits keinerlei Besuch empfangen hat.

»Das ist ja lustig«, reißt mich der Güntner plötzlich aus meinen Gedanken. »Auf zwei dieser Fotos bist du ja selber drauf, Franz. Und beide Male ohne Sicherheitsgurt, dafür mit total überhöhter Geschwindigkeit, und einmal sogar mit dem Handy in der Hand, wo du wohl grad eine SMS liest oder schreibst. Wenn ich das alles mal so zusammenzähle, da kommt einiges zusammen, alle Achtung.«

»Das ist aber nicht deine Aufgabe, Güntner. Deine Aufgabe ist es einfach, die Bilder hier auszuwerten, weiter nichts«, sag ich, nehm ihm die beiden Bilder aus der Hand und versenk sie im Papierkorb.

»Hier könnte was sein, Franz«, sagt er ein bisschen später und kommt nun mit einem der Blitzbilder zu mir rüber. »Schau mal, ein Passauer Fahrzeug. Könnte dieser Typ hier am Steuer womöglich der Holzegger sein?«

So schau ich mal hin. Sonnenbrille, Käppi und T-Shirt mit Aufschrift. Vom Gesicht allerdings ist nicht viel zu erkennen. Hm. Ich hol mal meine Lupe hervor.

»Mach eine Fahrzeughalterabfrage«, sag ich, weil ich mir echt nicht ganz sicher bin. Es könnte der Holzegger sein oder eben auch nicht. Der Güntner überlegt gar nicht lang, sondern nickt und macht sich an die Arbeit. Und keine zwei Minuten später wissen wir es auch schon. Der Fahrzeughalter heißt Leonhard Holzegger, ist Professor an der Uni in Passau und der Vater vom Felix Holzegger. Na bravo!

Ich greif zum Telefonhörer und ruf die Maierhofer an, die auch prompt abhebt. Doch noch ehe ich ihr überhaupt irgendwelche Mitteilungen machen kann, brüllt sie mir in den Hörer.

»Lassen Sie mich um Gottes willen zufrieden, Eberhofer. Ich hab jetzt keinen Nerv. Und zwar für nichts und niemanden, und am allerwenigsten für Sie!«, keift sie, und – zack! – ist die Leitung tot. Der Güntner, der problemlos alles hat mitanhören können, sendet mir verständnislose Blicke, die ich nur zurückwerfen kann. Gut. Dann halt den Stopfer anrufen. Es läutet und läutet, doch der nimmt gar nicht erst ab. Ja, wo sind wir denn hier?

Das erfahren wir jedoch erst, wie die beiden schließlich mit dem Streifenwagen hier anrollen und aussteigen. Durchs Fenster hindurch kann ich nun sehen, wie die Maierhofer prompt ihr eigenes Auto anpeilt, dort drin verschwindet und dann aufs Gaspedal tritt, dass die Reifen quietschen. Sekunden später kommt der Karl zu uns rein, hat einen feuerroten Schädel auf und kann uns kaum in die Augen sehen. Rausgeschmissen worden sind sie, erzählt er uns gleich mit ganz belegter Stimme. Zwar hätten sie den Felix tatsächlich in seinem Zuhause antreffen können, allerdings auch den Vater sowie dessen engsten Busenkumpel vom Landgericht. Zum zünftigen Weißwurstfrühstück wären die Herrschaften beieinandergesessen.

»Zuerst waren sie ja noch relativ freundlich«, fährt der Karl fort. »Nachdem sie aber den Grund unseres Besuchs erfahren haben, da war's aus und vorbei. Und dann haben wir gar nicht erst so schnell schauen können, wie sie uns nach allen juristischen Regeln der Kunst hinausbefördert haben. Da sind Wörter gefallen, die hab ich noch niemals in meinem Leben gehört, und wahrscheinlich hab ich die Hälfte davon gar nicht verstanden. Die Elisabeth aber wohl schon, jedenfalls ist sie hinterher hochbeleidigt, fuchsteufelswild und stocksauer gewesen.«

Das ist aber jetzt echt allerhand. So geht man doch nicht mit ermittelnden Polizisten um. Auf gar keinen Fall. Auch nicht, wenn es sich dabei um Frauen handelt. Ja, wo kämen wir denn da hin? So schnapp ich mir meinen Autoschlüssel und steh auf.

»Ja, wo willst du denn hin, Franz?«, will der Güntner jetzt wissen.

»Ich fahr zum Moratschek rein und hol mir einen Hausdurchsuchungsbefehl, einen Haftbefehl oder was immer er mir auch anbieten will«, sag ich noch so, und dann bin ich weg.

Und grad wie ich in meinen Zwei-Fünfer steig, rollt der Rudi hier an, und so informier ich ihn über die aktuelle Entwicklung. Prima, sagt er abschließend. Und, dass er mitkommen will.

Kapitel 20

Wie wir keine zwanzig Minuten später bei der richterlichen Residenz eintreffen, öffnet uns die Frau Moratschek und ist charmant wie eh und je. Allerdings weilt ihr Gatte grad nicht an ihrer Seite, was ihrer Fröhlichkeit aber keinen Abbruch tut.

»Ja, wo ist er denn?«, frag ich deswegen nach.

»Vereinssitzung, einmal im Jahr«, antwortet sie und will wissen, ob wir denn nicht eintreten wollen. Doch ich schüttle den Kopf.

»Vereinssitzung, aha«, sagt nun der Rudi.

»Ja, ja. Die Schnupftabakfreunde e. V., das bayernweite Treffen ist doch heut. In der Sparkassenarena draußen. Da könnt's ruhig rausfahren, ihr zwei, da findet's ihn bestimmt. Außerdem kann man dort auch immer ein bisserl was probieren von diesem ganzen Zeug. Also, für mich ist das ja nix, mir wär's eh das Liebste, wenn er endlich einmal seine Griffeln davon lassen tät, der Moratschek. Aber da red ich ja schon seit Jahren gegen die Wand.«

»Gut, Frau Moratschek, dann herzlichen Dank einstweilen«, sag ich und dreh mich schon ab. »Und bis zum nächsten Mal.«

Auf der Fahrt zu den Tabakfreunden e. V. lässt mich der Rudi noch wissen, dass ihm bei der Sichtung von der Simone ihrem Laptop jetzt doch noch was Entscheidendes aufgefallen ist, dem er zuvor nicht die geringste Bedeutung beigemessen hat.

»Und zwar eine Brotzeittüte vom Simmerl«, sagt er nicht ganz ohne Stolz.

»Und warum genau sollte eine Brotzeittüte vom Simmerl eine entscheidende Rolle spielen?«, frag ich, weil ich's wirklich nicht weiß.

»Na, dieser Holzegger, Franz. Der hat mit der Simone doch nur übers Internet Kontakt aufnehmen können. Also, ich meine, wenn sie ihm nicht selber gesagt hat, wo sie wohnt, wie hätte er denn da ihre Adresse rausfinden können? Das leuchtet doch irgendwie ein, oder?«

»Ja, verdammt. Aber ich weiß immer noch nicht, was eine Brotzeit …«

»Ja, weil da halt die Adresse draufsteht. Also die Adresse vom Simmerl seiner Metzgerei halt. Und wenn er diese Brotzeittüte auch gesehen und ebendiese Adresse herangezoomt und gelesen hat, genauso wie ich … Dann ist es doch für den Holzegger nicht mehr allzu schwierig gewesen, diese Metzgerei zu googeln und eins und eins zusammenzuzählen, oder? Schließlich holt man sich ja seine Brotzeit normalerweise in der unmittelbaren Nähe und fährt nicht extra ins Nachbardorf.«

»Das kann ich so nicht unterschreiben, Rudi. Also wegen dem Simmerl seinem Sortiment, da kommen die Leut ja von überallher. Sogar die Landshuter, wo ja selber jede Menge Metzgereien haben, die fahren zu ihm raus.«

»Aber doch nicht so ein blutjunges Mädel! Die hat doch wirklich was Besseres zu tun. Und das weiß der Holzegger haargenau, weil er es selber nämlich auch nicht täte.«

»Meinst du?«

»Ja, mein ich. Er hat diese Adresse gelesen, ist dort hingefahren und hat ihr aufgelauert. Ganz einfach.«

Jetzt ist er direkt ganz aus dem Häuschen, der Rudi. Und ich bin froh und dankbar, dass wir inzwischen beim Parkplatz von der Sparkassenarena ankommen. Auch wenn dort so ein Hansel rumsteht, der uns erstens abkassieren und zweitens nicht vor dem Haupteingang parken lassen will. Doch freilich stellen wir die Kiste genau dort ab und auch für umsonst. Für was so ein Dienstausweis alles gut ist.

Von den vorwiegend männlichen Vereinsmitgliedern hier sind die meisten in Tracht unterwegs, und der eine oder andere ist nasal bereits ein wenig verschmutzt. Der Andrang ist beachtlich, und an den Tischen mit weiß-blauen Rauten drauf kann sich jedermann snuff-technisch ausprobieren, so viel er nur möchte. Auch der Rudi tut das ziemlich ausgiebig und nicht ganz ohne Leidenschaft, was mich langsam nervt. Denn eigentlich sind wir ausschließlich hier, um den Moratschek ausfindig zu machen. Und irgendwann finden wir ihn tatsächlich. Auch er hockt an einem der Tische und überprüft offenbar aufs Eifrigste die Qualität diverser Prisen. Doch nachdem wir ihn dann in aller Kürze über die heutigen und eher unerfreulichen Vorfälle in der Drei-Flüsse-Stadt informiert haben, verlagert sich sein Interessengebiet im Nullkommanix.

»Diese pseudo-elitäre Bagage, diese elendige«, murmelt er jetzt unter seinen Krümeln hervor. »Die kenn ich nur zu gut, diese Typen. Hab ja auch jede Menge davon in meinen eigenen Verhandlungen hocken. Aber denen machen wir jetzt mal einen fetten Strich durch die Rechnung, meine Herrschaften. Ich werd nämlich jetzt eine richterliche Anhörung erteilen, dann sehen die schon, wo der Bartl den Most holt, gell.«

»Wunderbar«, sag ich und muss grinsen.

»Und Ihnen, Birkenberger«, wendet er sich nun an meinen Begleiter, während er einen Block aus seiner Tasche holt.

»Wie geht's Ihnen denn so seit diesem Unfall? Gesundheitlich wieder alles auf Zack?«

Doch was der Rudi nun abliefert, das ist einfach unglaublich. Bis ins kleinste Detail hinein definiert er dem armen Moratschek seine komplette Krankenakte, dass man fast denken könnt, er hat sie auswendig gelernt. Zu allem Überfluss verzieht sich sein Gesicht dabei zu einer schmerzverzerrten Fratze, und er lässt auch keine Gelegenheit aus, zu erwähnen, dass ich der Lenker des Unfallwagens war. Langsam, aber sicher schwillt mir der Kamm.

»Aber natürlich weiß ich ja, dass es keine böse Absicht war«, sagt er am Ende und schickt mir ein gequältes Lächeln rüber.

»Dass du dir da nur mal nicht so sicher bist«, erwidere ich relativ grantig.

»Das war doch keine böse Absicht, Franz. Oder etwa doch? Sag sofort, dass es keine böse Absicht war!«, keift er jetzt, während sich sein Zeigefinger tief in meine Schulter bohrt.

»Nimm sofort deinen Finger da weg!«

»Wenn es tatsächlich eine böse Absicht war, Franz, dann verklag ich dich auf Schmerzensgeld, und zwar bis zum Nimmerleinstag. Darauf kannst du deinen Arsch verwetten. Ich werd dir eine Anzeige machen, so was hast du noch nicht erlebt. Jawohl, und zwar sofort. Richter Moratschek, haben Sie das eben mitbekommen? Ich werde diesen Mistkerl hier verklagen.«

»So, meine Herrschaften«, kommt nun der Richter wieder zum Einsatz, während er mir zwei Zettel überreicht, die er inzwischen aufgesetzt und unterzeichnet haben muss.

»Was ist das?«, frag ich und werf einen kurzen Blick drauf.

»Das hier sind zwei richterliche Beschlüsse, Eberhofer. Zum einen ja wie besprochen der für diese Anhörung im Fall Holzegger. Und zum anderen hab ich angeordnet, dass Sie den Dr. Dr. Spechtl aufzusuchen haben. Das gilt übrigens auch für Sie, Birkenberger.«

»Den Polizeipsychologen?«, fragen der Rudi und ich wie aus einem einzigen Mund.

»Ganz exakt, den Polizeipsychologen. Denn schließlich und endlich kann ich es nicht verantworten, zwei solche Psychopathen, wie ihr es seid, auf die Menschheit loszulassen. Und schon gar nicht in einer Verbrechensaufklärung. Das ist ja wohl logisch, oder? Herrschaftszeiten, ihr zwei, ihr habt diesen Unfall einfach noch nicht aufgearbeitet. Alle beide nicht. Drum wird das allerhöchste Zeit. Und jetzt schleicht's euch bitte, denn immerhin ist das hier mein wohlverdientes Wochenende«, spricht's, wendet sich ab und widmet sich erneut seinem Tabak. Zuerst stehen wir ja noch ein bisschen dämlich umeinander, der Rudi und ich.

»Schau nicht so blöd, sondern komm«, sag ich dann aber irgendwann und geh vor ihm her Richtung Ausgang.

Auf dem Rückweg nach Niederkaltenkirchen schmollt der Rudi anschließend aus dem Seitenfenster hinaus, und ich weiß ganz genau, dass er dies nur noch ein kleines Weilchen lang macht. Er muss nachdenken. Die Geschehnisse von eben noch mal durch seine Gehirnzellen jagen. Sich die passenden Worte zurechtlegen. Und dann wird er gnadenlos zuschlagen. Und mir sämtliche Vorwürfe der letzten Jahrzehnte um die Ohren schnalzen. Also muss ich schneller sein. Schneller und auch etwas versöhnlich. Sonst hab ich für die nächste Zeit nämlich die Hölle auf Erden.

»Rudi«, sag ich deswegen und lächle mal zu ihm rüber.

»Was?«, knurrt er, schaut mich kurz an und gleich wieder weg.

»Rudi, du weißt doch ganz genau, dass es keine Absicht war. Weder eine böse noch sonst irgendeine. Du bist einer der wichtigsten Menschen in meinem Leben. Sowohl beruflich als auch privat. Ich würde einen Teufel tun, damit dir etwas Schlechtes passiert. Das müsstest du eigentlich nur zu gut wissen.«

»Echt?«, fragt er dann, schaut erneut rüber, und dieses Mal bleibt sein Blick auch bei mir.

»Ja, echt.«

»Das hast du jetzt aber schön gesagt, Franz. Und an welcher Stelle komm ich genau?«

»Wie jetzt?«

»Ja, du hast doch gerade gesagt, ich bin einer der wichtigsten Menschen in deinem Leben. An welcher Stelle bin ich da? Vor der Oma? Nach der Susi? Oder genau zwischendrin? Weil, da ist ja schon ein Unterschied, gell. Denn sagen wir mal so, der Leopold, der ist ja dein Bruder. Und wenn du jetzt sagen würdest, dass ich gleich nach dem Leopold komm, dann wär das eher …«

»Du kommst garantiert vor dem Leopold, Rudi«, kann ich hier getrost unterbrechen. So ganz glücklich scheint ihn das aber noch nicht zu machen. Jedenfalls wandert sein Kopf wieder Richtung Seitenfenster, und dort bleibt er auch, bis wir am Rathaus ankommen.

Der freundliche Kollege aus Passau, den ich kurz darauf in der Leitung hab, teilt mir zunächst einmal mit, dass er selbstverständlich sofort zur Familie Holzegger hinfahren wird, um die richterliche Anordnung zu überbringen. Eine knappe Stunde später aber meldet er sich dann noch einmal, diesmal allerdings mit weniger guten Nachrichten. Die Herren Holzegger, sagt er, die wären nun nämlich mit dem ortsansässigen Rotary Club übers Wochenende nach Kroatien geflogen. Mit dem Privatflieger, versteht sich. Und zwar zu einem Segelturn. Da kann man nichts machen, erklärt er dann weiter. Die wären erst am Montag in der Früh wieder zurück. Ja, herzlichen Dank auch!

Ich schau auf die Uhr, es ist gleich halb vier. Die Maierhofer fehlt hier seit Stunden, und auch die beiden anderen Kollegen von unserer mordswichtigen Soko scheinen sich mittlerweile in Luft aufgelöst zu haben. Nur der Rudi hockt hier noch am Tisch und wühlt sich durch diverse Akten.

»Komm, Rudi«, sag ich und steh auf. »Offensichtlich sind alle anderen Menschen auf diesem Planeten längst schon im Wochenende. Nur wir zwei Deppen hängen hier noch umeinander.«

»Warte kurz. Hast du das schon gesehen, Franz?«, entgegnet er nun und hält die Unterlagen in seinen Händen, wo mir der Günther aus München hat zukommen lassen.

»Die Obduktionsberichte? Ja, klar hab ich da kurz drübergeschaut. Aber ich glaub, es war die Maierhofer, die sich die genau unter die Lupe genommen hat. Wieso fragst?«

»Da war eine fremde DNA auf der Anzengruber. Um genau zu sein, sind es Schweißtropfen gewesen. Und zwar in ihrem Hals- und Nackenbereich. Das steht dort ganz unten. Hat das keiner von euch gesehen, oder was? Mensch, Franz, wenn diese Schweißtropfen, also wenn die im Hals- und Nackenbereich gewesen sind, dann müssen die doch vom Täter her stammen.«

Der Rudi, der Rudi! Der wird mir echt bald unheimlich.

»Gut möglich«, sag ich deswegen und versuch meine Begeisterung zu verbergen.

»Gut möglich? Wer bitte hätte ihr denn sonst in den Nacken schwitzen sollen, du Vogel?«

»Nein, du bist ein kluges Kerlchen. Aber ich geh mal davon aus, dass du mir bis zum Montag nicht komplett verblödest. Drum lass uns jetzt bitte Schluss machen für heut.«

Und so machen wir es dann auch. Sperren das Rathaus wieder ordnungsgemäß ab und düsen dann heimwärts.

Die Freude könnt größer gar nicht sein, wie wir kurz darauf unser Ziel erreichen. Zumindest nicht die von der Oma und auch von der Susimaus.

»Das ist ja super, dass du jetzt da bist«, ruft die nämlich hochbeglückt, da schlag ich grad erst die Wagentür zu.

»Wo soll's denn hingehen?«, frag ich, weil ganz offensichtlich die komplette Familie im Begriff ist, gleich in ein Auto zu steigen. Genau genommen ist es der VW-Sprinter von den Katholischen Landfrauen.

»Wir fahren jetzt zum Möbelkaufen«, schreit nun die Oma über den Kies. »Die Landweiber, die haben uns nämlich extra ihren Bus ausgeliehen, damit wir alle miteinander hinfahren können. Na, was sagst, Bub?«

Aber der Bub sagt nix. Hat er sich doch grad noch auf den Feierabend gefreut und ein eiskaltes Bier, blickt er sich jetzt um und schaut in erwartungsfrohe Gesichter. In das vom Leopold, der Sushi und seiner Panida zum Beispiel. In das vom Papa und der Oma. Und freilich auch in das von der Susi. Der Paul schaut nicht erwartungsfroh, sondern schläft stattdessen seelenruhig in seinem Kindersitz, in der Hand eine Breze fest umklammert.

»Tut mir leid, Leute«, unterbricht nun der Rudi die ungute Stille. »Aber ich bin raus. Ich bin völlig k. o. und muss mich im Saustall drüben ein bisschen aufs Ohr hauen.«

»Ja, ich bin eigentlich auch …«, versuch ich noch schnell, doch der Blick von der Susi verbietet mir postwendend, weiterzusprechen.

Na gut, was soll's? Immerhin geht's ja auch irgendwie um meine eigenen Möbel, gell. Und da ist es vielleicht doch ratsam, bei der Auswahl ein kleines Wörtchen mitzureden. Und keine zehn Wimpernschläge später hocken alle miteinander im Bus, den ich an einem verzückt winkenden Rudi vorbeisteuere.

»Essen kann man dort auch«, sagt die Oma, während wir

aus dem Hof rausfahren.«Und außerdem hab ich schon wochenlang bergeweis Gutscheine aus dem Wochenblatt rausgeschnitten, und die hab ich alle dabei.«

Na, prima! Wenn das keine guten Nachrichten sind.

»Hallöchen, Freunde, was kann ich euch denn Schönes tun?«, ist das Erste, was wir hören, da haben wir grad mal die Sushi im Kinderparadies abgeliefert. Weil der Paul einfach noch ein bisschen zu klein fürs Kinderparadies ist, setzen wir ihn kurzerhand in einen der roten Bollerwagen, die man gegen fünf Euro Pfand an der Kasse mieten kann und der ihn ganz offensichtlich äußerst begeistert. Dieses Geseiere kommt von einem mageren Jüngling ganz in Schwarz, dafür mit knallroten Socken.

»Kennen wir uns?«, frag ich zunächst mal.

»Ich kenne Sie-hie«, trällert er in einer solchen Aufdringlichkeit, dass es mich regelrecht herwürgt. »Zumindest kenne ich all Ihre Wünsche. Sie wünschen sich ein glückliches Zuhause, in dem Sie sich rundherum wohlfühlen? Wir haben es! Na dann, herzlich willkommen in Ihrem ganz persönlichen Wohnglück! Ich berate Sie umfassend und souverän und steh Ihnen ganz und gar zur Verfügung.«

»Was sagt er denn, der Kleiderständer?«, will die Oma nun wissen, doch ich schüttle den Kopf.

»Wir kommen schon prima allein klar«, raunz ich ihm noch entgegen und dreh mich dann ab.

»Wir haben da diese ganzen Gutscheine, schauns«, wendet sich nun aber die Oma an ihn. »Da, zwanzig, dreißig und hier sogar fuchzig Prozent. Das könnens dann gleich alles einlösen, wenn wir hier fertig sind, gell.«

»Okay, lassen Sie mich doch kurz einen klitzekleinen Blick drauf werfen, junge Frau«, sagt dieser Nervling jetzt und nimmt der Oma die Scheine aus der Hand. »Nee, sorry. Also diese hier, die mit den zwanzig Prozent, die sind am zehnten abgelaufen.«

»Wie, abgelaufen?«, fragt nun der Leopold, tritt an die beiden heran und schaut dem Kerl dabei über die Schulter.

»Sehen Sie hier, gültig vom ersten bis zehnten, da steht es schwarz auf weiß. Und hier, die mit den dreißig Prozent. Sorry, die gibt's leider nur auf Ausstellungsküchen.«

»Eine Küche brauchen wir eh nicht, die macht uns der Schreiner«, mischt sich nun die Susi ein.

»Der Schreiner! Großer Gott, in welcher Welt leben Sie denn?«, lacht dieses Arschloch nun und wirft dabei seinen ganzen Oberkörper einmal komplett im Kreis. »Aber gut, lassen wir das. Dann hätten wir ja noch die Gutscheine mit den fünfzig Prozent, nicht wahr. Warten Sie kurz … ah, ja. Da haben Sie Glück, die sind noch gültig. Die dafür vorgesehenen Möbelteile tragen alle einen roten Punkt.«

»Wie, einen roten Punkt?«, kommt nun der Leopold wieder zum Einsatz. »Gilt das nicht für sämtliche Möbel?«

»Nee, sorry. Nur für die mit dem roten Punkt, wie ich eben schon sagte. Also hier zum Beispiel, die Wohnwand Milano in Bambus-Optik. Oder das Designer-Entertainmentsystem Manchester. Oder auch hier, dieses wunderbare Schlafzimmer Falco in Echtholz-Furnier«, erklärt er, während seine Finger in einem Prospekt rumtrommeln.

»Und wegen was hab ich dann jetzt monatelang eure depperten Gutscheine gesammelt, ha?«, fragt nun die Oma, während sie ganz nah an ihren Gesprächspartner ranrückt.

»Ja, sorry. Das tut mir natürlich unglaublich leid. Vielleicht kann ich Sie ja mit einem kleinen Abendessen wieder versöhnen, was meinen Sie? Wir haben nämlich wirklich eine ganz und gar exquisite Küche hier. In unserer Loft-Location im vierten Stock«, entgegnet er nun und kramt einen Essensgutschein aus seinem Sakko. Doch freilich kann er uns mit einem kleinen Abendessen noch nicht mal ansatzweise versöhnen. Da hat er die Rechnung ohne die Oma gemacht. Die will nämlich ein großes Abendessen, und zwar für uns alle. Und außerdem will sie die fuchzig Prozent. Und zwar auf das komplette Sortiment. Am Anfang scheint das gar nicht so recht zu klappen. Erst wie sich die Oma schließlich einem der Regale nähert, wo lauter so Vasen und Gläser drin rumstehen, erst da nimmt ihr Ansinnen langsam, aber sicher Kontur an. Ungeschickterweise fällt ihr dort nämlich prompt eine Vase aus den Händen.

»Ups«, sagt sie und glotzt auf den Boden. »Wie ungeschickt von mir.«

Danach fällt noch eine und auch eine dritte.

Der Dürre scheint zur Salzsäule zu erstarren.

»Wir brauchen ja zwei komplette Einrichtungen, wissens«, sagt die Oma nun weiter und greift grad nach dem vierten Gefäß. Allmählich scheint er aber wieder zu funktionieren, jedenfalls schnappt er sich jetzt ein Telefon, und kurz darauf sind die verhärteten Fronten geklärt. Bevor wir dann aber endlich unser aller Wohnglück finden, müssen wir zuerst noch den Papa und die Panida aufwecken. Die sind nämlich zwischenzeitlich auf einem der Ausstellungsstücke weggepennt.

Am Ende des Tages hocken wir dann alle im gleichen Maße erschöpft wie auch zufrieden im Lokal und warten einträchtig auf »Das Schmankerl des Tages«, sprich, hausgemachte Fleischpflanzerl mit Kartoffelbrei und Buttergemüse, und trinken derweil ein Bier.

»Schmeckt's euch?«, fragt der Papa dann nach den ersten Bissen.

»Geht so«, sagen der Leopold und ich parallel.

»Was soll denn das sein?«, schreit die Oma, während sie ihr ganzes Fleisch auseinanderbatzt. »Da sind ja mehr Semmelbrösel drin als wie Fleisch. Und die Zwiebeln sind höchstens geviertelt, so grob wie die sind. Ja, das werden wir gleich haben.«

Und bis wir überhaupt kapieren, was abgeht, da ist sie längst durch die Schwingtür zur Küche verschwunden, und rein akustisch kriegt anschließend das ganze Loftlokal mit, wie sie ihre Anweisungen durchs Personal hindurch dirigiert. Wir bestellen ein zweites Bier.

Eine halbe Stunde später kriegen wir Fleischpflanzerl, wie sie sein sollen, und der Koch hat sich zu uns an den Tisch gehockt und notiert eifrig Rezepte, die ihm die Oma kauenderweise diktiert. Man lernt ja nie aus, gell.

Kapitel 21

Der Rudi hockt ganz entspannt auf einem der Gartenstühle, hat seine Haxen auf einem zweiten und nuckelt ein Bier. Durch die Obstbäume hindurch flackern die letzten Sonnenstrahlen, und während die bucklige Verwandtschaft allmählich im Wohnhaus verschwindet, hol ich mir ebenfalls eine Halbe und geselle mich zu ihm.

»Stell dir vor, Franz«, sagt er nun und neigt sich verschwörerisch in meine Richtung. »Es gibt was Neues!«

»Was du nicht sagst, Rudi. Bei mir übrigens auch. Ich hab jetzt ein neues Wohnzimmer, ein neues Schlafzimmer und, ob du's glaubst oder nicht: auch ein neues Kinderzimmer. Und wenn der Schreiner und unser Gas-Wasser-Heizungspfuscher einigermaßen zuverlässig sind, dann hab ich auch bald ein neues Bad und eine nigelnagelneue Küche obendrein. Und weißt du was, Rudi? Bei all diesen Neuerungen, da könnt ich echt kotzen. Also sei so gut und erspar mir das. Wenigstens für heute Abend. Prost.«

Zunächst prostet er mir noch ganz artig zu, nimmt dann einen Schluck, kann aber anschließend nicht weiter hinterm Berg halten. Nein, sagt er, erstens wären seine Neuigkeiten eh nicht privater, sondern viel mehr beruflicher Natur. Und zweitens kann er damit auf keinen Fall warten. Noch nicht einmal bis morgen. Weil er nämlich vorher noch kurz bei den Simmerls gewesen ist, und denen hätt er ein Foto gezeigt. Und zwar ein Foto vom Holzegger Felix. Das macht mich nun allerdings doch etwas neugierig. Aber jetzt, wo er mich quasi angefixt hat, da hält der blöde Birkenberger ganz plötzlich seine Waffel. Sitzt nur da mit seinen dämlichen Haxen, trinkt sein Bier und starrt in die Zweige.

»Gibt's noch eine Fortsetzung, Rudi?«, frag ich deswegen mal nach.

»Ja, die gibt's, Franz und jetzt halt dich fest. Die Gisela, die hat diesen Holzegger nämlich eindeutig erkennen können. Sie hat ihn gesehen, ganz zweifelsohne. Und zwar zwei-, vielleicht auch dreimal, wie sie ihre Angebote auf die Schaufensterscheibe drauf gepinselt hat. Dabei ist er ihr eben aufgefallen, wie er in seinem Passauer Auto an ihr vorbeigefahren ist. Ziemlich langsam sogar. Und, was sagst jetzt?«

»Prima, sag ich da, Rudi. Und zwar gleich in doppelter Hinsicht. Weil wir somit zum einen endlich einen Hauptverdächtigen haben, zumindest was den Fall Simone betrifft. Und zum anderen dann morgen freihaben, wenn der Holzegger momentan eh in Kroatien ist.«

»Wir könnten ein Amtshilfegesuch nach Kroatien schicken«, schlägt der Rudi nun vor.

»So weit kommt's noch, morgen ist Sonntag. Nein, nein, und das Bürschchen läuft uns ja eh nicht weg. Immerhin ist er mit seinem Vater dort unten und jeder Menge anderer Leut. Der kommt zurück am Montag, das ist so sicher wie das Amen in der Kirche. Und bis dahin machen wir uns ein schönes Wochenende.«

»Bist du stolz auf mich?«, will er nun abschließend wissen.

»Stolz wie ein Schneekönig, Rudi. Ich hol mir noch ein Bier. Soll ich dir eins mitbringen?«

Ja, das soll ich. Ein bisschen später beginnt es dann zu regnen. Und so hol ich alle Sonnenschirme, die wir haben, da kommt schon rein schnäppchenbedingt einiges zusammen. Und damit bauen wir uns ein Dach. Es ist schön, wie die

Regentropfen ganz leise darauf niederprasseln, und die Luft ist plötzlich ganz klar.

Wir schweigen ein bisschen.

»Ich beneide dich manchmal«, sagt der Rudi irgendwann in die Stille hinein.

»Ich dich auch, Rudi.«

»Du mich? Aber weswegen denn?«, fragt er und schaut mich ganz verständnislos an.

»Nein, sag du zuerst.«

»Mei, wenn ich uns zwei so anschau, dich und mich, und wenn ich das halt dann so vergleich … beide Best-Ager, verstehst. Und da beneid ich dich manchmal, Franz, weil du eine Familie hast und ein Heim. Und ich hab das halt nicht. So, und jetzt du?«

»Ich beneide dich aus ganz denselben Gründen heraus. Aber eben auch nur manchmal.«

»Du bist schon froh, dass du mich hast, gell. Gib's zu, Eberhofer.«

»Ich bin schon froh, dass ich dich hab, Birkenberger. Aber eben auch nur manchmal.«

»Arschloch«, lacht er und hebt seine Flasche. »Wenn dieser Fall hier abgeschlossen ist und der Holzegger hinter Schloss und Riegel hockt, dann gehen wir los und suchen dir einen Hund. Was meinst du, Franz?«

»Rudi!«

»Mensch, ich hab dich doch vorher durchs Fenster gesehen, wie du das Bier geholt hast. Du bist wieder fünf Minuten lang wie angewurzelt vor dem Ludwig seinem Lager gestanden. Bist nur dagestanden und hast auf diese eine Stelle gestarrt. Völlig regungslos, Franz. Du brauchst wieder einen neuen Hund, verstehst du das nicht?«

»Was ich jetzt brauche, Rudi, das ist eine Dusche und ein Bett. Nein, Verzeihung, das Bett ist ja deines. Ich hau mich dann auf dem Kanapee nieder. Und was ist mit dir, kommst du?«

»Ja, ja, geh schon mal vor. Ich brauch ja ein Weilchen, bis ich in der Höhe bin«, kann ich ihn noch hören, dann fällt die Saustalltür hinter mir zu.

Am nächsten Morgen weiß ich beim besten Willen nicht mehr, wie es geschehen ist. Ob ich möglicherweise Kreuzschmerzen auf dem Kanapee gekriegt hab oder ob ich inzwischen zum Schlafwandler mutiere. Was aber auch wurst ist. Fakt ist, dass ich beim Rudi im Bett aufwache. Und vermutlich hab ich viel eher die Susi dort erwartet. Jedenfalls halt ich den Rudi innig umarmt. Und das ist jetzt scheiße. Besonders, wo es ausgerechnet die Maierhofer ist, die mich heut aufweckt.

»Was machen Sie denn hier?«, schrei ich sie an, kaum dass ich die Lage auch nur ansatzweise einschätzen kann.

»Sie gehen ja nicht an Ihr Telefon. Und es ist auch nicht meine Schuld, dass ich Sie hier in dieser, äh … delikaten Situation antreffe. Was Sie in Ihrer Freizeit so treiben, Eberhofer, das interessiert mich einen feuchten Kehricht. Aber wir haben eine neue Vermissung. Die exakt ins Beuteschema passt.«

»Potzblitz!«, ruft nun der Rudi aus seinen Federn heraus, reißt sich die Schlafmaske von den Augen und springt aus dem Bett. »Dann ist es wohl doch eher ein Serientäter, der hier sein Unwesen treibt. Wenn wir mal davon ausgehen, dass der Holzegger ja noch in Kroatien segelt, dann können wir den getrost von unserer ursprünglichen Liste streichen. Bleiben also nur noch der Anzengruber, die Kitzeders und der Flötzinger. Wie weit haben wir deren Alibis überprüft? Das müssen wir klären. Im Übrigen könnte es aber auch jemand sein, den wir noch so gar nicht auf dem Plan haben. Großer Gott! Also, auf geht's! Auf in den Kampf!«

»Ist Ihr Lebensgefährte ein neues Mitglied in unserer Soko? Und wenn ja, warum weiß ich nichts davon?«, fragt mich nun die Maierhofer und hat einen derart süffisanten Unterton drauf, dass ich ihr nur zu gern an die Gurgel gehen␣tät. Stattdessen beherrsch ich mich aber und zieh mein Schlafgewand aus. Dabei fällt mein Blick auf den Rudi. Und jetzt erst merk ich, dass wir beide den gleichen Schlafanzug tragen, und das aus zweierlei völlig einleuchtenden Gründen heraus. Zum einen, weil er seit neuestem statt seinem unappetitlichen OP-Kittel einen von meinen Pyjamas trägt. Und die Oma zum zweiten halt immer gleich mehrere mitnimmt, wenn sie irgendwo welche im Angebot findet. Freilich ist dem Rudi das Teil viel zu groß, so dass man weder seine Füße noch seine Hände sehen kann, was die ganze Sache keinen Deut besser macht. Überhaupt ist mir dieser Partnerlook jetzt ehrlich gesagt im Zusammenhang mit der Auffindesituation von soeben direkt irgendwie peinlich.

»Also, Kollege Maierhofer, es ist wirklich nicht so, wie's grad ausschaut«, sag ich deswegen und versuch ihr dabei in die Augen zu sehen, was mir zweifellos schwerfällt.

»Es ist mir völlig egal, wie es ausschaut, Eberhofer«, entgegnet sie, zieht eine ihrer Augenbrauen in die Höh und dreht sich dann zum Gehen ab. »Wir haben jedenfalls ein vermisstes Mädchen, und da sollten wir langsam, aber sicher mal tätig werden. Ich warte im Büro auf Sie.«

Der Rudi, der steht immer noch exakt so da wie grade, wo er mit einem Hechtsprung aus dem Bett ist, und rührt keinen Finger.

»Was ist los? Wolltest du nicht eben noch in den Kampf ziehen, Krieger?«, muss ich ihn deswegen fragen.

»Ich glaub, ich hab mir mein Bein wieder verletzt, Franz. Die Schmerzen sind jedenfalls genau an der gleichen Stelle, wo sie auch nach unserem Unfall waren.«

»Ja, dann Hals- und Beinbruch, Rudi. Aber du siehst es ja selber, ich muss los«, sag ich noch so und kann ihn im Weggehen hinter mir her fluchen hören. Und nachdem ich mir drüben in der Küche kurz ein Käsebrot gegönnt hab und ein Haferl Kaffee, bin ich auch quasi schon unterwegs.

Krisensitzung! Nicht stören!

So steht es an der Tür vom Bürgermeister, und da geh ich mal rein. Neben der Soko Niederkaltenkirchen ist heute auch der Leitende Polizeidirektor aus Landshut höchstpersönlich anwesend, und sogar der Moratschek hat sich via Telefon zugeschaltet. Die Maierhofer ist voll in ihrem Element, und der Stopfer Karl hockt dort an seinem PC und hat wieder überall hektische Flecken im Gesicht. Und unser Drucker spuckt im Sekundentakt Suchplakate aus.

»Ich hab's ja gleich gesagt, dass es ein Serientäter sein muss. Hab ich das nicht gleich gesagt?«, redet der Güntner so mehr vor sich hin und kaut nervös an seinen Nägeln umeinander.

»Das war doch von Anfang an vollkommen klar«, behauptet nun die werte Frau Kollegin. »Man muss sich bloß mal einen kleinen Moment lang mit dem Täterprofil auseinandersetzen. Dann kapiert doch jedermann, dass es sich ganz ohne Frage um einen Serienmörder handeln muss. Selbst einer, der nur noch drei funktionierende Gehirnzellen hat. Punktum.«

Es ist kein einziger Sitzplatz mehr frei, doch vorne an der Tafel kann ich neben den Fotos von unseren zwei toten Frauen jetzt noch ein weiteres Bild erkennen. Und dort ist eine Dritte drauf, die aber hoffentlich noch unter den Lebenden weilt. So geh ich mal dahin. Ja, ich muss sagen, die Ähnlichkeit ist wirklich frappierend, wenn auch der Neuzugang deutlich jünger erscheint.

»Was wissen wir über das Mädchen?«, muss ich zunächst einmal fragen.

»Wir wissen schon einiges, Eberhofer. Weil wir ja im Gegensatz zu Ihnen schon seit einer guten Stunde am Arbeiten sind«, erklärt mir Thin Lizzy, und ihre Arroganz ist nun kaum mehr zu toppen.

»Können wir diese Spielchen vielleicht einfach bleiben lassen und gleich zu den Fakten kommen?«

»Also, passen Sie auf, Eberhofer«, übernimmt nun der Oberguru aus Landshut das Zepter. »Das Mädchen heißt Selina Winter, ist siebzehn Jahre alt und wohnhaft in Niederkaltenkirchen. Die Eltern haben sie heute Morgen so gegen zehn als vermisst gemeldet, weil sie gestern auf einer Party war und von dort nicht zurückgekommen ist. Bislang haben sie auch schon alle Freunde und Bekannten des Mädchens abtelefoniert, konnten sie aber auch dort nirgends ausfindig machen. Ganz offenbar hat sie nach dieser Fete niemand noch einmal irgendwo gesehen. Eigentlich haben sie ja noch nicht mal in Erfahrung bringen können, wann ihre Tochter die Feier verließ oder mit wem. Wie heißt dieses Kaff noch mal, wo diese Fete war?«

»Frontenhausen«, entgegnen alle hier Anwesenden außer mir selbst.

»Genau, in Frontenhausen. Sehen Sie, hier haben wir inzwischen eine Gästeliste erhalten, die auf schnellstem Wege abgearbeitet werden muss. Wer hat das Mädchen zuletzt gesehen, wann und wo und so weiter. Aber dieses ganze Prozedere kennen Sie ja wohl selbst zur Genüge.«

Gästelisten abarbeiten! Ja, darauf hab ich jetzt echt wahnsinnig Bock.

»Parallel dazu läuft aber natürlich auch noch eine großangelegte Suchaktion«, können wir dann den Moratschek aus dem Lautsprecher vernehmen. »Mit Hundestaffel und dem vollen Programm. Übrigens hat das Mädchen zumindest zum gestrigen Zeitpunkt ein knallrotes Kleid getragen, das kann vielleicht helfen. Ach ja, ich hab außerdem auch noch einen Hubschrauber angefordert. Wo könnte der denn landen, Eberhofer?«

Wo kann bei uns ein Hubschrauber landen? Keine Ahnung. Irgendwo in einem Maisfeld vermutlich. Die Bauern allerdings werden ihre helle Freude dran haben.

»Moment mal, hier gibt's doch einen Fußballplatz«, reißt mich nun der Stopfer aus meinen Gedanken, während er in die Tasten trommelt und den Bildschirm anstarrt. »Ah, da ist er ja. Ich werd Ihnen gleich die Koordinaten durchgeben, Richter Moratschek.«

Ein Hubschrauberflug? Das hört sich gar nicht schlecht an. Immerhin war ich bei meinem letzten ja leider bewusstlos.

»Genau. Und ich ruf gleich einmal dort an«, sag ich und zieh mein Telefon hervor.

Erwartungsgemäß ist es dann der Hauswart, den ich am Apparat hab. Der arbeitet seit ungefähr hundert Jahren für den Rot-Weiß Niederkaltenkirchen, und seine Gattin betreibt den dortigen Kiosk. Das gemeinsame Hobby der beiden ist die Liebe zum Schnaps, und dementsprechend verläuft auch unser Telefonat. »Ich versteh echt nur Bahnhof, Eberhofer«, lallt er mir in den Hörer.

»Du solltest aber viel eher Flughafen verstehen, Mane. Schau, es ist doch ganz einfach. Ich will bloß schnell von dir wissen, ob das Fußballfeld frei ist oder ob da irgendwas draufsteht.«

»Was denn?«

»Mei, die Tore zum Beispiel oder meinetwegen der Rasenmäher.«

»Bis dahin hab ich ja alles verstanden. Bloß das mit dem Hubschrauber, das versteh ich halt nicht.«

»Das musst du auch gar nicht. Sorg einfach dafür, dass dieses verdammte Spielfeld frei ist und dort auch niemand drauf rumlatscht. Hast du das jetzt kapiert?«

»Es ist Sonntagmittag, du Spinner. Wir haben in zwei Stunden ein wichtiges Punktspiel. Und zuvor muss ich den Rasen noch mähen.«

»Du kannst jetzt keinen Rasen mähen, verstehst du?«

»Ich muss aber! Eigentlich hätt ich das ja gestern schon müssen, weil es immer besser ist, wenn der Rasen am Vortag gemäht wird. Aber gestern sind wir halt so nett zusammengesessen, der Hias, der Seppi und ich. Und hinterher sind auch die Barschl-Brüder noch dazugekommen. Aber da kann ich mich gar nimmer richtig erinnern.«

»Mane! Du kannst jetzt keinen Rasen mähen, 'zefix. Weil dort nämlich gleich ein Hubschrauber landen wird.«

»Ja, genau! Sonst hast aber schon noch alle Tassen im Schrank, oder? Wenn du mich fei verarschen willst, Eberhofer, dann musst du schon früher aufstehen, du blöder Bulle, du. Und zwar viel früher, nur dass du das weißt. Und jetzt lass mir gefälligst meine Ruh, weil ich für so einen Scheißdreck nämlich echt keine Zeit hab«, sagt er noch so, dann hängt er mir ein.

Manchmal ist es zum Wahnsinnigwerden hier. Wirklich!

»Mane!«, schrei ich keine zehn Minuten später durch mein Megafon hindurch, und da kreist bereits der Hubschrauber über unseren Köpfen. Doch dieser depperte Hausl hier, der hockt auf seinem Rasenmäher und dreht einfach völlig entspannt seine Runden über das Spielfeld. Wie er mich schließlich sieht, fährt er auf mich zu, dreht dann den Motor ab und befördert eine Flasche Wodka zwischen seinen Beinen hervor. Doch noch ehe er auch nur ansetzen kann, ziel ich mit meiner Waffe auf ihn.

»Hast du jetzt echt einen Schlag, oder was?«, fragt er mich daraufhin. »Schließlich bin ich ja nicht auf einer öffentlichen Straße unterwegs, also relax mal.«

Doch nachdem ich ihm letztendlich seine depperte

Schnapsflasche exakt zwischen den Fingern zerschossen hab, wird er allmählich kooperativer und räumt samt Mäher den Platz. So dass jetzt endlich dieser verdammte Hubschrauber hier landen kann.

»Eberhofer?«, fragt mich der Pilot anschließend unter seinen Kopfhörern heraus, und ich nicke. »Einsteigen!«

Und so schnell kann ich gar nicht schauen, wie ich selbst Kopfhörer tragend hinter ihm und dem Flugtechniker sitze und wir über Niederkaltenkirchen kreisen.

»Die Vermisste trägt ein knallrotes Kleid«, sag ich noch so und nehm dann mal mein Fernglas zur Hand.

Kapitel 22

Hubschrauberflüge sind eigentlich wie Achterbahnfahren. Es geht rauf und runter, und man hat immer wieder mal den Eindruck, man fällt in ein ganz tiefes Loch. Und eigentlich kann ich gar nicht recht zuordnen, ob ich es mag oder doch eher nicht. Weil es im einen Moment richtig Spaß macht und im anderen mein Käsebrot unbedingt wieder aus mir rauskommen will. Was aber grundsätzlich ganz wurst ist, weil ich ja immerhin auch nicht zum Spaß hier bin, sondern um ein vermisstes Mädchen zu finden. Wir sind seit etwa zwanzig Minuten in der Luft, wie wir die erste Entdeckung machen, und geben freilich umgehend auch dem Bodenpersonal Bescheid. Leider aber stellt sich kurz darauf auch schon raus, dass die Frau dort an der Isar zwar ein feuerrotes Kleid anhat, aber dennoch nicht unsere Gesuchte ist. Ähnlich ergeht es uns eine knappe Stunde später, und wieder jagen die Kollegen im Streifenwagen eiligst zur angegebenen Stelle. Jedoch wieder umsonst. Auch jetzt passt das Outfit, doch das Mädel ist das falsche. Es ist zum Verrücktwerden, wirklich. Da draußen treibt sich ein Irrer umeinander, es gibt eine Vermisste, die in sein Beuteschema passt, und wir überfliegen ganz Bayern, werden aber nicht fündig. Kurz darauf erhalten wir allerdings einen entscheidenden Funkspruch, der uns prompt alle aufatmen lässt. Die Selina hat sich nämlich zwischenzeitlich bei ihren Eltern gemeldet. Und zwar telefonisch. Ihr ginge es gut, hat sie gesagt und auch ihren aktuellen Standort durchgegeben. Womit wir hier dann wohl abbrechen können.

»Gott sei Dank«, sag ich, und zwar aus zweierlei Gründen heraus. Zum einen bin ich natürlich heilfroh, dass dieses Mädchen offenbar zurück und unversehrt ist. Zum anderen aber auch, dass ich endlich aus dieser wackeligen Kiste aussteigen kann, weil sich mein Käsebrot mittlerweile sehr weit bergauf bewegt hat.

»Prima«, sagt nun der Flugtechniker und dreht sich nach hinten. »Und, wie schaut's aus, Eberhofer? Sind Sie noch fit?«

»Einwandfrei. Warum?«

»Ja, mei. Manche vertragen das ja nicht recht, so einen Hubschrauberflug. Aber wenn bei Ihnen alles roger ist, dann machen wir jetzt zum Abschied noch kurz einen geschmeidigen Konturenflug, gell.«

»Aha«, sag ich noch so, und schon gehen wir in einen Sinkflug über, und Augenblicke später fliegen wir schon so knapp über den Baumwipfeln, dass ich automatisch meine Füße anzieh. Beim nahen Feldweg kann ich anschließend jede einzelne Ameise erkennen, und über der Isar spritzt uns dann sogar das Flusswasser gegen die Scheiben. Das Käsebrot ist inzwischen auf Höhe von meinem Adamsapfel angelangt, und ich muss schlucken und schlucken und schlucken. Wahrscheinlich sind sie so was aber gewohnt, meine beiden Begleiter in der Frontreihe. Jedenfalls reicht mir der Flugtechniker plötzlich kommentarlos einen Spuckbeutel nach hinten, und endlich stoppt der Pilot auch diesen elendigen Höllenritt. Doch jetzt ist es zu spät. Mein Käsebrot verlässt mich, und auch der Kaffee, und was sonst noch so aus mir rauskommt, kann ich gar nicht recht sagen. Mir tränen die Augen, und ich fühl mich erbärmlich. Und wie wir am Ende wieder über Niederkaltenkirchen kreisen, da wird's trotzdem keinen Deut besser. Weil ich schon aus der Ferne heraus erkennen kann, dass der ganze verdammte Fußballplatz voll ist, Menschen über Menschen, praktisch bis zum geht nicht mehr. Ja, wo sollen wir denn da bitteschön landen? Doch ich glaub, unser Pilot hier, der ist wirklich eine ganz coole Sau. Der lenkt nämlich sein Gefährt einfach ganz lässig nach unten, und schon allein der Wind vom Propeller reicht aus, dass sich dieses Feld umgehend leert. Allerdings verweilen die Leute natürlich weiterhin auf dem Vereinsplatz. Was man auch irgendwie verstehen kann. Immerhin landet hier ja nicht täglich ein Polizeihubschrauber, gell. Die meisten der Gaffer sind Fußballspieler oder Fans, und viele Gesichter darunter sind mir wohlbekannt. Was die Sache nicht angenehmer gestaltet. Wie ich nun nämlich mit meiner relativ vollen Spucktüte, dafür aber komplett ohne Gesichtsfarbe aussteig, da bin ich im Nullkommanix von unzähligen Schaulustigen umzingelt. Doch wenigstens die dürften ihren Spaß gehabt haben.

»Scheiße schaust aus«, sagt der Mane, der offensichtlich Nachschub besorgt hat, was den Alkohol betrifft. Ich nehm ihm die Flasche aus der Hand und drück ihm stattdessen meinen Kotzbeutel entgegen. Dann nehm ich einen riesigen Schluck.

»Kann es sein, dass Sie Alkohol getrunken haben, Eberhofer?«, will die Maierhofer wissen, da bin ich noch gar nicht richtig zur Bürotür drinnen. Ich rülpse. »Na ja, offensichtlich hatten wenigstens Sie Ihren Spaß dort oben, während wir hier die Gästeliste abgearbeitet haben«, nörgelt sie weiter.

»Das glaub ich eigentlich nicht«, antwortet der Güntner nun an meiner Stelle. »Ich glaub eher, dass es ihm tierisch schlecht geworden ist.«

»So ein Schmarrn«, sag ich völlig emotionslos. »Wie kommst du denn darauf?«

»Weil du dir auf die Schuhe gekotzt hast, Franz«, lässt er mich nun noch wissen. Und ja, er hat recht.

Nachdem ich anschließend mit sauberem Schuhwerk wieder vom Klo zurück bin, kann ich in Erfahrung bringen, dass die Selina mittlerweile wohlbehalten bei ihren Eltern ist.

»Aber was ist denn passiert? Und wo war sie?«, frag ich.

»Abgehauen, Franz. Das Mädel ist einfach ganz klassisch abgehauen von daheim«, erklärt nun der Karl, und ich hör aufmerksam zu. Ja, sagt er weiter, ihre Eltern, die hätten nämlich kürzlich noch Zwillinge bekommen, und da hat sich alles nur noch um diese zwei Babys gedreht. Dadurch hat sich das Mädchen, das ja bis dato ein Einzelkind war, halt plötzlich stark vernachlässigt gefühlt. Sie hat ihnen einfach nur mal Angst einjagen wollen und aufzeigen, dass es sie schließlich auch noch gibt. Und so hat sie eben von gestern auf heute bei einer Freundin übernachtet, und dann, wie die beiden am Ende das riesige Polizeiaufgebot bemerkt haben, da mussten sie ja nur eins und eins zusammenzählen, um zu wissen, dass die Suche ihretwegen war.

»Ich würde diese missratene Göre ja nur zu gern mal ordentlich übers Knie legen«, knurrt jetzt die Kollegin aus ihrer dürren Miene heraus. »Was denkt die sich dabei? Wir müssen hier zwei Morde aufklären, und die legt mit ihrem Egotrip einfach mal den ganzen Polizeiapparat lahm.«

»Sie haben keine Kinder, gell? Oder möglicherweise Geschwister, mit denen Sie sich die Aufmerksamkeit haben teilen müssen?«, muss ich an dieser Stelle fragen.

»Nein. Weder noch. Da war der liebe Gott glücklicherweise mal gnädig. Aber warum fragen Sie?«

Aber hier kriegt sie erst mal überhaupt keine Audienz von mir. Stattdessen schau ich auf die Uhr.

»Ja, Herrschaften«, sag ich und dreh mich zum Gehen ab. »Irgendwer von euch schreibt noch den Bericht, knobelt es aus, und die anderen können Feierabend machen. Es ist jetzt Viertel vor sechs. Morgen um acht machen wir weiter.«

»Ja, alles wieder auf Anfang«, sagt der Karl und klappt seinen Laptop zu. »Ich schreib diesen Scheiß-Bericht. Aber von zu Hause aus. Meine Traudl, die weiß ja eh schon kaum mehr, wie ich eigentlich ausschau. Also, servus miteinander.«

»Ja, ich hau auch ab, meiner Frau geht's ja genauso«, sagt nun der Güntner, steht auf und verlässt grüßend den Raum. Jetzt sind nur noch wir beide da. Die Maierhofer und ich. Wir stehen uns gegenüber, keine zwei Schritte voneinander entfernt, und irgendwie ist die Situation grade blöd. Wär ich nur mal als Erster verschwunden.

»Hat irgendjemand den Moratschek informiert?«, frag ich jetzt so, weil mir weiter nix einfällt.

»Ja, klar. Das hab ich gleich gemacht, nachdem der Präsident wieder nach Landshut zurück ist. Ich hab ihn übrigens beim Picknicken erwischt, den Moratschek. Genauer gesagt war es eine Radtour mit Picknick. Und zwar mit seiner Holden. Zum Brüllen! Stellen Sie sich doch einmal vor, wie diese zwei Alten durch die Gegend radeln und dann auf einer karierten Decke hocken.«

Ich weiß nicht, was daran lustig sein soll, ich find's einfach nur nett. Ist es vielleicht schlicht und ergreifend der Neid, der da aus ihr spricht? Keine Ahnung.

»Ja, dann bis morgen«, sag ich noch so und geh an ihr vorbei Richtung Tür. Und wie ich gleich drauf in meinen Zwei-Fünfer einsteigen will, da steht sie noch immer wie angewurzelt an derselben Stelle und starrt ins Leere. Und ehrlich, wenn ich sie mir jetzt mal so anschau, dann tut sie mir regelrecht leid. Da draußen nämlich, da ist kein einziger Mensch, der auf sie wartet. Niemand. Ja, wär der liebe Gott nicht so gnädig zu ihr gewesen, dann müsste sie vielleicht auch nicht so dermaßen einsam sein, wie sie es unverkennbar ist.

Daheim im Saustall treff ich logischerweise auf den Rudi. Er klagt noch immer über Schmerzen im Schienbein, hat das selbige auch hochgelagert, und ich muss mich echt kolossal beherrschen, ihm das andere nicht einzutreten. Weil er sich nämlich biegt vor Lachen wegen meiner Kotz-Attacke im Flieger. Freilich hat sich das längstens durchs ganze Dorf gesprochen und ist am Ende auch hier gelandet. Jetzt aber kommt die Oma herein und schaut nach ihrem Buben. Wenigstens eine in der ganzen Sippschaft, die sich was um mich schert.

»Soll ich dir eine Suppe kochen, Bub?«, fragt sie, während sie abwechselnd in meine Augäpfel glotzt.

»Nein, Oma. Ich bin ja nicht krank, mir war's ja bloß ein bisserl schlecht. Zum Essen hätt ich aber schon gern was Gescheites.«

»Einen Kalbsrahmbraten hätt's gegeben heut Mittag. Aber du warst ja nicht da. Gell, Rudi, der ist gut gewesen?«

»Hervorragend war der, Oma Eberhofer. Ganz hervorragend. Genauso wie die Spätzle und der Feldsalat. Ein Traum!«

»Siehst es, Franz.«

»Ja, und? Ist noch was übrig?«

»Ah, woher! Die haben doch gefressen wie die Schleuderaffen, gell. Der Leopold, der ist ja auch noch da gewesen mitsamt seiner Brut. Langsam weiß ich wirklich nimmer, wie ich euch alle noch satt kriegen soll.«

»Mir würde schon reichen, wenn du mich satt kriegst. Ich hab nämlich heut nur ein Käsebrot gehabt, und selbst das hab ich wieder hergeben müssen.«

»Ich könnt dir ein paar Pfannkuchen machen, was meinst? Und ein paar Schwammerl hätt ich auch noch im Gefrierfach. Oder wart«, sagt sie noch und zieht einen Fünfer aus ihrer Schurztasche. »Fahrst halt zum Heimatwinkel rüber und isst dort was Feines. Weil bei uns, da gibt's heut Abend auch nur ein paar Käsbrote, weißt.«

Was glaubt denn die, was ich mir dort mit fünf Euro kaufen kann? Da krieg ich ja noch nicht einmal ein Kinderschnitzel dafür. Nun aber schlenzt sie mir noch die Wange, sagt, dass alles wieder gut wird, und schon verschwindet sie durch die Türe.

So pack ich halt den Rudi ins Auto, und wir zwei fahren rüber zum Heimatwinkel. Der ist gut besucht, und freilich ist auch hier das vorherrschende Thema der Hubschraubereinsatz und alles, was damit im Zusammenhang steht. Glücklicherweise aber sind ausschließlich Touris anwesend, die dort an den Nebentischen von irgendeinem doofen Dorfbullen reden, der da heute den ganzen Flieger vollgekotzt hat. Von denen mich aber gar keiner kennt, womit wir beide ganz ungestört sind.

Wir bestellen unser Essen und Bier, und auch jetzt kann der Rudi seinen depperten Haxen hochlagern, was freilich scheiße ausschaut. Aber gut. Allerdings hat er schon wieder was eruieren können, der alte Schlauberger. Weil er nämlich, während ich überweise durch die Gegend geflogen bin, wieder einmal fleißig am PC beschäftigt war und somit rausgefunden hat, dass die Simone diesen Holzegger gesperrt hat. Will heißen, sie hat ihn noch vor ihrem Tod als Kunden entsorgt, was wohl bedeutet, dass er ihr zumindest auf den Nerv gegangen sein muss. Und ich glaub, es ist allerhöchste Zeit, dass wir uns dieses Bürschchen morgen einmal gründlich zur Brust nehmen. So geb ich noch kurz den Kollegen in Passau Bescheid, dass der Holzegger junior mir umgehend nach Niederkaltenkirchen gebracht wird, sobald er aus Kroatien zurück ist. Was sie selbstverständlich nur zu gerne machen.

Der Rudi stochert in seinem Teller umeinander, wie er es immer schon tut, seitdem ich ihn kenne. Ich weiß nicht, warum, aber ihm schmeckt es eigentlich nur, wenn die Oma gekocht hat. Sonst will er nämlich immer mein Essen haben. Sogar wenn wir ein und dieselbe Mahlzeit bestellen, schwört er Stein und Bein, dass mein Teller viel besser aussieht oder dass einfach mehr drauf ist. Vermutlich ist das irgendein psychologisches Phänomen. Wer weiß? So was wie ein Ödipuskomplex möglicherweise. Ich werd mal den Spechtl fragen, sobald ich ihn sehe. Apropos Spechtl. Der Moratschek, der hat mir heute noch einmal gesagt, dass wir dringend einen Termin bei ihm ausmachen müssen. Der Rudi und ich. Darauf würde er bestehen.

»Rudi«, sag ich deswegen gleich mal und schau ihn dabei an.

»Was?«, sagt er stochernderweise.

»Schmeckt's dir wieder nicht?«

»Nein.«

»Du musst zum Spechtl. Diese Sache, also das mit dem Essen, das ist ein echtes Problem.«

»Ich muss zum Spechtl? Ja, genau. Wer hockt denn die halbe Nacht lang vor einem stinkenden Schaffell und weint?«

»Das tu ich doch gar nicht!«

»Das tust du sehr wohl! Und wenn ich dich nicht irgendwann ins Bett geholt und getröstet hätte, dann würdest du wahrscheinlich immer noch dort sitzen und flennen.«

Jetzt ist mir irgendwie der Appetit vergangen. So ruf ich nach der Bedienung und verlange die Rechnung. Doch der Rudi will heute zahlen. Praktisch als kleine Aufwandsentschädigung für die Belagerung seinerseits, wie er sagt. Und für mich geht das völlig in Ordnung, keine Frage. Er muss dann glatte fuchzig Euro hinblättern. Das nenn ich mal beachtlich für zwei völlig durchschnittliche Gerichte und zwei lauwarme Bier. Und trotzdem leg ich die fünf von der Oma noch als Trinkgeld obendrauf.

Kapitel 23

Es ist neun Uhr vierzehn, wie ein Streifenwagen aus Passau vor dem Rathaus anrollt, dicht gefolgt von einem schweren SUV mit abgedunkelten Scheiben. Der Holzegger junior scheint wenig kooperativ, wie er im Anschluss von zwei Kollegen aus dem Heck gezerrt wird. Er trägt Handschellen, wird von den beiden mittig fixiert und nach drinnen verbracht. Aus dem anderen Wagen steigt nun ein älterer Herr mit grauen Schläfen und einer Mordssonnenbrille und greift sich vom Rücksitz noch eine noble Aktentasche, ehe auch er das Rathausportal anpeilt.

»Das ist sein Vater«, klärt uns die Maierhofer auf, die genau wie die restliche Soko neben mir am Fenster steht.

»Der kommt hier nicht rein«, sag ich. »Wir haben einen richterlichen Beschluss für die Anhörung vom Felix Holzegger. Von seinem Vater steht da kein Wort.«

»Das seh ich genauso. Ich kümmere mich drum«, pflichtet mir der Stopfer Karl bei und will grad in den Korridor raus, wie die andern drei reinwollen. Und nachdem zwischen den werten Kollegen und mir die Übergabe stattgefunden hat, rat ich ihnen noch dringend, vorne bei der Susi ein Haferl Kaffee zu trinken, ehe sie sich wieder auf den Rückweg machen.

»Hinsetzen«, sag ich anschließend zum Holzegger und rück mir selber einen Stuhl zurecht.

»Was wollen Sie von mir?«, quengelt er aus seinem Kapuzenshirt heraus und hockt sich mit provokant gespreizten

Beinen mir gegenüber. Zwischen uns ist ein Tisch und ein Mikro, und das schalt ich nun ein. Dann frag ich ihn erst mal nach seinen Alibis für die zwei Tatzeiten. Er überlegt unglaublich lange, schüttelt schließlich den Kopf und sagt, er hätte keins. Und zwar für beide Zeitpunkte nicht. Er wär an diesen Abenden alleine zuhause gewesen und hätte für die Uni gelernt. Das ist eigentlich jeden Wochentag so. Seine Mutter ist da immer beim Einkaufen und sein Vater noch nicht von der Uni zurück. Auch an den Wochenenden ist es ganz ähnlich, da sind die beiden nämlich um diese Zeit immer im Fitness. Erst etwas später, so gegen acht, wär die Familie dann wieder zusammen, und es wird gemeinsam zu Abend gegessen.

»Sie haben ein gutes Verhältnis zu Ihren Eltern?«, will ich dann wissen.

»Wir führen eine sehr angenehme Koexistenz, wenn Sie so wollen. Wir essen jeden Abend gemeinsam und besprechen einiges. Ansonsten macht jeder sein Ding. Ich bin ja meistens in der Uni, und wenn nicht, dann bin ich in meinen eigenen Räumen im zweiten Stock.«

»Studium läuft?«

»Könnte nicht besser laufen. Nächstes Semester geht es nach Harvard.«

»Herr Holzegger, Sie haben ja neulich behauptet, dass Sie noch nie hier in Niederkaltenkirchen gewesen sind«, sag ich jetzt und leg ihm sein Blitzfoto vor die Nase.

»Ja, und?«, sagt er, kaum dass er einen kurzen Blick drauf geworfen hat, und schmeißt es mir achtlos über den Tisch zurück. »Dann war ich eben schon mal hier. Was soll das denn heißen? Ich merk mir doch nicht jeden Namen von irgend so einem Kaff. Was glauben Sie eigentlich, wo ich überall rumkomme? Da hätte ich ja viel zu tun, wenn ich mir jeden Namen …«

»Die Simone, die hat Sie geblockt«, kommt nun die Maierhofer zu ihrem Einsatz. »Sie hat Sie als Kunden einfach nicht mehr haben wollen. Doch warum, frag ich mich? Sie haben ja immer fleißig bezahlt, und wer sie letztendlich am Bildschirm anschaut, das hätte ihr doch egal sein können, oder nicht? War es ihr aber nicht. Sie hat sie geblockt, und plötzlich hatten Sie keinerlei Zugriff mehr. Hat Sie das wütend gemacht?«

»Sie war eine Internethure, verdammt! Sonst nichts. So jemand macht mich nicht wütend. So jemand wird bezahlt, und dann vergisst man ihn wieder«, schreit er nun.

»Na ja, vergessen haben Sie das Mädchen ja nicht. Immerhin waren Sie sechsundzwanzigmal ihr Kunde. Und das bis zu dreimal am Tag.«

»Ich war ihr Kunde, ja. Wie viele andere auch. Machen Sie um die anderen auch so ein Theater?«

»Hier«, sag ich und knall ihm nun ein weiteres Bild auf den Tisch. »Lena Anzengruber. Haben Sie die auch gekannt?«

»Nein«, antwortet er, betrachtet dieses Bild deutlich länger und scheint sich zu beruhigen. »Diese Frau hab ich noch niemals gesehen. Ist sie auch …?«

»Ja, sie ist auch mit einem Baseballschläger erschlagen worden. Genau wie die Simone«, sagt der Güntner plötzlich, und alle Anwesenden starren ihn postwendend an.

»Die Simone ist nicht mit einem Baseballschläger erschlagen worden, sondern mit einem Stein«, entgegnet der Holzegger.

»Aha. Und woher wissen Sie das?«, fragt nun der Güntner nach.

»Weil's in jeder verdammten Zeitung gestanden hat«, grinst er ihn nun an. Und ja, er hat recht. Leider.

Bis hin zur Mittagspause haben wir noch nichts wirklich Brauchbares aus ihm rauskriegen können, außer ein bisschen Spucke für den DNA-Test. Er bockt und schweigt oder erzählt Sachen, die wir eh längstens wissen. Und ganz allmählich erschleicht mich der Eindruck, dass er die Situation hier zunehmend genießt. Jedenfalls entspannt er sich sichtlich, und des Öfteren huscht ihm sogar ein überhebliches Grinsen übers Gesicht.

»Mahlzeit«, sag ich irgendwann mit einem Blick auf die Uhr. »Ich hol mir schnell ein paar Leberkässemmeln, wollens auch welche?«

Zunächst schaut er etwas verunsichert, merkt aber gleich, dass die Kollegen hier noch deutlich verwirrter dreinschauen. Und da wird er auch gleich wieder siegessicher.

»Ja, klar«, sagt er betont lässig und steht auf. »Warum nicht?«

»Eberhofer«, eilt mir die Maierhofer prompt hinterher. »Das ist jetzt wohl ein Witz, oder was? Sie können doch nicht einfach unseren Hauptverdächtigen mit zur Metzgerei mitnehmen.«

»Wer sollte mich daran hindern?«, frag ich noch. Und schon sind wir draußen.

In meinem Zwei-Fünfer ist die Lage gleich deutlich gelöster, weil auch der Holzegger hier ein Fan von guten, alten Fahrzeugen ist und seine Hand ganz ehrfürchtig über das Cockpit gleiten lässt. Und nachdem wir dann noch ein bisschen über Automobile gefachsimpelt haben, starte ich den Motor und fahr los.

»Sie suchen doch einen Serienmörder, nicht wahr?«, fragt er aus seinem Sitz heraus, und ich nicke.

»Ja, vermutlich ist es ein Serienmörder.«

»Sagen Sie ehrlich, Herr Kommissar. Seh ich aus wie ein Serienmörder?«

»Wie sieht er denn aus, der klassische Serienmörder?«

»Na, keine Ahnung. Aber ich denke, die soziale Herkunft spielt dabei wohl sicherlich keine untergeordnete Rolle. Und eines kann ich Ihnen versichern, bei uns zuhause ist der kulturelle und soziale Status extrem elitär. Dafür haben meine Eltern schon gesorgt, und davor meine Großeltern.«

»Glauben Sie ernsthaft, dass man in solch erlesenen Kreisen keine Mörder antrifft, oder was?«

»Sehen Sie, einen Mord zu begehen, Herr Kommissar, das setzt doch zumindest ein gewisses Maß an psychischem und Schrägstrich oder sozialem Missverhalten voraus. Oder irre ich mich da?«

»Wissen Sie, die Elite ist von dem einen und Schrägstrich oder anderen auch nicht verschont, das könnens mir ruhig glauben.«

In genau diesem Moment kommen wir bei der Metzgerei an, und einen kurzen Augenblick lang muss ich noch verharren, einfach um seine Reaktion auszutesten. Immerhin ist er hier ja schon vorbeigefahren, vermutlich in der Absicht, nach der Simone Ausschau zu halten. Doch er bleibt völlig regungslos und schaut mich irgendwann nur auffordernd an. Also verlassen wir einträchtig den Wagen und betreten den Laden. Erwartungsgemäß ist während der Mittagszeit das Ehepaar Simmerl gemeinsam anwesend und momentan auch mit anderen Kunden beschäftigt, während die Wurstmaschine im Sekundentakt Scheiben ausspuckt.

»Wen hast uns denn da heute mitgebracht, Eberhofer«, fragt die Gisela, wie wir endlich dran sind, und ich merk sofort, dass ihre Gehirnzellen rattern. Allerdings merk ich auch, dass der Holzegger was merkt.

»Schau nur genau hin, Gisela. Der müsst dir doch eigentlich bekannt vorkommen«, sag ich.

»Ja, ja, genau. Du hast recht. Das ist doch der Typ, wo bei uns am Schaufenster vorbeigefahren ist, oder etwa nicht?«

Der Holzegger tritt grad von einem Fuß auf den anderen, und seine Oberlippe fängt an zu schwitzen.

»Doch, doch«, antworte ich, versuch ihren Blick zu erhaschen und zwinkere ihr dann zu.»Das ist exakt dieser Bursche, der an eurem Laden vorbeigefahren ist. Da hast du schon recht, Gisela. Aber war nicht auch er das, den, wo du mit der Frau Anzengruber gesehen hast? Weißt schon, dort im Wald. Beim Joggen?«

»Doch, ganz genau, Franz«, ruft sie nun, und ich bin sicher, als Schauspielerin würde sie jeden Oscar gewinnen. »Genau das war der Kerl, den ich mit der Frau Anzengruber beim Joggen gesehen hab. Einige Male sogar. Eigentlich immer, wenn ich mit meinen Walkingstöcken dort unterwegs war. Und manchmal, da haben die zwei auch gestritten.«

Jetzt soll sie's aber mal nicht übertreiben, die Gisela.

»Und was sagens jetzt da, Herr Holzegger?«, frag ich, und seine Augen sind plötzlich ganz glasig und leer.

»Ich ... ich bin doch kein Serienmörder, Herr Kommissar. Diese Frau hier, die muss sich irren. Ich kenne keine Lena Anzengruber. Ich hab sie weder jemals gesehen noch von ihr gehört.«

»Na, hören Sie mal! Ich irre mich nicht! Ich irre mich nie! Da könnens meinen Mann fragen. Ich hab Sie doch ganz genau gesehen, wie Sie hier vorbeigefahren sind in Ihrem Auto mit Passauer Nummernschild. Genau hier. Und zwar in Schrittgeschwindigkeit. Ich hab unsere Schaufensterscheibe beschriftet, und da hab ich Sie gesehen. Und überhaupt, Sie haben mich doch auch angeschaut. Und wagen Sie es jetzt bloß nicht, mich eine Lügnerin zu nennen«, sagt sie weiter und hebt dabei ein Hackbeil in die Höh. Zwei der anwesenden Kunden zucken jetzt zusammen, ein anderer schaut nervös auf die Uhr, während sich eine ältere Frau ein bisschen nach vorne drängelt, wohl, um besser zu hören, was da grad passiert.

»Nein, aber ... aber«, sucht Holzegger nach Worten, senkt dann seinen Blick und starrt nun vor sich in die Theke. Seine Gesichtsfarbe ähnelt der Gelbwurst, und mittlerweile schwitzt er im ganzen Gesicht.

»Aber was?«, frag ich hier nach.

»Aber es ist doch ein Unfall gewesen, das mit der Simone«, sagt er kaum hörbar, und in diesem Moment schaltet der Simmerl die Wurstmaschine aus. »Ich wollte doch nur noch mal mit ihr reden. Sonst nichts. Ich hab ja schon ein paarmal mit ihr geredet, und immer hat sie mir zugehört. Sie war so freundlich, und ich hab gewusst, dass wir zusammengehören. Auf einmal wollte sie das alles nicht mehr. Hat plötzlich gesagt, ich soll sie in Ruhe lassen, und dass ich ihr unheimlich wär. Unheimlich, hat sie gesagt. Dabei hätte ich doch alles für sie getan. Wirklich alles. Reden wollte ich mit ihr. Bloß reden. Dort im Wald ist das gewesen, und ich wollte nur reden. Aber sie hat mich weggestoßen und … äh, und gesagt, dass ich ein … ein Stalker wär und … und dass ich mir Hilfe suchen soll. Hilfe wofür? Oder wogegen? Gegen die Liebe? Ich wollte ihr doch nichts tun! Ich wollte nur, dass sie mir zuhört. Und dass sie keine Angst mehr vor mir hat. Ich hätte ihr doch nie was antun können. Niemals. Das müssen Sie mir glauben. Ich hab sie angefleht. Simone, hab ich zu ihr gesagt, Simone, mach doch nicht alles kaputt. Immer und immer wieder. Ja, und wie ich irgendwann keine Kraft mehr hatte und aufgehört habe, sie anzuflehen, da ist sie plötzlich am Boden gelegen und einfach nicht mehr aufgestanden und … und ich glaub, sie war tot. Ich weiß doch auch nicht, wer das gemacht hat, Herr Kommissar. Aber Sie müssen ihn finden. Bitte finden Sie ihn!«

»Gut, machst mir vier Warme«, sag ich jetzt zum Simmerl, und der nickt.

»Senf?«, frag ich den Holzegger, und auch der nickt.

»Aufschreiben?«, will der Simmerl nun wissen, und diesmal bin ich es, der nickt.

»Felix«, sag ich weiter, und er hebt seinen Kopf. »Mit Handschellen Leberkässemmeln zu essen ist nicht sehr kommod. Besonders nicht, wenn es vielleicht die letzten sind für einige Zeit. Also mach keinen Blödsinn, dann kann ich die Achter weglassen. Versprochen?«

»Ja, versprochen«, antwortet er, und ein paar Augenblicke später sitzt er im Wagen, isst seine Brotzeit und flennt. Und während ich dann selber in meine Semmel beiße, hock ich mich auf die Kühlerhaube und wähl die Nummer vom Moratschek. Immerhin ist das der Erste, der über die aktuellen Geschehnisse auf dem Laufenden sein sollte. Er hört mir anschließend auch aufmerksam zu und schnäuzt sich zwischenzeitlich einige Male.

»Können Sie bitteschön zum Essen aufhören, wenn Sie mit mir reden«, sagt er irgendwann und klingt ziemlich genervt.

»Nein, immerhin ist es meine Mittagspause, die ich grad im Dienste des Vaterlandes geopfert hab.«

»Herrschaftszeiten, Eberhofer, es ist zum Wahnsinnigwerden mit Ihnen. Aber wenigstens haben wir jetzt wohl unseren Serientäter, nicht wahr. Das ist ja auch schon was.«

»Ich glaub eigentlich nicht, dass es ein …«

»Was Sie glauben oder nicht, ist mir aber so was von wurst. Halten Sie sich gefälligst an die Fakten. Ach ja, da fällt mir noch ein, der Spechtl, der ist heut bei einer von meinen Verhandlungen. Wartens … genau. Um vierzehn Uhr dreißig, dauert voraussichtlich eine, höchstens anderthalb Stunden. Also wenns um halb vier da sind, dann könnens bei mir im Büro mit ihm reden und müssen nicht extra nach München rein.«

»Ich fahr aber gern nach München rein, Moratschek. Wenn's halt irgendwann passt.«

»Herr Richter Moratschek, gefälligst und wenn's keine

Umstände macht, 'zefix! Wir sehen uns heut um halb vier, Ende der Durchsage. Ach ja, und bringens gefälligst diesen anderen Spinner mit. Also praktisch den Birkenberger«, hör ich grad noch, dann wird eingehängt.

Wie wir dann kurz darauf beim Rathaus aussteigen, der Felix und ich, da eilt uns prompt sein Herr Vater entgegen und droht mir mit erhobenen Händen. Fertigmachen wird er mich, schreit er mir her. Und dass diese Sache Konsequenzen hätte. Immerhin hat er ja seine Connections. Und ob ich überhaupt wüsste, wer da vor mir steht. Schließlich wär die Familie ja schon seit Jahrhunderten … oder waren es Jahrtausende? Keine Ahnung. Jedenfalls wird sein Filius obendrein nächstes Semester in Harvard studieren. Und ob ich das denn überhaupt buchstabieren könnte. Dieses Harvard.

Drinnen im Büro kann ich ihn dann immer noch toben hören. Allerdings haben sich inzwischen die Kollegen Stopfer und Güntner auf den Weg hinaus gemacht, und nun klicken sie halt doch noch, die Achter.

»Kaufen Sie ihm das ab, Eberhofer?«, will die Maierhofer jetzt wissen, wie wir gemeinsam zum Fenster rausschauen.

»Was?«

»Na, diese ganze Story halt. Dass er zwar den ersten Mord an der Kitzeder gesteht, aber nicht den zweiten an der Anzengruber.«

»Im Grunde hat er ja bisher überhaupt keinen dieser Morde gestanden. Weder den einen noch den anderen. Er hat nur gesagt, dass sie plötzlich tot vor ihm lag. Und genau so wird er das auch seinen Anwälten sagen.«

»Also soll das ein Unfall gewesen sein? Herrgott, Kollege Eberhofer, wie naiv sind Sie eigentlich?«

»Ich bin kein Richter, Kollege Maierhofer. Meine Aufgabe ist es nicht zu urteilen. Ihre übrigens auch nicht. Wir … wir sollen nämlich einfach nur mögliche Täter ergreifen und aus.

Das Urteil im Namen des Volkes wird erst später gesprochen, und zwar von einem Experten.«

»Ja, Klugscheißer, das weiß ich schon selber. Aber trotzdem sollten wir ihn überführen.«

»Er ist doch überführt. Aber schauens hinaus. Sein Vater telefoniert sich ja schon einen Wolf, dass gleich sein Telefon qualmt. Und der Junior wird jetzt erst mal mit Heerscharen von erstklassigen Anwälten versorgt, und die werden sich dann ganz weit aus dem Fenster lehnen, um seinen elitären Arsch zu retten.«

»Ja, aber deswegen müssen wir ja nicht untätig sein. Und ich für meinen Teil geh immer noch davon aus, dass diese zwei Frauen ein und demselben Täter zum Opfer gefallen sind.«

»Gehen Sie aus oder ein oder was immer Sie möchten, Gnädigste. Ich für meinen Teil geh jetzt nach Haus.«

»Aber wir brauchen, äh, warten Sie! Wir brauchen doch noch Ihren Bericht, Eberhofer«, ruft sie mir im Weggehen nach.

»Ich hab doch schon alles gesagt.«

»Aber wir brauchen es schriftlich, verdammt. Das müssten Sie als Einsatzleiter doch wohl am besten wissen.«

»Ja, dann schickens mir hernach den Stopfer heim, dem diktier ich dann alles. Und jetzt servus.«

Ein bisschen später sind wir dann auf dem Weg nach Landshut rein, der Rudi und ich. Und freilich informier ich ihn dabei über das aktuelle Tagesgeschehen. Was ihn jedoch nicht sonderlich zu interessieren scheint. Jedenfalls überlegt er ständig nur siedend heiß, was er dem Spechtl so alles erzählen wird.

»Was glaubst du, was besser ist, Franz? Wenn ich eher so locker-flockig über den Unfall berichte oder doch lieber ernst? Ich weiß es nicht recht. Aber ich glaube, ernst ist vielleicht doch besser, oder was meinst du? Zu ernst allerdings auch nicht, sonst denkt er womöglich, ich hätte ein Trauma davongetragen. Zu locker aber auch nicht, sonst denkt er, ich hätte einen Schlag weg von diesem Sturz. Es ist praktisch eine Gratwanderung. Ja, eine verdammte Gratwanderung. Oder … genau! Pass auf, ich sag einfach, ich kann mich an gar nix mehr erinnern. An rein gar nix. Ich bin praktisch erst wieder zu mir gekommen, wie ich bei dir im Saustall war. Was meinst, Franz?«

»Ehrlich gesagt frag ich mich eh, ob du überhaupt schon wieder zu dir gekommen bist.«

»Ja, sehr witzig! Du solltest dir aber auch darüber Gedanken machen. Und du, Franz. Du musst sowieso mit ihm über den Ludwig reden. Unbedingt. Vergiss' das bloß nicht. Du musst ihm dein ganzes Herz ausschütten, all deine Trauer rauslassen. Weine, Franz, weine. Du wirst sehen, du bist hinterher ein ganz neuer Mensch.«

»Ich wär schon froh, wenn du mich nicht ständig zutexten würdest und ich der Alte sein könnte. Und jetzt lass mich in Ruh mit dem Schwachsinn, ich muss mich auf den Verkehr konzentrieren.«

»Aber da ist ja gar kein Verkehr, Franz. Vor uns her fahren doch nur zwei Bulldogs.«

»Ja, exakt. Und das auf der B fuchzehn mit zwanzig Stundenkilometer, und zwar nebeneinander und auch noch mit einem Güllefass hintendran.«

»Die machen wahrscheinlich ein Wettrennen.«

»Ja, so schaut's aus.«

»Dann mach doch das Blaulicht an, Franz.«

»Ich hab das Blaulicht an, Rudi«, sag ich noch so, dann schalt ich die Sirene dazu. Aber nix. Diese zwei depperten Bauern fahren einfach weiterhin stur nebeneinander her, man kann nicht rechts vorbei und auch nicht links, und die Autoschlange hinter meinem Zwei-Fünfer dürfte wohl schon bis nach Dingolfing reichen. Ganz abgesehen davon, dass es mittlerweile kurz vor halb vier ist. Will heißen, eigentlich sollte ich derweil schon einen Parkplatz anpeilen, um pünktlich beim Spechtl zu sein. Jetzt lässt der Rudi sein Seitenfenster runter, beugt sich umständlich aus dem Wagen und beginnt mit beiden Armen zu rudern. Dabei schreit er ständig: Hallo-ho! Was in Anbetracht der Sirene eh kein Schwein hört. Ich zieh ihn zurück ins Wageninnere.

»Was?«, schreit er mich an.

»Du machst dich lächerlich, Rudi. Im Grunde machst du sogar uns beide lächerlich. Wir hocken in einem hundert Jahre alten Streifenwagen mit Blaulicht und Sirene und fahren in Schrittgeschwindigkeit hinter zwei Traktoren her. Da musst du uns nicht noch mehr zum Affen machen.«

»Ha! Ja, dann lass dir gefälligst was einfallen!«

Und so lass ich mir halt was einfallen.

Eine halbe Stunde später treffen wir dann tatsächlich ein und können den werten Doktor auch gleich im richterlichen Büro auffinden. Dort hockt er weit zurückgelehnt in einem Sessel und döst vor sich hin. Doch gleich wie er uns bemerkt, begrüßt er uns freundlich und fordert uns auf, Platz zu nehmen.

Als Erster ist dann der Rudi an der Reihe. Doch all seinen vorherigen Überlegungen zum Trotz berichtet er weder locker-flockig über den Unfall noch wirklich ernst. Sondern erwartungsgemäß ziemlich hysterisch. Und erst als der Spechtl einen stationären nervenklinischen Aufenthalt ernsthaft in Betracht zieht, erst da zieht er die Reißleine.

»Nein, nein«, sagt er daraufhin in einem bemerkenswert lässigen Tonfall. »Alles halb so wild, Doktor Spechtl. Der Franz hier und ich, wir haben ja praktisch alles völlig unter Kontrolle, verstehen Sie. Wobei der Franz ja vielleicht doch ein bisschen Sorgen hat. Gell, Franz. Erzähl doch mal von deinem Schicksalsschlag.«

»Sie hatten einen Schicksalsschlag, Eberhofer?«

»Ja, ja, hatte er. Dem ist nämlich sein Ein und Alles gestorben«, spricht der Rudi nun weiter, und langsam, aber sicher regt er mich auf. Und so berichte ich halt in aller gebotenen Achtung und Kürze über den Verlust von meinem Ludwig, und der Spechtl hört mir ganz aufmerksam zu. Wie der Rudi aber plötzlich anfängt, über meine nächtlichen Gedenkminuten zu referieren, da muss ich einen Stopp reinhauen.

»Wenn ich nachts aufwache und auf dem Kanapee hock, dann nicht etwa wegen dem Ludwig, lieber Rudi. Sondern weil mir unser neuer Fall nicht aus dem Kopf geht, verstanden?«

»Sie haben einen neuen Fall?«, will der Spechtl jetzt wissen, und so erzählen wir halt ein bisschen, und dabei kommen wir am Ende sogar irgendwie in ein relativ ausführliches Gespräch hinein. Der Doktor scheint aufs Äußerste interessiert und lauscht uns sehr konzentriert.

»Wenn Sie meine Meinung hören wollen, meine Herrschaften«, sagt er schlussendlich, und: Ja, das wollen wir! »Dann geh ich nicht von einem Serientäter aus, der sich beim zweiten Mal einfach so mir nichts, dir nichts in Rage gemordet hat.«

»Sondern?«, fragen der Rudi und ich wie aus einem einzigen Mund.

»Nein, was diese beiden Fälle völlig voneinander unterscheidet, ist, dass es beim ersten Mal ein einziger Schlag auf den Schädel war und das zweite Opfer regelrecht übertötet wurde. Da hat jemand einen wahnsinnigen Hass ausgelebt, der sich zuvor vermutlich schon jahrelang angestaut hat.«

Aha, denk ich grad noch, dann wird die Tür aufgerissen und der Moratschek erscheint.

»Eberhofer, Birkenberger«, sagt er, während er durch das Zimmer schreitet. »Da draußen, da stehen zwei Traktoren, und ein riesiges Güllefass steht da auch. Es stinkt bis zum Himmel, fünfzehn Parkplätze werden blockiert, und die beiden Bauern sind mit Handschellen an ihren Lenkrädern fixiert worden. Es ist aber nicht zufällig möglich, dass ihr zwei damit was zu tun habt?«

Großer Gott, die hätten wir ja beinah vergessen!

Doch noch ehe wir die beiden agrarwirtschaftlichen Verkehrsrowdys wieder ihrer Freiheit übergeben, müssen wir dem Spechtl noch hoch und heilig versprechen, dass wir uns bald wieder treffen. Und danach organisier ich mir vom Moratschek her noch einen weiteren Beschluss. Und zwar eine richterliche Anordnung zur Überprüfung einer DNA.

Kapitel 24

Wo wir ja nun schon mal in Landshut verweilen und, sagen wir mal so, rein psychologisch grad bestens beraten worden sind, legen wir gleich noch einen kurzen Zwischenstopp in der Boutique der Anzengrubers ein.

»Was ist?«, frag ich beim Aussteigen, weil der Rudi keinerlei Anstalten macht, selbiges zu tun.

»Ich bleib lieber kurz sitzen, Franz. Mir tun grad alle Gliedmaßen weh«, antwortet er.

»Passt schon«, sag ich und verdreh kurz die Augen. »Ich schau mal schnell, ob der Boss persönlich anwesend ist.«

Und ja, wir haben Glück. Der lustige Witwer ist grade dabei, einer unglaublich Dicken ein sommerliches Kleid schmal zu schwätzen. Sie steht dort vorm Spiegel, dreht sich im Kreis und wirkt von allen Seiten her gleichermaßen fleischig und fett. Allerdings hab ich selten irgendjemanden so dermaßen glücklich gesehen. Wenn ich da an meine Susi denk, dann versteh ich fast die Welt nicht mehr. Wenn die sich nämlich mit ihrem Fliegengewicht vorm Spiegel dreht und tausendmal umzieht, dann wird ihre Miene von Klamotte zu Klamotte finsterer, und hinterher ernährt sie sich tagelang nur noch von Salat. Da soll noch einer die Welt verstehen.

»Wie eine Elfe, Frau Dörfler«, trällert der Anzengruber nun, während er mit der Hand sein Kinn abstützt und einen dümmlich begeisterten Gesichtsausdruck macht. »Nein, wirklich, wie eine Elfe.«

»Sie Schmeichler«, lacht seine Kundin drehenderweise. »Aber nein, Sie haben schon recht. Das Kleid macht locker fünf Kilo weg. Vielleicht sogar zehn.«

Lieber Gott, lass sie es anbehalten!

»Wollen Sie vielleicht das Gelbe hier auch gleich noch probieren? Das mit den Cut-Outs. Ich wette, dieser frische Ton könnte Ihren wunderbaren Teint zum Strahlen bringen«, schlägt er nun vor, und schon verschwindet sie kichernd in der Kabine.

»Was kann ich für Sie tun, Herr Kommissar?«, fragt er dann an mich gewandt und mit gedämpfter Stimme und reißt mich damit direkt aus meinem Beobachtungsmodus.

»Ich brauche Ihre DNA, Herr Anzengruber«, sag ich, und irgendwie erwarte ich nun eine Reaktion. Ein kleines Zucken mit den Mundwinkeln meinetwegen oder etwa auch mit den Augen. Oder wenigstens einen kurzen verdutzten Moment. Aber nichts. Er geht an mir vorbei hinter die Kasse, und von dort holt er eine Tasche hervor. Es ist so ein Kulturbeutel, und den leert er jetzt direkt vor mir aus. Neben einem Deoroller, einer Handcreme und anderen Hygieneartikeln kommt auch eine Zahnbürste zum Vorschein. Nach dieser greift er dann und überreicht sie mir fast feierlich.

»Bitteschön«, sagt er, und nun bin ich ein bisschen perplex.

»Sie haben eine Zahnbürste dabei?«, frag ich hier nach.

»Ich habe immer meine Zahnbürste dabei«, antwortet er mit der Betonung auf meine. Das macht mich stutzig. In diesem Moment erscheint die Dicke in Gelb – oder ist das eine von diesen alten Telefonzellen?

»Ein Traum, meine Liebe«, flötet der Anzengruber das kichernde Mädchen an und kommt wieder hinter seiner Kasse hervor. Es ist echt ein Jammer, weil ich dieses Spektakel jetzt wirklich nur zu gern weiter mitverfolgt hätte. Aber Dienst ist Dienst.

»Was ist das«, will der Rudi gleich wissen, nachdem ich ihm die eingetütete Zahnbürste auf den Schoß geworfen hab. Und so klär ich ihn kurz und knapp über die aktuellen Geschehnisse auf.

»Du meinst, der Typ drückt dir irgendeine Zahnbürste in die Hand und behauptet, es wär die seine, und du glaubst ihm das so einfach. Die Bürste könnte von jedem kommen, Franz«.

»Warum sollte jemand eine fremde Zahnbürste mitschleppen, lieber Rudi?«

»Weil er vielleicht dringend eine fremde DNA braucht, lieber Franz.«

Verdammt! Vermutlich hat mich die dicke Gelbe irgendwie aus der Bahn geworfen.

»Herr Anzengruber«, sag ich deswegen ein bisschen angeranzt, wie ich zurück im Laden bin, weil ich mich nicht besonders gern verarschen lass. Generell nicht und von Verdächtigen am allerwenigsten. Außerdem bedaure ich es ein bisschen, dass ich kein Wattestäbchen dabeihab, und zieh stattdessen ein Taschentuch hervor. »Sie können sich gleich wieder um diesen Kürbis hier kümmern, aber zuvor spucken Sie mir bittschön auf dieses Tempo.«

Dümmere Gesichter als diese beiden hab ich tatsächlich selten gesehen.

»Was ... was erlauben Sie sich?«, fragt er nach der ersten Schrecksekunde. »Sie platzen hier rein, nach allem, was ich durchgemacht habe, und statt dass Sie besser einmal den Geliebten meiner Frau unter die Lupe nehmen, da demütigen Sie mich noch dazu vor meiner Stammkundschaft in Grund und Boden. Ich werde mich über Sie beschweren. Jawohl. Über Sie und Ihre proletarischen Ermittlungsmethoden!«

»Spucken«, erwidere ich, und allein mein Tonfall ist eine Waffe. Er japst noch ein paar Mal, schenkt der Dicken ein entschuldigendes Lächeln, doch dann spuckt er artig. Na also, geht doch!

»Wo ist der nächste Autoverleih?«, will der Rudi dann wissen, nachdem wir einen kurzen Lagebericht hatten.

»Zwei Straßen weiter. Ich fahr dich hin«, sag ich noch so, und schon tret ich aufs Gas.

Kurz darauf bin ich auf der Autobahn, und ich schwör's, nie zuvor war ich schneller in München. Und das, obwohl ich ja sonst auch meistens mit Blaulicht hinfahr und Sirene, aber heute schein ich direkt zu fliegen. Auf Höhe Moosburg kommt der erste Anruf vom Rudi. Und da berichtet er mir, dass er in seinem Mietwagen hockt, eine erstklassige Sicht auf den Anzengruber hat und der gleich die Ladentür abgeschlossen hat, kaum dass die Dicke durch dieselbe mit einer ebensolchen Tüte verschwunden war. Anschließend hätte er ein paarmal relativ hektisch telefoniert, und dann wär er vor seinem PC gesessen und hätt in die Tasten getrommelt. Wie mich Anruf Nummer zwei erreicht, da bin ich grad dabei, dem Günther das Tempo zu überreichen, mit der Bitte, er möge die DNA mit der von diesen Schweißtropfen vergleichen. Und zwar hurtig.

»Bis wann brauchst du's?«, will der Günther jetzt wissen.

»Am besten gestern«, sag ich. »Wie schaut's mit der anderen DNA-Probe aus? Mit der vom Holzegger?«

»Kriegst du beides so schnell es geht«, antwortet er und ist schon auf dem Weg ins Labor. »Ich meld mich.«

Ja, da ist er zuverlässig, der Günther.

»Hörst du mir eigentlich zu, Franz?«, kann ich den Rudi vernehmen, grad wie ich aus der Gerichtsmedizin zurück bin und Richtung Wagen gehe.

»Ja, ja, Rudi. Der Anzengruber, der hat den Laden verlassen und ist jetzt mit seiner Karre unterwegs, und du bist direkt hintendran.«

»Siehst du, Franz. Du hörst mir nicht richtig zu. Du hörst mir nie richtig zu. Das ist ja das ganze Problem, weil du …«
»Rudi!«
»Ja, ist ja schon gut. Also, Fakt ist jedenfalls, dass der Anzengruber den Laden wirklich verlassen hat. Und ja, ich bin auch direkt hintendran. Dazwischen aber, da war er auch noch auf der Bank. Ein ganzes Weilchen sogar. Und dann, wie er endlich wieder rausgekommen ist, da hat er einen Mordskoffer dabeigehabt.«
»Voll Geld, oder was?«
»Ja, was weiß ich. Ich hab ja keinen Röntgenblick. Aber Kartoffeln wird er so nicht transportieren, nehm ich mal an.«
»Wohin fährt er?«
»Keine Ahnung. Vermutlich nach Hause. Du, Franz, was ist, wenn der türmt?«
»Der hat drei Boutiquen und ein Riesenhaus. Ich kann mir nicht vorstellen, dass er türmt. Bleib an ihm dran, ich mach mich jetzt auf den Rückweg.«
Dann leg ich auf.
Weil mir jetzt schon allmählich der Hunger hochkommt, muss ich noch kurz einkehren, eh ich heimfahren kann. Und so bestell ich mir in unserem ehemaligen Stammlokal aus der Münchner Zeit noch eine Currywurst mit Pommes und ein kleines Bier. Die Wirtsleut freuen sich, wie sie mich sehen, und erkundigen sich auch nach dem Rudi seinem werten Befinden. Apropos Rudi. Jetzt fällt mir auf, dass ich mein Telefon draußen im Wagen vergessen hab. Und das ist jetzt scheiße. Weil ich ihm ja versprochen hab, dass er mich jederzeit anrufen kann, sobald es Neuigkeiten gibt. Also bezahl ich die Zeche und mach mich dann vom Acker. Vierzehnmal hat er schon angerufen inzwischen.
»Du, Rudi, sorry«, sag ich gleich, wie er abnimmt, doch er unterbricht mich sofort. Sein Instinkt, der hätte ihn nämlich

nicht getrogen, sagt er. Weil der Anzengruber mittlerweile auf dem Weg zum Flughafen wär. Doch er ist ihm dicht auf den Fersen. Sobald er aber den Wagen verlässt und zu Fuß weitergeht, da könne er dann allerdings gar nix mehr machen.

»Ich kann ihm nicht hinterherrennen, Franz. Das weißt du genau. Wenn du ihn also noch erwischen willst, dann solltest du langsam echt mal Gas geben.«

»Was ist mit den Kollegen, Rudi?«, sag ich, während ich durch die Nußbaumstraße rase und beinah jedes dritte Auto ramm. »Sag der Maierhofer Bescheid oder dem Stopfer, die sind schneller vor Ort.«

»Wir haben nur einen Beschluss für diese DNA, Franz. Und keinen Haftbefehl. Die werden keinen Finger rühren, solang nix Offizielles da ist, das weißt du genau.«

Da hat er wohl recht.

»Ja, 'zefix, ich schick mich. Servus.«

»Servus, Franz. Und darenn dich nicht.«

Wie ich dann endlich neben dem Rudi einparke, schnapp ich mir zuerst mal einen dieser unzähligen Rollstühle, die im Flughafen rumstehen, und dort kommt er dann hinein, der Herr Birkenberger.

»Wo ist er hin?«, frag ich.

»Diese Richtung«, antwortet er und deutet mir den Weg.

»Wie lang ist er schon weg?«

»Dreizehneinhalb Minuten genau«, sagt er mit einem Blick auf sein Handy, wo die Stoppuhr mitläuft. »Er hat nach Rio gebucht über Lufthansa. Das konnte ich von seinen Lippen ablesen.«

Das konnte er von seinen Lippen ablesen!

So schnell es mit dem Rudi im Gepäck überhaupt möglich ist, rase ich durch die Halle, zwischen Menschen und Koffern hindurch, und völlig überflüssigerweise hat der Rudi das Bedürfnis, mich ständig mit dämlichen »Schneller!«-

»Schneller!«-Rufen anzufeuern. Plötzlich aber fällt mein Blick auf zwei junge Kollegen. Die kommen ja echt wie gerufen.

»Mitkommen und schieben«, ruf ich ihnen zu, und sie kapieren sofort. Der kleinere von ihnen übernimmt prompt den Rollstuhl, während der andere an meiner Seite um sein Leben zu rennen scheint. Und keine fünf Minuten später klicken beim Anzengruber auch schon die Handschellen, und jetzt muss der Rudi übernehmen, weil ich komplett aus der Puste bin.

»Herr Anzengruber, Sie sind vorläufig festgenommen«, sagt er, und ich merke deutlich, wie stolz ihn das macht. Immerhin hat er diesen Satz zumindest von der rechtlichen Seite gesehen schon ewig nicht mehr sagen dürfen.

Die Soko Niederkaltenkirchen ist ausnahmslos anwesend, wie der Rudi und ich keine Stunde später mit dem potenziellen Mörder erscheinen, und nicht minder verblüfft. Und nachdem ich die Herrschaften erst mal in Kenntnis gesetzt hab, wollen wir auch gleich mit der Arbeit beginnen.

»Meine Herrschaften«, ist das Erste, was die Maierhofer dann von sich gibt. »Soweit ich weiß, hatten Sie keinen Haftbefehl, der Sie dazu …«

»Gefahr im Verzug, Kollegin. Schon mal was davon gehört?«, kann ich sie hier aber gleich unterbrechen.

»Würden Sie dann so gut sein und den Raum verlassen«, sagt sie jetzt zum Rudi gewandt, und der starrt sie an. »Ich meine, immerhin sind Sie ja kein …«

»Doch, das ist er«, muss ich sie aber hier gleich nochmal unterbrechen. Ganz kurz will sie noch einmal ansetzen, doch der Rudi streckt ihr prompt die Zunge heraus. Jetzt schüttelt die Maierhofer kurz ihren Kopf und schweigt.

»Dein Telefon läutet«, sagt plötzlich der Stopfer, und: Ja, es stimmt. Es ist der Günther aus München, der anruft, und er hat gute Neuigkeiten für uns. Weil er sich nämlich gleich an die Auswertung der Spuren gemacht hat. Das muss mein Glückstag sein.

»Und, was haben die DNA-Proben ergeben?«, frag ich in den Hörer und hab dabei einen stechenden Blick auf den Anzengruber gerichtet.

»Aha, das ist ja höchst interessant und hilft uns echt weiter. Du sagst also die DN... Nein, nein, verstehe. Ja, genau Anzengruber ... ach, das ist ja interessant. Nein ... warte ... doch, du hast recht. Allerhand. Nein, nein, Holzegger ... genau. Aha. Ja, ja. Super Arbeit, Günther. Und du weißt ja, ich brauch das noch schriftlich. Was? O mei. Ja, ja, furchtbares Spiel. Wobei die Bayern ... seh ich genauso ... hinten alles zu und vorn wenig los ... Ohne den Lewandowski ... Aber ein Sieg ist ein Sieg und drei zu null ist halt ein deutlicher Sieg. Nein, nein, alles klar ... Ja, dann servus.«

»Und?«, fragt mich der Stopfer Karl und schaut mich eindringlich an.

»Mei, langweiliges Spiel halt. So was passiert. Auch den Bayern«, antworte ich.

»Was sagt die DNA?«, reißt er mich nun aus meinen Gedanken. Herrje, stimmt.

»Herr Anzengruber«, sag ich deswegen. »Die DNA-Spuren, die wir auf der Leiche Ihrer toten Frau aufgefunden haben, sind die gleichen wie ...«

»Das weiß ich freilich, Herr Kommissar. Und Sie sind wirklich sehr clever, das muss ich schon sagen. Diese Zahnbürste von vorher, die hat tatsächlich meiner Frau gehört. Aber ich dachte, im Fernsehen, da wollen doch auch immer alle Polizisten eine Zahnbürste haben oder einen Kamm. Na ja, einen Versuch war es wert.«

»Warum, Herr Anzengruber? Warum haben Sie Ihre Frau getötet?«, will die Maierhofer nun wissen und lehnt sich weit am Tisch nach vorne. Aber er zuckt nur mit den Schultern und starrt auf seine Brust.

»Sie haben Ihre Frau übertötet«, sag ich und schieb ihm derweil zwei Fotos vor die Nase, wo das Gesicht seiner Frau drauf ist. Eines davon ist vor der Tat aufgenommen worden und eines danach. »So was macht nur ein Mensch, der unglaublich hasst. Warum haben Sie Ihre Frau so gehasst, Herr Anzengruber? Was hat Sie Ihnen angetan? Was kann einen ganz normalen Menschen – und das sind Sie doch, oder nicht? –, also: was bringt so jemanden wie Sie zu so einer abartigen Tat? Am Gesicht Ihrer Frau ist so gut wie nichts mehr zu erkennen. Wie oft haben Sie auf sie eingedroschen? Fünfzig Mal? Hundert? Mit den Händen oder dem Stein? Oder mit beidem? Was ist nur in Sie gefahren, dass Sie zu so etwas fähig waren?«

Nun nimmt er das Bild in die Hände, das nach dem Massaker entstanden ist, und dreht es um. Das andere betrachtet er noch einen kurzen Moment und wendet es dann ebenfalls.

»Ich bin«, beginnt er im Anschluss und räuspert sich, »ich war ein sehr erfolgreicher Geschäftsmann, als ich meine Frau kennenlernte. War ständig zwischen Italien und hier unterwegs und hab mit sehr edlen Accessoires in Seide gehandelt. Ich hatte nur mit ausgewählten Firmen zu tun, müssen Sie wissen. Und in einem dieser Läden war sie dann plötzlich, meine Lena. Eine kleine Verkäuferin, schüchtern und süß.«

Nun versagt seine Stimme.

»Wollen Sie«, sagt der Stopfer und steht auf, »wollen Sie vielleicht ein Glas Wasser?«

Der Anzengruber nickt und lächelt müde.

»Bring mir einen Kaffee mit, Karl«, sag ich, und schon verschwindet er durch die Tür.

»Was ist dann passiert, Herr Anzengruber?«, möchte nun Thin Lizzy wissen.

»Es war schön. Wir beide hatten eine großartige Zeit, wirklich«, erzählt er nun weiter, und für eine Sekunde funkeln seine Augen. »Ein paar Jahre später aber sind dann ziemlich zeitgleich zwei Dinge passiert, die alles verändert haben. Meine Umsätze gingen zurück, die Firmen bestellten plötzlich ihre Waren lieber übers Internet. Und die Chefin meiner Frau ist schwer krank geworden. Unheilbar krank. Und so hat eben meine Frau diese Boutique übernommen. Die beiden waren ja wie Mutter und Tochter. Na ja, und kurze Zeit später, da hatte sie dann noch eine zweite und eine dritte. Und auf einmal war alles wie umgedreht, verstehen Sie? Auf einmal war sie die ganz große Nummer, und ich war der Loser. Wäre nur dieser verdammte Zeitungsartikel niemals erschienen. Ich weiß noch nicht mal, warum ich ihn überhaupt gelesen habe. Normalerweise lese ich solche Sachen nie.«

»Sie meinen den mit der toten Joggerin?«, frag ich hier nach, und er nickt.

»Ich hab ihn gelesen, und plötzlich war er da, dieser Gedanke. Es war alles so ähnlich, wissen Sie. Die Beschreibung der Frau, das Joggen und die Angewohnheiten der beiden. Ich dachte, ein Serienmörder ...«

Jetzt kommt der Karl zurück und stellt uns die Getränke hin. Der Anzengruber leert sein Glas in einem einzigen Zug.

»Verstehe«, sag ich und nehm einen Schluck Kaffee. »Was ist dann passiert, Herr Anzengruber? Wie Ihre Karriere den Bach runterging und die ihrer Frau steil bergauf?«

»Ihre Frau hat angefangen, Sie zu demütigen, stimmt's?«, fragt nun die Maierhofer, und er lacht kurz auf.

»Nein, das hat sie ja schon immer getan. Bei jeder verdammten Gelegenheit, großer Gott! Nein, meine Frau war äußerlich die Schöne und innerlich das Biest. Eine Mensch gewordene Bestie, würde es wohl noch eher treffen. Aber ersparen Sie mir bitte die Einzelheiten, ich möchte das nicht noch einmal durchleben. Ich hab sie erschlagen. Herrgott, ja, das hab ich. Doch ich glaube, es hat einfach keine Alternative gegeben.«

»Die Einzelheiten, die werden aber schon wichtig vor Gericht, Herr Anzengruber. Weil ein Tatmotiv sehr entscheidend ist für das spätere Urteil«, muss ich jetzt doch noch loswerden.

»Na ja, das kann er ja mit seinem Anwalt besprechen«, entgegnet die Maierhofer und steht dabei auf. »Wir haben sein Geständnis und fertig.«

Dann verlässt sie den Raum.

»Was wolltens denn eigentlich in Rio? Und was ist in dem Koffer?«, will ich noch wissen.

»Geld. Geld ist in dem Koffer. Ich hab alles abgehoben, was da war, und was ich in Rio wollte, das weiß ich eigentlich selber gar nicht so recht. Und wenn ich ehrlich bin, hab ich eh nicht geglaubt, dass ich es schaffe. Im Grunde hab ich ja mein ganzes Leben lang an mir selber gezweifelt. Vielleicht war das auch der Grund, warum sie mich so maßlos verachtet hat.«

»Ja, Herr Anzengruber«, sag ich. »Meine Kollegen Stopfer und Güntner hier, die werden Sie jetzt mitnehmen müssen. Der Haftbefehl ist unterwegs. Brauchen Sie noch irgendwas?«

Aber nein, er braucht nichts mehr. Er reicht mir noch die Hand und schaut mir dabei direkt in die Augen, dann wird er auch schon rausgebracht.

»Wozu Männer alles fähig sind«, sagt die Maierhofer, wie sie zurückkommt.

»Wozu Frauen alles fähig sind«, muss ich hier kontern, und der Rudi nickt.

»Ich glaube, er ist ein Lügner und ein gefühlskaltes Arschloch«, sagt sie weiter und hat einen äußerst provokanten

Tonfall drauf. »So wie die meisten Männer übrigens. Zu echten und ehrlichen Gefühlen sind doch die meisten Männer ohnehin gar nicht fähig.«

»Kannst du mich zum Wagen bringen, Schatz?«, fragt nun der Rudi und erhebt sich.

»Freilich, Schnuckl«, sag ich retour, hake ihn unter, und wir verlassen einträchtig gurrend den Raum.

Kapitel 25

Ich hock in meinem Saustall und schau aus dem Fenster. Draußen geht's zu wie am Ballermann, herrlichstes Wetter, laute Musik, ausgelassene Stimmung und jede Menge Frohnaturen. Und das schon seit Stunden. Am Anfang war ich ja auch noch relativ fröhlich dabei. Wie die Zimmerleute ihren Richtbaum angebracht haben und der Polier sein Verserl aufgesagt hat. Plötzlich aber hat es geheißen, der Bauherr soll den letzten Nagel reinhauen, und die Susi hat mich ganz auffordernd angeschaut. Doch bis ich überhaupt kapiert hab, was eigentlich abläuft, da hat der Leopold schon den Nagel reingedroschen, danach einen Schnaps geext und das Glas zerschmettert. Und die Susi war traurig. Dann hab ich ihm den depperten Hammer aus der Hand gerissen und hab so viele Nägel reingehauen, wie noch übrig waren. Was aber im Grunde kein Schwein mehr interessiert hat, weil da der Leopold längst schon vom Dachstuhl runter war und das erste Fass Bier angezapft hat. Der ist heute überhaupt so was von aufgedreht und heiter und umarmt ständig jeden, dass es mich regelrecht herwürgt. So bin ich dann halt auch runtergekraxelt und hab mich in meinen Saustall verzogen. Irgendwann kommt der Papa rein, gesellt sich zu mir ans Fenster und drückt mir den aktuellen ›Kreisboten‹ in die Hand. Das hebt meine Laune dann schon wieder ein bisschen. Im Regionalteil ist nämlich ein Offener Brief abgedruckt. Und der ist an mich.

*Sehr geehrter Herr Kommissar Eberhofer,
ich möchte mich in aller Form bei Ihnen entschuldigen, mir an Ihrem Computer unerlaubt Zutritt zu streng vertraulichen dienstlichen Unterlagen verschafft und diese veröffentlicht zu haben. In meinen Sozialstunden, die ich auf richterlichen Beschluss hin demnächst in diversen sozialen Einrichtungen abzuleisten habe, werde ich Kindern und alten Menschen aus Büchern vorlesen. Ich bedaure diesen Vorfall zutiefst und hoffe, dass Sie durch mein unentschuldbares Handeln keinerlei Schwierigkeiten hatten. Gezeichnet, Bierlechner, freier Reporter.*

»Der Moratschek, dieser Schlawiner«, sag ich und lege die Zeitung wieder zusammen. Der Papa grinst.

»Jetzt geh, Franz«, sagt er und klopft mir auf die Schulter. »Es ist doch auch dein Hebauf. Geh raus und setz dich zu den anderen dazu.«

Und so geh ich halt raus und setz mich zu den anderen dazu. Der einzige Platz, den ich noch ergattern kann, ist der beim Flötzinger und beim Rudi am Tisch, und die beiden sind offenbar grad in geschäftlicher Mission unterwegs.

»Rudi, jetzt sag ich's dir noch mal«, sagt der Flötzinger und hat dabei einen Tonfall drauf, als würd er eine Predigt halten. »In ein neues Bad zu investieren, das ist das Beste, was du mit deiner Belohnung machen kannst. Zwanzigtausend Euro, Mann! Da kannst du goldene Wasserhähne bekommen. Überleg dir das mal!«

»Flötzinger«, entgegnet der Rudi, und der hat einen Tonfall drauf, als würd er mit einem geistig Verwirrten sprechen. »Ich sag's dir jetzt auch noch mal. Ein allerletztes Mal, wohlgemerkt. Ich wohne in einer Mietwohnung, und da werd ich einen Teufel tun und ein neues Bad einbauen.«

»Aber das kann man doch mit der Miete verrechnen.«

»Ich will es aber nicht!«

»Kein neues Bad?«

»Nein!«

»Dann brauch ich wegen der Heizung vermutlich auch gar nicht erst fragen, oder?«

»Nein!«

Ja, sagt der Flötzinger unter den Klängen von ›Santa Maria‹ dann weiter. Das ist ein Jammer. Grad jetzt könnte er den Auftrag richtig gut brauchen. Weil er morgen nämlich in aller Herrgottsfrüh nach England fährt zu seiner Familie. Die Mary, die hat ihn eingeladen und gesagt, die Kinder hätten Zeitlang nach ihm. Und jetzt hofft er halt, dass auch die Mary ein bisserl Zeitlang hat. Und da wär's eben schon ziemlich gut, wenn er sagen könnte, dass so rein geschäftsmäßig echt der Bär steppt, gell. Aber wurst. Immerhin ist er ja nicht verarmt. Noch nicht. Wenn das allerdings mit dem Unterhalt so weitergeht, dann kann er für nix garantieren. Grad, wo England jetzt auch nicht das billigste Pflaster ist und die Ansprüche seiner Liebsten nicht die geringsten sind.

»Habt's ihr schon einen Hunger?«, will der Leopold nun wissen, der plötzlich hinter mir steht und auf meinen Rücken trommelt.

»Hör bitte zu trommeln auf«, muss ich deswegen sagen.

»Jetzt entspann dich mal, Bruderherz!«

»Hör sofort zu trommeln auf, sonst schieß ich dir eine!«, sag ich, und er hört umgehend auf.

»Wann ist das Spanferkel fertig?«, will der Rudi nun wissen.

»Der Simmerl meint, in etwa vierzig Minuten, höchstens noch eine knappe Stunde«, entgegnet der Leopold und trommelt jetzt auf dem Rudi seinen Buckel.

»Ja, dann sag Bescheid, wenn's so weit ist«, sagt nun der Flötzinger. »Und jetzt zisch ab.«

»Okidoki«, antwortet der Leopold noch und eilt fröhlich von dannen.

»Ich glaub, der hat schon ziemlich einen im Tee«, murmelt der Rudi so vor sich hin, und wir anderen nicken.

Im Sandhaufen drüben spielen die Kinder, wobei das nicht ganz stimmt. Während die Sushi nämlich dabei ist, mit einer Engelsgeduld und geschickten Händen irgendwie eine Sandburg entstehen zu lassen, hat der Paul nix Besseres im Kopf, als das zu verhindern. Ständig latscht er nämlich mit seinem dicken Windelarsch und den krummen Haxen auf dem Kunstwerk seiner Cousine umeinander, haut mit dem Schäufelchen mitten rein oder bewirft die Sushi mit Sand. Eine echte Nervensäge, könnte man sagen. Keine Ahnung, von wem er das hat.

»Manno«, sagt die Sushi irgendwann, steht auf und kommt zu mir an den Tisch. »Der Paul ist ein solches Trampeltier, Onkel Franz. Er macht alles kaputt, was ich baue.«

So nehm ich sie halt mal auf den Schoß.

»Ja, Mäuslein, so ist das mit kleinen Kindern. Da kannst du schon mal üben, wenn du dein Geschwisterchen kriegst.«

»Ich will das Geschwisterchen gar nicht!«

»Nicht? Ich hab geglaubt, du freust dich drauf?«

»Nein, gar nicht. Ich hab doch den Paul. Und dann sind wir zu dritt. Das mag ich nicht, weil man da immer nur streitet. Das weiß ich aus der Kita, da ist es nämlich auch immer so.«

»Uschimaus, komm zu deinem Daddy«, ruft plötzlich der Leopold und kommt in unsere Richtung. Er hat ein Bier in der Hand und schon ein bisschen Schlagseite.

»Muss das sein?«, frag ich deswegen nach. »Grad vor der Kleinen?«

Jetzt knallt er sein Glas auf den Tisch, dass alles nur so schwappt, und die Sushi zuckt ein bisschen. Die Musiker spielen ›Verdammt, ich lieb dich!‹.

»Oh, der Herr Moralapostel«, knurrt er mich nun an. »Was ist dein Problem, Franz? Du genehmigst dir doch selber gern mal einen. Wir haben heut unser Richtfest, verdammt. Wenn das kein Grund zum Feiern ist, was dann? Wie viele Häuser wirst du bauen in deinem Leben? Und die Uschi, die wird das sicherlich überleben, wenn sie ihren Papa mal angedudelt sieht. Was also ist dein verdammtes Problem, Mann?«

Nun eilt die Panida auf uns zu und nimmt mir die Sushi vom Schoß. Schaut den Leopold an wie den Teufel und geht zurück zum Tisch, wo die Mädls grad die Salate herrichten.

»Mein Problem ist«, sag ich nun, »dass ich weder neue Häuser mag noch neue Möbel. Dass ich jetzt bald mit dir in einem Gebäude wohne und eine Gemeinschaftssauna in unserem Gemeinschaftskeller steht. Und dass ich in Zukunft neben meiner eigenen Familie auch noch die deinige ertragen muss. Reicht das fürs Erste?« Der Flötzinger starrt auf die Tischplatte, und der Rudi massiert sich sein Bein. Der Leopold setzt noch zwei-, dreimal zu einer Antwort an, winkt dann ab, nimmt sein Bier und geht endlich wieder.

Dann ist irgendwann auch das Spanferkel fertig, und glücklicherweise verstummen auch die Musiker, weil die wohl ebenfalls der Hunger zum Simmerl treibt. Ich steh mit der Panida in der Schlange, die mittlerweile so dick ist, dass ich mich ernsthaft frage, warum sie nicht rollt. Sie wirkt auch etwas genervt, ob eher von der Schwangerschaft oder vom Gatten, ist allerdings nicht ersichtlich.

»Geht's dir nicht gut?«, muss ich deswegen erst einmal fragen.

»Ich bin ganz schwanger, mein Mann ist besoffen, wir haben gekündigt Wohnung und Haus nix fertig. Aber mach nicht Sorgen. Sonst alles gut«, sagt sie, und ihr Akzent ist einfach umwerfend.

»Wirst schon sehen, es wird schon wieder, Panida.«

»Ich will Haus schnell. Du willst Haus gar nix. Das ich bin traurig.«

»Nein, nein, nein, ich will das Haus schon. Ich will nur den Leopold nicht«, entgegne ich und grinse sie an. Sie grinst zurück.

Jetzt sind wir auch schon an der Reihe, und der Simmerl verteilt die Portionen. Drei Scheiben, nein, vier für mich, zwei für die Panida und eine für die Sushi.

»Friss nicht so viel, Bub«, ruft die Oma zu mir rüber. »Hinterher gibt's noch was Süßes.«

»Was denn?«, ruf ich retour und zuck mit den Schultern.

»Einen Kaiserschmarrn hab ich gemacht Und zwar mit Schlagrahm.«

»Simmerl«, sag ich, und er schaut mich an. »Nimm wieder eine Scheibe runter, sei so gut.«

Ich weiß auch nicht, was heut mit mir los ist, aber obwohl dass dem Simmerl sein Spanferkel ein echtes Schmankerl ist, will mir ums Verrecken kein Bier nicht schmecken. Schon während dem Essen starte ich einen Versuch. Und später bei Einbruch der Dunkelheit noch einen zweiten. Aber nix. Im Grund kann ich noch nicht einmal den Geruch ertragen. Und das ist halt seltsam, wo ich doch sonst eher dazu neige, gern mal zu tief ins Glas zu schauen, anstatt gleich gar nicht. Vielleicht liegt's ja daran, dass es der Leopold zapft. Wer weiß. Inzwischen sitzt auch die Susi bei mir mit dem Paulchen, dafür hat sich der Flötzinger nach vorne zu den Kampftrinkern verzogen. Und wenn ich mir den mal so anschau, dann frag ich mich ernsthaft, wie der morgen in aller Herrgottsfrüh in einen Flieger steigen will.

»Ich bring den Paul ins Bett«, sagt die Susi jetzt und steht auf. »Gibst dem Papa ein Bussi?«

Ja, das macht er natürlich gerne und lange und obendrein ziemlich feucht.

»Lu-wig?«, fragt er mich plötzlich, und so setz ich ihn mal auf meinen Schoß.

»Der Ludwig ist nicht mehr da, Paulchen. Der war alt und müde und ist jetzt im Hundehimmel mit ganz vielen anderen Hunden, weißt.«

Er schaut mich nachdenklich an und bohrt in der Nase.

»Luwig kommt heim?«

»Nein, Schatz. Der Ludwig kommt nicht mehr heim. Aber schau mal, die Mama ist da und die Oma. Der Opa auch und ganz viele andere. Das ist doch auch schön, oder?«

»Luwig müde?«

»Ja, Ludwig müde.«

»Paul auch müde.« Er nimmt den Finger aus der Nase.

»Ja, der Paul ist auch müde. Aber der schläft jetzt und ist morgen wieder putzmunter, weißt.«

Jetzt legt er seinen Kopf an meine Brust, und kurz darauf atmet er tief und ruhig. Als er schließlich leise zu schnarchen beginnt, nimmt ihn die Susi hoch zu sich. Und dann verschwinden die zwei Hübschen durch die Obstbäume hindurch Richtung Wohnhaus.

»Schau«, sagt der Rudi nun, während er den beiden hinterherschaut. »Das ist jetzt genau so ein Moment, wo ich dir neidisch bin, Franz. Du weißt schon, wo wir doch neulich erst geredet haben.«

»Ja, Rudi, ich weiß«, antworte ich, und ausgerechnet jetzt peilt der Leopold den freigewordenen Sitzplatz an. »Und das, Rudi, das ist jetzt genau so ein Moment, wo ich DIR neidisch bin.«

»Herrschaften, Stimmung!«, schreit uns dann der Leopold an und plumpst auf die Bank. »Wir sind doch hier nicht auf einer Beerdigung, oder?«

»Doch, irgendwie schon«, sag ich und nehm einen Schluck von meiner Apfelschorle.

»Du regst mich wahnsinnig auf, Franz. Weißt du das? Ich könnte platzen vor Wut!«

»Tu dir keinen Zwang an.«

»Weißt du, was ich grad am allerliebsten tun würd? Weißt du das? Am allerliebsten würde ich mich in diesen Bagger da vorne reinsetzen und den verdammten Neubau niederwalzen. Und zwar direkt vor deinen Augen!«

»Tu dir keinen Zwang an«, sag ich wieder. Nun steht er wutentbrannt auf und rennt Richtung Bagger.

»Das tut er jetzt nicht, oder?«, fragt der Rudi.

»Nein, nie im Leben.«

›Er hat ein knallrotes Gummiboot‹ spielt die Musik, während der Leopold nun auf das Fahrzeug kraxelt.

»Doch, er tut es«, sagt der Rudi.

»Nein.«

Der Motor wird gestartet.

»Doch, doch, er tut es.«

»Never!«

Dann gibt der Leopold Gas, rattert gegen die Mauern, und ich trau meinen Augen kaum. Legt den Rückwärtsgang ein und startet das ganze Spielchen von vorne. Und wie ich endlich bei ihm am Führerhaus ankomm, da sind der Papa und auch der Simmerl schon dort, und der Leopold will grade das vierte Mal durchstarten. Diesmal aber können wir ihn noch daran hindern. Weinend steigt er dann aus seinem Sitz, wirft sich dem Papa an den Kragen und sagt, dass ihm fürchterlich schlecht ist. Anschließend wandern diese zwei Richtung Wohnhaus, dafür kommt die Susi wieder zurück. Und sie ist nicht weniger entsetzt, als es alle anderen sind. Aber nur kurz. Weil sich nämlich die ganze Aufregung schlagartig verlagert. Und zwar vom Leopold seiner Person auf die von der Panida. Weil der gerade die Fruchtblase geplatzt ist.

»Franz«, schreit mich die Oma an. »Bei der Panida geht's

los. Du musst sie ins Krankenhaus fahren. Der Leopold kann nicht, der ist ja sternhagelvoll.«

So vorsichtig, doch auch so schnell wie möglich wird die gebärende Schwägerin dann ins Auto verfrachtet, und schon düs ich los. Die Susi kommt auch mit und hält ihr das Händchen, und dank Blaulicht und Sirene treffen wir kurze Zeit später in der Notaufnahme ein.

Viel später, wie endlich der Leopold im Morgengrauen einigermaßen ausgenüchtert, mit einer leichten Fahne und ziemlich käsig um den väterlichen Zinken herum bei uns im Krankenhaus erscheint, da hat sein Sohnemann schon längst das Licht der Welt erblickt. Liegt dort auf der Brust seiner Mutter und zwinkert aus seinen winzigen Sehschlitzen heraus. Schön ist das.

»Großer Gott«, flüstert der stolze Herr Papa jetzt und fängt schon wieder an zu heulen. »Das … das hast du großartig gemacht, Panida. Und ich schäme mich so.«

»Du nicht schämen, Leopold. Du besser Zähne putzen. Dein Sohn sonst denkt, Papa ist Bierfass«, sagt sie und streichelt ihm über die nassen Wangen.

»Es ist ein Bub?«, fragt er, wird jetzt noch rührseliger, und die Mama nickt.

»Ja«, sag ich nun und steh auf. »Dann herzlichen Glückwunsch, Leopold. Wie soll er denn heißen, der Filius?«

»Was hältst du von Franz, Franz?«, antwortet er, lässt von seiner Gattin ab und wendet sich an mich.

»Ja, das hat die Panida auch schon gesagt. Aber es ist dein Sohn, Leopold. Also solltet ihr eher mal überlegen, ob er vielleicht Leopold heißt. Das ist ein schöner Name.«

»Aber immerhin bist du an ihrer Seite gewesen und nicht ich. Und das werd ich mir mein Leben lang nicht verzeihen.«

»Die Susi ist an ihrer Seite gewesen, und ich finde, die zwei

Mädls haben das echt super gemacht«, sag ich und blick dabei zu ihr rüber. Sie schaut todmüde aus, nimmt grad einen Schluck Kaffee aus dem Plastikbecher, steht dann ebenfalls auf und gratuliert ganz herzlich.

»Auf ein Wort«, sagt der Leopold noch, wie wir eigentlich grad aufbrechen wollen. Es ist schon gleich acht in der Früh, und ich will eigentlich nur noch heim und ins Bett. Trotzdem begleite ich ihn kurz in den Korridor hinaus, was will man einem frischgebackenen Vater schon abschlagen?

»Franz«, sagt er draußen und schaut aus dem Fenster. »Weißt du, heute ist ein sehr wichtiger Tag in meinem Leben. Und drum will ich mich entschuldigen für … Na ja, für das von gestern. Es war einfach nur dämlich von mir, in das Haus reinzubrettern. Zum Glück ist ja gar nicht so arg viel passiert.«

»Dann passt ja alles.«

»Nein, jetzt lass mich gefälligst einmal ausreden, Mensch. Heute ist praktisch ein Neuanfang. Für meine Familie und mich. Und vielleicht kann es ja auch für dich einer sein. Du denkst immer, alles soll bleiben, wie es ist, dann kann ja nicht allzu viel schiefgehen, nicht wahr? Aber woher willst du das eigentlich wissen? Wenn du nie etwas Neues ausprobierst, Franz, dann wirst du auch nie was dazulernen. Oder was erfahren. Erfahrungen kommen von Veränderungen, das ist nun mal so. Und freilich kann es auch schlechte Erfahrungen geben, ganz klar. Aber schlechte Erfahrungen sind allemal wertvoller als gar keine. Lass dir das mal durch den Kopf gehen. Und noch was, Franz, ich hab dich echt lieb. Ganz ehrlich, das tu ich. Mit all deinen Macken. Ob du das nun hören willst oder auch nicht.«

»Eher nicht«, sag ich. Dann umarmen wir uns. Er stinkt noch immer wie ein Iltis, was aber in Anbetracht der aktuellen Liebeserklärung eher zweitrangig ist.

Auf dem Weg zum Ausgang treffen wir dann noch auf den Herrn Kitzeder, der seine geistlichen Dienste heute offenbar den Patienten zur Verfügung stellt. Es sei ihm sehr wichtig, gerade den Schwerkranken zur Seite zu stehen und ihre Angst ein wenig zu schmälern. Wie er fertig ist, seine Arbeitsauffassung mit uns zu teilen, hab ich das Bedürfnis, ihn auch über meine letzten Tage zu informieren. Grad so dienstlich gesehen. Er hört aufmerksam zu, hält sich das Kinn, und das eine oder andere Mal schüttelt er ungläubig das geistliche Haupt.

»Na ja, wie dem auch sei«, sag ich abschließend und will mich schon zum Gehen abdrehen. »Ich hoffe, dass das Unglück, das der Simone widerfahren ist, zumindest dazu geführt hat, dass bei Ihnen zuhause wieder Ruhe einkehrt.«

»Ein frommer Wunsch, Herr Kommissar. Ein frommer Wunsch. Doch glauben Sie mir, die Verantwortung für all die Streitereien bei uns zuhause sind nie an meiner Simone gelegen. Die war ohnehin viel zu gut für diese Welt. Leben Sie wohl«, sagt er noch und eilt dann steten Schrittes den Korridor entlang.

Wie uns am Nachmittag die Oma aufweckt und wir aus den Federn schauen, hab ich irgendwie gleich so saugute Laune, das kann man kaum glauben. Die Morde sind aufgeklärt, der Rudi weit und breit nicht zu sehen, und der Leopold ist in unseren Neubau gerast, was den Umzug zumindest ein klein wenig nach hinten rausschiebt. Und die Susi ist hier und das Paulchen.

»Mann, war das eine Nacht!«, brummt sie nun in ihrem Pyjama und mit den dicken Socken so vor sich hin. »Ich glaub, ich werd heut liegen bleiben.«

»Nix da«, sag ich und spring aus den Kissen. »Jetzt wird geduscht und gefrühstückt, und dann fahren wir mit dem Paul rüber zum Tierheim.«

»Ist das dein Ernst?«, fragt sie und ist plötzlich hellwach.
»Selten war mir was ernster, Susi.«

Und schon am Abend schnüffelt sich ein beinkranker Mischling durch den Saustall hindurch und findet prompt den direkten Weg zum Schaffell vom Ludwig. Keine Sekunde lang hat es irgendeinen Zweifel gegeben, dass es ausgerechnet und unbedingt akkurat dieser Hund sein muss. Auch meiner Susi war das umgehend klar. Nur die Mädls vom Tierheim, die waren zunächst überrascht und hinterher hocherfreut. Am meisten aber freut sich das Paulchen grad über das neue Familienmitglied. Er hockt nämlich zunächst japsenderweise ganz dicht daneben, kuschelt sich dann auf das Fell, und schließlich dösen alle zwei weg.

»Das Hundemädchen sollte einen Namen kriegen«, sagt die Susi und öffnet eine Flasche Wein.

»Sie heißt Hinkelotta.«

»Hinkelotta? Ja, das passt«, sagt sie, füllt die Gläser, und wir prosten uns zu.

Die Geschichte vom Ludwig

R. I. P. Ludwig
Jetzt hat er ja sterben müssen, dem Franz sein Ludwig. Aber so ist halt das Leben, der eine kommt und der andere geht. Das ist auch in Büchern nicht anders. Was könnte man schon erzählen, wenn immer alles beim Alten bliebe?
Als kleines Trostpflaster haben wir euch noch eine alte Geschichte drangehängt. Und es ist auch eine schöne Geschichte, wie ich finde. Die nämlich, wie der Franz zu seinem Ludwig kam. Damals, vor ganz, ganz vielen Jahren.

Die Oma hat eine Riesenüberraschung für mich. Sie plant seit Wochen umeinander. Meinen dreißigsten Geburtstag will sie feiern. Mit allem Pipapo. Und sie denkt natürlich, ich weiß von nix. Aber ich weiß alles. Da hab ich als Polizist schon berufsbedingt ein Näschen dafür. Ja, ich weiß alles.

Und es ist furchtbar.

Gleich wie ich aus dem Streifenwagen steig, kann ich es schon sehen. Der ganze Hof ist voll. Rappelvoll würd ich mal sagen. Sie steht mittig, die Oma. Nicht, dass man sie sehen␣tät, das nicht. Dafür hört man sie gut.

»Happy Birthday!«, schreit sie aus Leibeskräften. Und alle anderen natürlich gleich mit.

Die Oma kommt auf mich zugewatschelt, stellt sich auf die Zehenspitzen und schlenzt mir die Wange.

»Ja«, sagt sie. »Jetzt ist es aus mit deiner Jugend, gell. Aus und vorbei. Für immer und ewig. Wunderbare Schuhe hast du. Sind die neu?«

Ich nicke.

Nagelneu sind die. Und schweineteuer. Seit Wochen schau ich sie mir im Schaufenster an. Und heut hab ich zugeschlagen. Sozusagen als Geburtstagsgeschenk. Vom Franz für den lieben Franz. Zum Dreißigsten halt.

Der Papa kommt mir entgegen und drückt mich.

»Alles Gute, Franz«, sagt er. »Wird ja langsam Zeit, dass du ans Heiraten denkst. Jetzt, wo du schon den dritten Nuller feierst.«

Er deutet mit dem Kinn so was von auffällig zur Susi rüber, und die wird rot wie ein Ferrari.

Ganz aufs Kommando ertönt jetzt der Schneewalzer. Gespielt wird der von der Blaskapelle Niederkaltenkirchen. Ich hasse Blasmusik.

Einer nach dem anderen überbringt mir dann seine Glückwünsche, die ich wegen dem Walzer nicht hören kann, und Geschenke, die ich mit Sicherheit nicht haben will. Es ist erbärmlich. Und bloß wegen der Null. Um die anderen Geburtstage macht doch auch niemand ein Geschiss. Keine Ahnung, wer sich diesen Schmarrn mit der Null ausgedacht hat.

Jetzt rollt der Simmerl in den Hof mitsamt seiner lustigen Metzgersgattin Gisela. Die beiden steigen einträchtig aus dem Lieferwagen und laden ein Spanferkel aus, das geruchstechnisch gleich den ganzen Hof beschlagnahmt. Mir trieft der Zahn.

»Geh, Liesl«, schreit die Oma ihre Busenfreundin, die Mooshammer Liesl, an, als wäre die taub und nicht sie selber.

»Hilf mir beim Raustragen!«

Die Liesl gehorcht auf der Stelle, und beide wandern Richtung Küche, um Augenblicke später mit Bergen von Knödeln und Eimern voll Kraut zurückzukommen. Im Handumdrehen hockt die komplette Geburtstagsgesellschaft auf den Bierbänken und lechzt nach Essen. Der Simmerl und die Gisela verteilen das Fleisch, die Oma bringt die Knödel, die Liesl das Kraut und der Papa die Soße. Ich krieg natürlich die erste Portion, so wie es sich gehört.

Alles wär jetzt wunderbar gewesen, wenn nicht irgendjemand nach Bier gerufen hätte. »Du, Franz, magst so gut sein und die Gäste mit Bier versorgen?«, fragt mich der Papa. »Wirst ja nicht jeden Tag dreißig.«

Der Franz mag nicht, aber was bleibt ihm auch anderes übrig?

Nach dem zeitintensiven Ausschank ist mein Essen freilich kalt. Schmecken tut es aber trotzdem. Oder tät es, wenn nicht akkurat in dem Moment der Flötzinger gekommen wär.

Der Flötzinger hat seine Mary dabei. Die ist hochschwanger und kann kaum noch laufen, und irgendwie befürchte ich, dass sie hier gleich platzen wird.

»Entschuldige, wenn wir zu spät sind, aber du siehst es ja selber«, sagt er mit einem Blick auf die werte Gattin. »Es ist ein Theater mit dieser Schwangerschaft, das kannst dir nicht vorstellen. Allein bis die Mary angezogen ist. Dann muss sie aufs Klo. Oder ihr wird wieder mal schlecht, und dann muss sie kotzen ...«

»Erspar mir die Details«, unterbrech ich ihn.

Die beiden nehmen Platz und werden mit Essen und Bier versorgt.

»Du, Franz, sei doch so gut und bring für die Mary ein Wasser. Weil Bier ... du verstehst«, sagt der Flötzinger, grad wie ich in mein kaltes Ferkel beißen will.

Ich steh auf und hole ein Wasser. Unterwegs fragt mich ein Mensch im Nadelstreif, den ich noch nie in meinem Leben gesehen hab und der unserer wunderbaren Sprache nicht mächtig ist, nach dem Klo. Ein Preuße wahrscheinlich, trotzdem zeig ich ihm den Weg.

Wie ich an meinen Platz zurückkomm, ist mein Teller weg. Das alternde Personal in Form von der Oma und der Liesl war fleißig und hat bereits die Tische abgeräumt. Schließlich muss ja alles ordentlich sein an so einem Geburtstag. Schon gleich, wenn's ein runder ist. Mein Magen knurrt, jetzt wird der Radetzkymarsch geblasen, und nur die Hoffnung auf die baldige Kuchenorgie lässt mich ausharren.

»Mir ist schlecht«, sagt die Mary und hält sich den Bauch.

»Das ist kein Wunder, du hast ja gefressen wie ein Schleuderaffe«, sagt ihr Gatte wenig mitfühlend.

Ein Auto rast in den Hof.

Selbst als Stockblinder hätt ich gewusst, dass es der Leopold ist, der nun einfällt.

»Bruderherz, lass dir gratulieren, alte Wursthaut!«, schreit er schon beim Aussteigen. Aber anstelle meiner umarmt er natürlich zuallererst den Papa. Der hat Tränen in den Augen. Ja, das war klar. Dann überreicht mir mein Bruder, die alte Schleimsau, ein Päckchen. Das Geschenkpapier ist mit Polizeiautos bedruckt. Der Papa findet das originell.

»Pack aus, Franz«, sagt er. »Aber pass auf das schöne Papier auf, gell. Vielleicht kannst dir da ein Poster draus machen.«

Ich zerreiß es genau in der Mitte. Es sind zwei Bücher, die ich der wertvollen Verpackung entnehme. ›Die Last des Zweitgeborenen‹ und ›Auf dem Weg zum Mann‹ les ich da.

Der Leopold hat ein großes Glück, dass just in diesem Augenblick ein zweiter Wagen in den Hof fährt und den Birkenberger Rudi beinhaltet. Der Rudi ist mein Kollege, mein langjähriger Freund und der einzige Geburtstagsgast, dessen Anwesenheit mir tatsächlich Freude bereitet.

»Franz, alte Wursthaut!«, ruft er schon aus dem Seitenfenster, steigt aus und kommt mir gleich mit ausgestreckten Armen entgegen.

»Neue Schuhe? Sehr schick, sehr schick, wirklich. Du, ich hab eine Überraschung für dich«, sagt er. »Zu deinem Dreißigsten.« Eigentlich lege ich keinen gesteigerten Wert auf weitere Überraschungen. Er geht zum Auto zurück und krabbelt auf den Rücksitz. Wurstelt eine Zeitlang herum und kommt schließlich mit einer Wolldecke wieder zum Vorschein.

Er schenkt mir eine Wolldecke? Großartig. Sie ist rosa.

Und er hat sie noch nicht einmal eingepackt.

»Toll, eine Wolldecke«, sag ich.

»Geh, Depp! Ich schenk dir doch keine Wolldecke«, sagt der Rudi. »Wirf doch mal ein Auge rein!«

Und so werf ich ein Auge rein. Und irgendjemand wirft ein Auge raus. Das ist unheimlich. Der Rudi entfernt behutsam die Decke, und zum Vorschein kommt ein Hund. Besser gesagt, ein Welpe. Wobei eigentlich das Wort Welpe gar nicht passt. Einfach zu groß, das Tier. Aber eindeutig ein Hund. Fein, der Birkenberger bringt einen Hund mit zu meiner Megaüberraschungsgeburtstagsfeier. Und weswegen?

»Warum bringst du einen Hund mit?«, frag ich, weil ich's wirklich nicht weiß.

»Das ist dein Geburtstagsgeschenk, Mensch! Freust du dich nicht? Die Hündin von meiner Schwester hat grad geworfen, und da hab ich gedacht …«

»Die Hündin von deiner Schwester hat geworfen und wusste nicht, wohin mit den Viechern. Und du marschierst los und verteilst sie unter deinen Freunden? Du bist abartig!«, sag ich und dreh mich ab.

»Also, das ist jetzt gemein …«, kann ich grad noch hören, und schon werd ich überrannt. Von meiner eigenen Geburtstagsgesellschaft. Weil halt alle diesen blöden Köter entdeckt haben und ihn ums Verrecken streicheln müssen.

Die nächsten zehn Minuten heißt es nur noch: »Mei, süß«, »Schau mal die Äuglein«, »Das Näslein«, »Das Pfötlein«! Die übernächsten zehn Minuten geht's so weiter.

Dann wird zum Glück das Kuchenbüfett eröffnet. Die Blaskapelle spielt einen Tusch. Der Seniorenservice schleppt Schwarzwälder und Erdbeersahne an, Käsekuchen und Donauwellen und Schüsseln mit Bergen von Schlagrahm. Zum krönenden Abschluss gibt's einen Pumucklkuchen mit einem Haufen Kerzen drauf.

So einen Kuchen hat mir die Oma einmal gemacht, da war ich acht oder neun. Und ich hab ihn geliebt, damals. Weil er zuckersüß war und knallbunt. Seitdem bekomm ich ihn jedes Jahr. Jetzt bin ich dreißig. Jetzt hasse ich ihn. Weil er zuckersüß ist und knallbunt und ich Zahnweh krieg davon.

Ich blas die dreißig Kerzen aus, was tosenden Applaus zur Folge hat.

So schnell kann ich gar nicht schauen, wie die Oma mir ein Riesenstück vom süßen Albtraum serviert.

»Da, Bub. Dein Lieblingskuchen«, sagt sie.

Der Leopold wirft einen Blick auf meinen Teller und sagt: »Du bist ja pervers!«

Der Flötzinger kommt und sagt, dass es der Mary jetzt wirklich schlecht ist, und sie gehen ein paar Schritte.

Um die Hundeflüsterer ist es wieder ruhiger geworden.

Der Kuchen treibt die Herde an die Näpfe zurück.

»Die Donauwellen sind ein Gedicht, aber jetzt zerreißt es mich gleich«, sagt der Simmerl mit vollem Mund, legt die Kuchengabel beiseite und streicht sich genüsslich über seinen Knödelfriedhof.

»Ein Gedicht!«, bestätigt seine dicke Gisela und hievt sich ein weiteres Schäufelchen hinter die Kiemen.

»Was ist denn das für einer?«, will sie wissen und deutet auf meine Ration.

»Pumucklkuchen«, sag ich stochernderweise. Mir schmerzen die Zähne.

»Pumucklkuchen, soso«, sagt die Gisela. »Zum Dreißigsten.«

Der Preuße schlendert mit seinem Teller über den Hof. Darauf liegen sage und schreibe vier Stück Kuchen. Ich seh, wie er den Rudi entdeckt, der am Boden kniet und den blöden Hund krault. Dieser hebt neugierig das Köpfchen und schaut den Nadelstreif an. Dann beginnt er zu knurren. Was bei einem so winzigen Exemplar natürlich lächerlich ist. Aber immerhin zieht sich der Preuße umgehend zurück. So blöd ist das Vieh vielleicht gar nicht.

Der Blaskapellmeister klatscht in die Hände und genießt sofort die ungeteilte Aufmerksamkeit.

»Auf besonderen Wunsch vom Leopold spielen wir nun ein Lied von den Beatles. Für den Papa«, sagt der Blaskapellmeister.

»Und zum Franz seinem Dreißigsten.«

Ja, ›Yellow Submarine‹ ist genau das, was mir noch gefehlt hat. Ich geh mal lieber aufs Klo. Mich drückt die Blase, weil das Einzige, was ich bislang zu mir genommen und genossen habe, Bier war.

Auf dem Weg dorthin stoß ich auf den Papa, der hinterm Holzstoß hockt, mit dem Rücken zu mir, und einen Joint raucht.

»Herrschaft, Papa«, sag ich. »Geh doch wenigstens in den Garten hinter, eh dich noch jemand sieht.«

Er dreht sich um und schaut mich mit glasigen Augen an.

»Heut ist der Todestag von deiner Mama, Franz. Heut vor dreißig Jahren ...«

Ich klopf ihm auf die Schulter und hab einen Knödel im Hals. Er steht auf, zuckt kraftlos mit den Schultern und wandert hinter in den Garten. ›Yellow Submarine‹ bläst es vom Hof her.

Drei Leute stehen vor der Klotür, wie ich hinkomm. Alles drei Frauen. Ich schau so durchs Fenster und kann sehen, wie sich die Männer am Gartenzaun erleichtern. Weil's eh schon wurst ist, tu ich's ihnen gleich.

»Erkennst du mich nicht mehr?«, sagt plötzlich mein Nebenbisler. Es ist der Preuße. Den hab ich grad noch gebraucht.

Die Blaskapelle spielt ›Warum schickst du mich in die Hölle?‹, und alle singen mit.

Ich schüttle den Kopf. »Nein«, sag ich. »Müsst ich dich kennen?«

»Du bist ja gut! Wir waren doch Banknachbarn in der ersten Klasse. Ich bin der Eduard.«

»Aha«, sag ich.

Wir wandern gemeinsam den Bierbänken entgegen, und ich kann mich beim besten Willen nicht mehr an ihn erinnern. Aber er klebt jetzt an mir wie eine Warze, und im Nullkommanix erfahr ich, dass ihn die Oma ausfindig gemacht und eingeladen hat. Und das eine oder andere Detail aus seinem unverschämt erfolgreichen Leben erzählt er mir auch noch. Also so wie in der Reklame von der Sparkasse halt: mein Haus, mein Auto, mein Pferd. Was an sich schon schlimm genug ist. Den Schmarren aber in einer schier unerträglichen Sprache hören zu müssen setzt dem Ganzen die Krone auf. Hilfesuchend schau ich über den Hof.

Da, der Rudi! Mein Retter.

»Du, äh ... Dings ...«, sag ich.

»Eduard!«

»Genau, Eduard, entschuldige, aber ich muss dort kurz hin.«

Und ich lauf zum Rudi rüber, dass der Kies nur so fliegt.

»Hat er dich genervt, der Typ«, fragt der Rudi mit leicht beleidigter Stimmfarbe.

»Ja, unglaublich.«

»Aha. Da bin ich dir auch wieder recht, gell?«

Ich verdreh nur die Augen, weil mir jetzt nach allem anderen als nach mimosenhaften Vorhaltungen ist.

»Der Hund mag ihn auch nicht«, sagt der Rudi mit Blick auf das Fellknäuel.

»Kluger Hund«, sag ich.

»Gell, und …«, freut sich der Rudi. Aber völlig vergeblich.

»Vergiss es!«, unterbrech ich ihn gleich. »Pack ihn ein und bring ihn deiner Schwester zurück. Ich mag keine Hunde. Und den schon erst recht nicht.«

»Wieso den erst recht nicht?«

»Keine Ahnung. Ich mag ihn einfach nicht. Pack ihn ein und bring ihn dorthin, wo du ihn her hast!«, sag ich und geh mal den Flötzingers entgegen, die grad wieder in den Hof reinwanken.

»Geht's besser?«, frag ich die Mary. Sie nickt zaghaft.

»Ja, das kann sich von Sekunde zu Sekunde ändern«, sagt der Flötzinger. »Aber vielleicht setzen wir uns erst mal ein bisschen zusammen. Wir haben ja noch kein Wort miteinander gewechselt mit dem runden Geburtstagskind, gell. Kümmerst dich schnell um die Mary, Franz? Und ich hol uns derweil ein Bier.«

Er geht und holt Bier. Wir setzen uns nieder.

»Habt ihr denn schon einen Namen fürs Baby?«, frag ich, weil mir sonst auch nix einfällt.

»Ja, freilich«, sagt die Mary mit ihrem wunderbaren englischen Akzent. »Wenn es ein Mädchen wird, heißt sie Clara-Jane. Und ein Junge wird ein Ignatz-Fynn.«

»Ignatz-Fynn. Soso. Da wollen wir doch mal hoffen, dass es ein Mädchen wird«, sag ich, und gleich ist es mir peinlich.

Die Mary lächelt trotzdem. Aber nur ganz kurz. Dann muss sie kotzen. Genau auf meine nagelneuen Schuhe. Anschließend platzt ihr die Fruchtblase.

Wie man sich vielleicht vorstellen kann, ist im Nullkommanix ein Tohuwabohu am Hof, das kann man gar nicht erzählen. Weil, wenn etwa fünfzig Besoffene oder Teilbesoffene versuchen, Erste Hilfe zu leisten, Hebamme zu spielen oder wenigstens einen Sanka zu rufen, ist das schon ein Theater. Wenn dann aber der Vater in spe noch ohnmächtig wird und auf den Kies knallt, macht das überhaupt keinen Spaß mehr. Nicht den geringsten. Ich erspare uns hier die Einzelheiten, bis dahin, wo endlich die werdenden Eltern im Sanka verstaut und auf dem Weg ins Krankenhaus sind. Anschließend machen sich alle mehr oder weniger verwirrt auf den Heimweg. Alle außer dem Preußen. Der will mir nämlich jetzt eine Versicherung andrehen.

»Da hattest du doch gerade das beste Beispiel, Franz. Das, was eben hier passiert ist, zeigt uns deutlich, wie das so ist im Leben, nicht wahr. Man kann gar nicht gut genug versichert sein, verstehst du«, sagt er und zieht aus einem Aktenordner unterm Tisch stapelweise Papiere heraus.

»Hier zum Beispiel ...«

Irgendetwas stimmt hier nicht. Der Hof ist leer, und wir sitzen zu zweit an einem der Biertische, und trotzdem kommt von irgendwoher ein sonderbares Geräusch.

»Pssst!«, unterbrech ich den Versicherungsverbrecher, steh auf und geh ein paar Schritte. Ich lausche und suche, und hinter dem Holzstoß werd ich endlich fündig. Der Rudi, dieser Pharisäer, hat mir doch tatsächlich das blöde Vieh hiergelassen! Ich geh also hin und nehm es auf den Arm.

Sein Köpfchen versteckt sich in meiner Ellbeuge.

»Lass doch mal den Köter beiseite«, sagt der Preuße. »Können wir endlich hier weitermachen?«

Der Welpe beginnt zu knurren, gleich wie er diese Stimme hört. Kluger Hund.

»Nein, können wir nicht«, sag ich. »Ich hab heute Geburtstag. Einen runden. Und du packst jetzt hurtig dein Geraffel zusammen und schleichst dich, kapiert?«

Das Hündlein hört erst auf zu knurren, wie der Wagen aus dem Hof fährt.

In der Küche treff ich noch auf die Susi. Sie hat ein bisschen abgewaschen und aufgeräumt, sagt sie, und dabei stellt sie ein paar Teller in den Schrank.

»Ich gehe wohl auch lieber mal. Das mit dem Heiraten wird ja heute nix mehr, oder?«, grinst sie mir hinterher.

Ich schüttle den Kopf. »Na, für heut reicht's mir mit der Feierei.«

»Ein andermal?«

»Ein andermal!«, sag ich und hau ihr zum Abschied auf den knackigen Hintern.

Ich kann noch kaltes Spanschwein finden. Das essen wir zwei im Hof, der Welpe und ich. Und ich mach mir ein Bier auf und schau in den Sternenhimmel. Wunderbar. Einen Namen brauchen wir, Hündchen, einen Namen … Für einen, der loszieht, um die Preußen zu vertreiben. Für einen echten Bayern halt.

»Ludwig!«, sag ich, und der Hund hebt gleich sein Köpfchen.

Ludwig ist ein großartiger Name für einen klugen Hund. Dann läutet mein Diensttelefon. Ein Autounfall hier ganz in der Nähe. Ja, da hilft alles nix. Geburtstag hin oder her. Weil Dienst ist Dienst. Und es ist schon ein Scheiß-Stress bei der Polizei. So wandern wir los, der Ludwig und ich.

Glossar

Erdbeeren brocken — Erdbeeren zupfen oder pflücken. Wenn man das Glück hat, eigene Früchte im Garten zu haben, dann brockt man sie bevorzugt dort. Ansonsten tut man das auf einer der zahllosen Erdbeerplantagen, wo man so viel essen kann, wie man möchte, während man erntet. Und meistens hat man dann schon so dermaßen viele genascht und dementsprechend die Nase voll davon, dass man hinterher wochenlang keine einzige Erdbeere mehr sehen kann.

Griffel — Finger, Hände oder Pfoten. Das Wort Griffel benutzt man gern, wenn dieselbigen irgendwo sind, wo sie ums Verrecken nicht hingehören.

Hafen — Ein Hafen ist ein Topf oder Tiegel der größeren Sorte, der bevorzugt zur Zubereitung diverser Speisen im Ofen benutzt wird.

Hebauf — Der Hebauf ist das Richtfest. Also praktisch der Moment, wo der Zimmermann den Dachstuhl fertig hat und dort an der obersten Stelle einen Richtbaum aufstellt und sein Verserl aufsagt. Dieses Fest ist rein kulinarisch gesehen immer sehr rustikal und ein wenig kalorienlastig, und hinterher sind die Anwesenden immer ziemlich besoffen. Die meisten jedenfalls.

Leftutti Der Leftutti (ausgesprochen Läfdudde) ist ein gutmütiger Zeitgenosse, der gern als Hanswurst abgetan wird. Ursprünglich kommt der Begriff wohl von den Italienern der 1950er-Jahre, die sich mit dem Spruch »Lavoro tutti« – »Ich übernehme jede Arbeit« hierzulande um Arbeit bemüht haben.

Sich darennen So lustig sich dieser Begriff vielleicht anhört, er ist alles andere als das. Wenn sich jemand darennt, dann fährt er mit seinem Auto meistens gegen einen Baum oder Brückenpfeiler. Absichtlich oder nicht. In jedem Fall ist er hinterher tot. Es sei denn, sein Schutzengel ist nicht im Winterschlaf …

Unfallmarterl Und wenn sich jemand darennt, der liebe Hinterbliebene zurücklässt, dann stellen diese am Unglücksort eben gern ein Marterl auf. In den meisten Fällen ist es ein Kruzifix mit oder ohne Korpus, und häufig gesellen sich Blumen und Kerzen dazu. Es ist ein Ort der Trauer und der Erinnerung an einen geliebten Menschen.

Wadeln hinter binden Wenn man jemandem die Wadeln hinter bindet, dann hilft man ihm in die Puschen. Oder sorgt dafür, dass er endlich in die Gänge kommt. Oder man macht ihn schlicht und ergreifend zur Sau.

Zeitlang haben Könnte man vielleicht mit »vermissen« übersetzen, aber dann doch nicht so recht. Weil Zeitlang haben noch ein bisschen weiter unten im Körper stattfindet. Wenn man jemanden oder etwas vermisst, dann ist es eher so in der Höhe des Herzens. Beim Zeitlang haben ist es mehr so um die Magengegend herum. Und rein vom Gefühl her ist es auch weniger schmerzhaft, sondern hat vielmehr einen vielleicht melancholischen Charakter oder so.

Aus dem Kochbuch von der Oma, anno 1937

Bohneneintopf mit Speck

1 Zwiebel klein hacken und anbraten. 250 Gramm Schinkenspeck, 250 Gramm Karotten und 4 Kartoffeln würfeln und kurz mitbraten. Mit Fleischbrühe ablöschen. 500 Gramm grüne Bohnen (auch tiefgefrorene) dazugeben und 15 bis 20 Minuten köcheln lassen. Mit Pfeffer und Bohnenkraut abschmecken und einen Schuss saure Sahne oder Crème fraîche unterheben.

Nudelauflauf

500 Gramm Hackfleisch, 2 Knoblauchzehen, 1 Zwiebel und 1 Karotte (alles kleingewürfelt) in einer Pfanne anbraten. Je nach Geschmack kann Speck oder können Pilze zugegeben werden. In der Zwischenzeit die Nudeln in reichlich Salzwasser einige Minuten vorkochen, so nehmen sie im Ofen die Soße besser auf. Den Inhalt der Pfanne nun mit je 1 Tasse Brühe und Rahm aufgießen und mit Salz und Pfeffer abschmecken. Anschließend Nudeln und Soße abwechselnd in eine Reine geben und dazwischen immer geriebenen Käse verteilen. Mit der Soße beginnen und mit Käse aufhören. Die Reine wird dann bei 180 Grad ca. 20 Minuten gebacken. Dazu reicht man Salat.

Das Beste am Nudelauflauf ist neuerdings, dass auch unser Paulchen total scharf darauf ist. Weil er sich die Nudeln nämlich ganz allein in den Mund schieben kann und er hinterher noch minutenlang einen Riesenspaß daran hat, sich die Käsefäden von seinen winzigen Fingern zu zupfen.

Auszogne

1 Würfel zerbröckelte Hefe mit 1 TL Zucker in 200 ml warmer Milch auflösen und an einem warmen Ort ca. 15 Minuten gehen lassen. 500 Gramm Mehl sieben und mit 1 Prise Salz, 50 Gramm Zucker und ein wenig Zitronenabrieb mischen. 2 Eier und 70 Gramm zimmerwarme Butter zugeben. Die Hefemilch zufügen und so lange kneten, bis sich der Teig vom Schüsselrand lösen lässt. Sollte er kleben, ein wenig Mehl zugeben. Weitere 30 Minuten abgedeckt warm stellen. Nochmals gut durchkneten und danach auf einem bemehlten Backbrett zu einem ca. 1 cm dicken Fladen ausrollen. Daraus ca. 7 cm große Kreise ausstechen und mit der Hand oder wie ursprünglich über dem Knie zu runden Fladen ausziehen. Die Mitte sollte hauchdünn sein. Wieder 30 Minuten gehen lassen. Nun in reichlich Butterschmalz ausbacken und auch untertauchen, bis sie von beiden Seiten goldbraun sind. Mit Zucker bestreuen und am besten noch warm genießen.

Bei den Auszognen dagegen, da mag der Paul nur den Zucker. Den lutscht er dann ganz inbrünstig runter, und wenn er schließlich am Teig angelangt ist, da verzieht er sein Goscherl und will ein neues Gebäck. Aber freilich ist da schon längst nix mehr da. Ja, da muss er noch viel lernen, der kleine Scheißer. Weil, was die Essensgewohnheiten bei den Eberhofers betrifft, da muss man auf Zack sein, verstehst.

Krautwickerl

Einen mittelgroßen Spitzkohl oder Weißkohl mit einer Gabel kurz in kochendes Salzwasser halten, danach lassen sich die Blätter gut vom Strunk trennen. Blätter waschen und trocken tupfen. Für die Füllung werden 400 Gramm gemischtes Hackfleisch, 2 Eier, eine eingeweichte und ausgedrückte Semmel mit 1 EL kleingehackter Zwiebel sowie 1 EL kleingehackter Petersilie gemischt und mit Majoran und Pfeffer gewürzt. Die Masse in die Kohlblätter rollen und mit Zahnstochern fixieren. Die Wickerl werden nun von allen Seiten scharf angebraten. Danach mit Brühe ablöschen und 2 Karotten zufügen. Etwa 30 Minuten köcheln lassen und bei Bedarf etwas Flüssigkeit zugeben. Vor dem Servieren mit Salz und Pfeffer abschmecken. Besonders fein schmeckt ein Kartoffelstampf dazu oder einfach Salzkartoffeln.

Kaiserschmarrn

Der war zwar schon einmal als Rezept in einem Eberhofer-Krimi vertreten. Allerdings ist es aus titeltechnischen Gründen unumgänglich, dass er hier reinmuss!

4 Eier trennen und das Eiweiß zu steifem Schnee schlagen. Das Eigelb, 30 Gramm Zucker, 1 Prise Salz, 1 Beutel Vanillezucker und gegebenenfalls 1 Fläschchen Aroma (Rum oder Butter) schaumig rühren. 375 ml Milch und 125 Gramm Mehl nach und nach dazugeben. Nun den Eischnee vorsichtig unterheben. Etwas Butter in einer Pfanne erhitzen und den Teig von beiden Seiten darin anbacken und dann verzupfen.

Mit Puderzucker bestreuen und servieren. Dazu wird ein feines Kompott gereicht.

Wenn man sich Gerichte wie Bohneneintopf mit Speck, Krautwickerl oder auch einen feinen Kaiserschmarrn mal so über die Lippen gehen lässt, da kann man direkt von Glück reden, wenn man keine von diesen modischen Lebensmittelunverträglichkeiten hat, gell. Fruktose, Laktose, Gluten, Galaktose, Histamin, Saccharose, Salicylat oder eine Pseudoallergie beispielsweise. Das sind nur einige der Informationen, die ich grad so im Internet gefunden hab. Der Unterschied zwischen einer Allergie, einer Unverträglichkeit oder Sensitivity ist mir dabei auch schleierhaft. Und ob es ein echtes Problem oder doch eher eine Modeerscheinung ist, wer weiß. Wenn ich mir da die hippen Youngsters in Schwabing so anschau, die ihren Chai Latte nur dann trinken, wenn er auf einem Untersetzer mit Baum steht (weil von dem die Energie direkt in die Tasse springt), und dann nur linksrum umrühren, ehe sie das Zeug schluckweise in der Gurgel versenken, frag ich mich allerdings schon, ob bei denen noch alle Latten am Zaun sind. Mann, war das ein langer Satz. Aber wurst. Oder doch eher Tofu?

Jedenfalls muss ich mich an dieser Stelle mal ganz herzlich bei meiner lieben Freundin und Beraterin Andrea Hailer bedanken. Die eigentlich nur einen einzigen Nachteil hat, sie isst nämlich nix, weil sie nix verträgt. Höchstens mal ein Blatt vom Baum, aber auch nur dann, wenn es bei Vollmond von selber dort runtergefallen ist. In diesem Sinne: Mahlzeit!

REZEPTE & TIPPS VON
OMA EBERHOFER

Wenn der Eberhofer nicht weiter weiß, dann fragt er die Oma. Egal, ob es um urig bayerische Rezepte für Schweinsbraten und Krautwickerl geht – oder darum, die lästigen Rotweinflecken aus dem guten Tischtuch herauszubekommen: Die Oma kennt sich aus.

BESUCHEN SIE UNSER AUTOREN-SPECIAL:
www.rita-falk.de

www.dtv.de